本书为江西省社会科学规划项目“论博尔赫斯对中国作家的影响”（11WX56）成果。

博尔赫斯与中国

肖徐彧◎著

中国社会科学出版社

图书在版编目（CIP）数据

博尔赫斯与中国/肖徐彧著．—北京：中国社会科学出版社，2017.12
ISBN 978－7－5203－1345－2

Ⅰ．①博…　Ⅱ．①肖…　Ⅲ．①博尔赫斯（Borges，Jorge Luis 1899－1986）—文学研究　Ⅳ．①I783.065

中国版本图书馆 CIP 数据核字（2017）第 273468 号

出 版 人　赵剑英
责任编辑　郭晓鸿
特约编辑　席建海
责任校对　赵雪娇
责任印制　戴　宽

出　　版　中国社会科学出版社
社　　址　北京鼓楼西大街甲 158 号
邮　　编　100720
网　　址　http://www.csspw.cn
发 行 部　010－84083685
门 市 部　010－84029450
经　　销　新华书店及其他书店

印　　刷　北京明恒达印务有限公司
装　　订　廊坊市广阳区广增装订厂
版　　次　2017 年 12 月第 1 版
印　　次　2017 年 12 月第 1 次印刷

开　　本　710×1000　1/16
印　　张　16.5
插　　页　2
字　　数　235 千字
定　　价　69.00 元

凡购买中国社会科学出版社图书，如有质量问题请与本社营销中心联系调换
电话：010－84083683

目　录

绪　论

一

豪尔赫·路易斯·博尔赫斯（1899—1986）是阿根廷著名的短篇小说家、散文家和诗人。1921—1930 年他主要进行散文和诗歌创作，发表的作品有：《布宜诺斯艾利斯激情》（1923）、《面前的月亮》（1925）和《圣马丁的手册》。1930 年以后博尔赫斯摒弃了极端主义，把主要精力转移到幻想小说的创作。从 20 世纪 30 年代到 50 年代，他发表了《小径分岔的花园》（1941）、《杜撰集》（1944）、《阿莱夫》（1949），其中《小径分岔的花园》和《杜撰集》后被合并收录于《虚构集》（1944）。1961 年博尔赫斯与贝克特同时被授予“福门托文学奖”，声名大振，各种文学奖项接踵而至。20 世纪 50 年代后期，博尔赫斯由于严重的眼疾，几近失明，但失明并没有结束博尔赫斯的艺术生命，凭借着对文学的执着，他先后完成的作品有诗集《迷宫》（1964）、小说集《布罗迪报告》（1970）、《沙之书》（1975）、《老虎的金子》（1977）和《莎士比亚的记忆》（1983）。

德·曼 1964 年在他的评论《现代大师》一文中写道：“美国和英国的

批评家们称他（博尔赫斯）是当今活着的最伟大的作家。”[①] 苏珊·桑塔格在《给博尔赫斯的信》中称博尔赫斯为同时代作家中最“称得起不朽”的作家，是“最透明也是最有艺术性的作家”，1982 年，桑塔格在一次采访中说：“没有一个健在的作家能比博尔赫斯对其他作家的影响更加深远。很多人都会说他是在世的最伟大作家……当今很少有作家没有学习或模仿过他的。”[②] 略萨说“博尔赫斯的出现是现在西班牙语文学中最重要的事情，他是当代最值得纪念的艺术家之一”，他称博尔赫斯为“接近完美的作家”[③]。萨瓦托认为博尔赫斯“不仅是为作家准备的作家，而且还是属于作家的作家”[④]。

博尔赫斯是小说家、散文家、诗人，然而为他赢得世界声誉的是他的短篇小说，尤其是他短篇小说中被称为幻想小说的那一部分作品，它们主要集中于小说集《小径分岔的花园》《杜撰集》《阿莱夫》之中，它们代表了博尔赫斯小说的最高水平。当博尔赫斯被问及他对阿根廷文学的贡献时，他是这样回答的：“我为推动我国的幻想文学走向高潮尽了力；现在，别人从事这种文学当然比我幸运得多。西尔维娜·奥坎波、阿道弗·比奥伊·卡萨雷斯和我合编出版的《幻想文学精选》一书是阿根廷文学历史上不应该被忘却的一部作品。”[⑤] 博尔赫斯的自我评价充分说明了他对自己在幻想文学上做出的积极贡献的信心。

帕斯在《博尔赫斯：在时间的迷宫中》写道：“他的短篇小说之所以如此非凡，不是因为其形式，而是因为他幻想的精妙。”“他最重要的技

---

① Paul de Man, “A Modern Master”, *The New York Review of Books*, Ⅲ, 7 (November 19, 1964), p. 8.

② ［美］苏珊·桑塔格：《重点所在》，黄灿然译，上海译文出版社 2004 年版，第 137 页。

③ ［秘］略萨：《博尔赫斯的虚构》，《世界文学》1997 年第 6 期。

④ ［阿］博尔赫斯、萨瓦托：《博尔赫斯与萨瓦托对话》，奥尔兰多·巴罗内整理，赵德明译，云南人民出版社 1999 年版，第 56 页。

⑤ ［阿］博尔赫斯、索伦蒂诺：《博尔赫斯七席谈》，林一安译，光明日报出版社 2000 年版，第 171 页。

能，是他那创造性的幻想的另一条臂、另一个翼。”① 苏珊·桑塔格认为博尔赫斯向“人们提供了新的想象途径”②，这无疑是指博尔赫斯小说中的幻想。著名的博尔赫斯研究者安娜·巴伦尼西亚在《博尔赫斯：迷宫的建造者》中说：“博尔赫斯达到了很高的文学水平……他构建了诗意的和引起幻觉的幻想——对古印度、被残酷征服的墨西哥、对他自己的布宜诺斯艾利斯的幻想，它们复兴了西班牙语的幻想文学，目的是为了表达人类的境况……因此他寻找那些给他提供最大的美学可能性和超自然的想象，目的是把他自己的寓言置于一个引起幻想的世界，在那里生活和小说的界线被抹去了。”③ 罗纳德·克莱斯特认为：“无论是在诗歌、散文还是在叙述作品中，博尔赫斯所有重要的作品的基础是幻想的，一种思想、观念的模式、足够宽广的描述，在他的构想中包括文学、哲学、神学或任何其他智力的扩展，关于无法确证的、本质上是想象的主题。尤其是，博尔赫斯的关注主要集中在真实世界固有的幻想性和他写作的很多作品的目标是去唤醒我们对内在性的意识，去激励和揭示它。”④ 中国学者陈众议认为：“任何事物都可能成为他心灵的罗盘，而它给出的向度则注定是形形色色的幻想。”⑤ 众多文学批评家、学者一致肯定了博尔赫斯在“幻想”这个方面所做的贡献，他们的共同观点是，博尔赫斯延伸了文学想象的长度，开拓了想象的新途径，幻想是其文学中最具个性的特点之一。

博尔赫斯最重要的作品是他的幻想小说。这些作品或采用侦探小说的形式，或采用神话传说的形式，或采用文学随笔的形式，在杜撰的虚构情节中杂糅真实的或看似真实的事物，呈现出一种真伪难辨、虚虚实实、亦

---

① 帕斯：《博尔赫斯：在时间的迷宫中》，《天涯》1999 年第 6 期。

② ［美］苏珊·桑塔格：《重点所在》，黄灿然译，上海译文出版社 2004 年版，第 137 页。

③ AnaMaría Barrenechea, *Borges*: *The Labyrinth Maker*, New York: New York University Press, 1965, p. 15.

④ Ronald J. Christ, *The Narrow Act*: *Borges' Art of Allusion*, New York: New York UP., 1969, p. 102.

⑤ 陈众议：《博尔赫斯》，华夏出版社 2001 年版，第 109 页。

真亦幻的美学形态，这些真实与虚构互相杂糅的小说探讨着一些深奥的形而上学主题，包括时间问题、自我问题、现实问题等，探寻它们的答案是博尔赫斯一生孜孜以求的事业，它反映了博尔赫斯对宇宙和人类的困惑和理解。博尔赫斯是个极具形式感的作家，他以独特而又完美的艺术形式去诠释抽象的理念，思想和艺术以一种全新的面貌结合在一起，那么博尔赫斯用一种怎样的文学方式去诠释那些令他终生着迷的哲学困惑？这是一个有待我们深入探讨的问题。

二

博尔赫斯研究在西方世界可谓成果丰硕，研究范围十分广泛，包括文学、叙事学、符号学、语言学、史学、哲学、神学、数学、电影和探戈舞等。博尔赫斯研究从 20 世纪 20 年代至今的发展过程反映了文学批评每个阶段的特点。

20 世纪 40 年代以前，拉美对博尔赫斯的评价是消极的，当时的评论者认为博尔赫斯的作品只有“形而上学的狡猾”，“缺乏人文品质”，“甚至连起码的力度和新意都不具备”，“把民族文学当作空心核桃”等①。这类措辞严厉的批评为 60 年代左翼作家抨击博尔赫斯奠定了基调。40—50 年代，拉美作家对博尔赫斯的批评总体上趋于缓和与深广，新一代文人开始比较公允地正视博尔赫斯，但是反对的声音也依然存在。到了 60 年代，随着左派运动和校园文化的高涨，博尔赫斯几乎成为众矢之的。人们批评他是个彻头彻尾的“外国作家”，既不珍惜民族文化，也不关心人民的疾苦，“虽拥有写作技巧，但却毫无生命气息”，他们视博尔赫斯为“资产阶级没落作家”，一心要阻碍一切进步思潮。70 年代的新左派虽然继续视博尔赫斯为“贵族作家”，但批判话语明显改变，开始从不同角度分析博尔

① 陈众议：《〈反博尔赫斯〉：一枚集束炸弹》，《南方周末》2000 年 6 月 30 日。

赫斯的虚无观和保守主义、个人主义等。20 世纪 80—90 年代，博尔赫斯作为现代大师的地位早已无法撼动，对他的赞美淹没了反对的声音。①

20 世纪 20—50 年代对博尔赫斯的讨论多于分析。研究者主要使用社会、政治和心理学来分析作者，很少对作品本身进行分析。较为客观的批评始于 50 年代后期，主要是以主题研究和形式研究为主。这种方法延续到 70 年代并且占据了主导地位，它偏重于研究小说的形式对意义的表达。

20 世纪 70 年代，博尔赫斯研究较多关注其作品的哲学思想。70 年代末 80 年代初，研究的焦点转移到了形式主义的角度，它的主要思路是小说是自治的，文学文本以自身为根据，而反对从超越文本的维度来研究博尔赫斯的作品。这一时期的博尔赫斯批评关注的是他的小说的语言、结构、修辞，而对其哲学、超验主义的意义的关注减弱。当今的研究则把新批评的方法和主题与文本结合起来，寻求对文本的更深入的阐释。

以上是博尔赫斯研究发展的大致历史轨迹，下面将国外博尔赫斯研究的成果作简要的概述：

博尔赫斯与哲学的关系是国外博尔赫斯研究的一个重点。博尔赫斯与同时代作家的明显区别在于他对哲学尤其是形而上学的喜爱，使博尔赫斯独一无二的是他用隐喻和象征表达抽象哲思的能力。这方面的研究主要集中在博尔赫斯关注的形而上学问题上，包括时间、自我、实在等。《博尔赫斯和哲学——自我、时间和形而上学》（*Borges and Philosophy*：*Self*，*Time*，*and Metaphysics*）是这一论题的成果之一，研究者波萨特（W. H. Bossart）围绕博尔赫斯的小说涉及的主要哲学问题：理性和现实、时间和永恒、自我及其幻象三个方面展开讨论。此外，还有《文学中的哲学家：博尔赫斯、卡尔维诺和艾柯》（*Literary Philosophers*：*Borges*，*Calvino*，*Eco*），书中“哲学和哲学的，文学和文学的博尔赫斯和他的迷宫”（‘Philosophy and the Philosophical，Literature and the Literary，Borges and the

① 参见陈众议《〈反博尔赫斯〉：一枚集束炸弹》，《南方周末》2000 年 6 月 30 日。

Labyrinthine')、"博尔赫斯的〈皮埃尔·梅纳尔〉：哲学还是文学?"（'Borges's "Pierre Menard"：Philosophy or Literature?'）两节讨论的都是博尔赫斯的文学和哲学之间的关系。《博尔赫斯的神秘主义图书馆：从形而上学到元小说》（*Borges' Esoteric Library*：*Metaphysics to Metafiction*）一书把博尔赫斯的形而上学思想与他的元小说结合在一起讨论。要深入理解博尔赫斯，他的哲学观念是无法回避的问题。

叙述学研究在博尔赫斯研究中占有较大的比重。博尔赫斯小说的形式具有很强的原创性，它的复杂性和陌生化也是批评者倍加关注的方面。林德斯特朗（Naomi Lindstrom）的《豪尔赫·路易斯·博尔赫斯短篇小说研究》（*Jorge Luis Borges*：*A Study of the Short Fiction*）从他早期的短篇小说开始研究了他的小说形式的嬗变过程，作者把博尔赫斯的小说创作分为两个重要时期：20世纪30年代末期到50年代早期，60年代末期到70年代早期。博尔赫斯早期的小说主要来自对一些历史、文献资料的改写。30年代的小说《虚构集》《阿莱夫》代表了他创作的最高成就，并发展了20世纪一种独特的文学类型。在这些小说中博尔赫斯展示了反讽、悖论、模糊性，而这些方面主要是通过他一贯喜欢使用的巴洛克风格、文本建构或隐秘地运用"迷宫""镜子""刀""塔""环形物体"等象征性意象来实现的。1954—1966年，博尔赫斯没有发表小说，当他再次发表小说时，他的叙事风格发生了深刻的变化。1970年发表的《布拉迪报告》《沙之书》中博尔赫斯不再使用巴洛克风格，而是通过情节来结构小说，这些情节包括：在壁炉旁讲的鬼故事、对个人离奇经历的回忆，北欧异教徒代代相传的文化等。如果说博尔赫斯早期的创作无法让读者和批评者轻易找出一个故事梗概，那么他后期的作品通常具有清晰的叙事脉络。在《精密的表现：博尔赫斯的隐喻艺术》（*The Narrow Act*：*Borges' Art of Allusion*）中，罗纳德·克莱斯特（Ronald Christ）从博尔赫斯的思想实质开始逐步进入其艺术形式的探讨，在分别讨论了博尔赫斯的否定美学、否定主义形而上学、宇宙主义之后，进入作品的统一性、文学形象、隐喻的研究。

对博尔赫斯的叙事进行了深入研究的著作还有：《博尔赫斯的叙述策略》（*Borges' Narrative Strategy*）、《博尔赫斯和他的小说——思想与艺术导论》（*Borges and His Fiction：A Guide to His Mind and Art*）、《迷宫建造者博尔赫斯》（*Borges：The Labyrinth Maker*），《博尔赫斯的幽默》（*Humor in Borges*），《皇帝的风筝：博尔赫斯小说形态学》（*The Emperor's Kites：A Morphology of Borges' Tales*）等。《博尔赫斯的叙述策略》一书从博尔赫斯小说的开篇方法、结构机制、主题变化、插入事件和嵌入细节、叙述视角、结尾方法多个方面分析了博尔赫斯的叙述策略，该书是从比较纯粹的叙述学角度来观照博尔赫斯小说的。

博尔赫斯博览群书，对文学传统的熟悉达到了惊人的程度，正是因为谙熟文学史和文学传统，他才能在原创几乎成为不可能的文学现况中开拓出新的书写空间。前代作家对博尔赫斯的影响和博尔赫斯对后来作家的影响也是国外研究关注的一个重要方面，例如：贝雅特丽兹·萨尔洛（Beatriz Sarlo）在《边缘作家豪尔赫·路易斯·博尔赫斯》（*Jorge Luis Borges：A Writer on the Edge*）就博尔赫斯与阿根廷文学传统之间的关系展开了讨论，在第一章第三节《传统和冲突》中他提出“作为阿根廷人，博尔赫斯是一个快要消失的传统的一部分。无论现在这个传统多么贫乏，他都感觉到自己属于这个传统就像这个传统属于他一样”①。另外，博尔赫斯与欧洲文学的关系更加密切，因此这也是博尔赫斯研究者研究的重点。《枯竭的文学：博尔赫斯、纳博科夫和巴思》（*The Literature of Exhaustion：Borges, Nabokov, and Barth*）一书把三个不同国籍的作家联系在一起，其理论出发点是约翰·巴思在他的《枯竭的文学》一文提出的——文学的可能性已经被耗尽。《博尔赫斯和他的继任者——博尔赫斯对文学和艺术的影响》（*Borges and His Successors：The Borgesian Impact on Literature and the Arts*）是

① Beatriz Sarlo and John King. *Jorge Luis：A Writer on the Edge*, New York：Verso Books, 2007, p. 35.

一本论文集，涉及博尔赫斯对他之后的作家的影响，博尔赫斯与后现代哲学、文学理论之间的联系及他对电影和其他艺术类型的影响。例如《博尔赫斯和新拉美电影》一文认为，到目前为止围绕此问题的讨论主要集中在博尔赫斯对欧洲电影尤其是法国电影制片人的影响，包括阿兰·雷斯内、阿兰·罗伯－格里耶，特别是雅克·利维特，他认为拉美电影忽略了博尔赫斯而向马尔克斯、卡彭铁尔等作家取经，是因为博尔赫斯研究相当狭隘地认为他是艺术中的极端例子，完全脱离了社会政治环境[①]。

尽管博尔赫斯的文学远离现实已成为文学批评界的共识，但是也有批评家仍尝试把那些玄想的作品与现实和历史结合起来，为他的小说的阐释提供一条可能的途径。《语境之外：博尔赫斯小说的历史指涉和现实表达》（*Out of Context*：*Historical Reference and the Representation of Reality in Borges*），丹尼尔·波德斯顿（Daniel Balderston）认为博尔赫斯的研究者安娜·巴伦尼西亚的《豪·路·博尔赫斯的作品对非现实性的表达》一书为博尔赫斯批评定下了调子，博尔赫斯就意味着"非现实"，丹尼尔认为应该重新审视博尔赫斯与现实之间的关系，并认为将博尔赫斯的那些书生气的引文看作是纯粹的艺术创造的观点是不正确的[②]。他认为博尔赫斯的写作与20世纪阿根廷历史和政治紧密相关，与"一战"前后的欧洲相关，与充满激情的人物——卢贡内斯、费尔南德斯、维多利亚·奥坎波等人相关[③]。从社会—历史的角度对博尔赫斯进行研究的专著还有《作为作家和社会批评家的豪·路·博尔赫斯》（*Jorge Luis Borges*：*As Writer and Social Critic*）。

博尔赫斯与后现代主义的关系是比较复杂的，比如福柯就承认自己的著作《词与物》受到了博尔赫斯的散文《约翰·威尔金斯的分析语言》中

① Richard Peña，"Borges and the New Latin American Cinema"，*Borges and His Successors*：*The Borgesian Impact on Literature and the Arts*，Columbia：Missouri Press，1990，p. 229.

② DanielBalderston，*Out of Context*：*Historical Reference and the Representation of Reality in Borges*，Durham& London：Duke UP.，1993，p. 2.

③ Ibid.，p. 15.

令人吃惊的中国分类法的启发。博尔赫斯被认为是后现代主义作家“第一人”似乎是自然而然的，但是《你也许可以从这儿到达：博尔赫斯和后现代之再思考》（*You Might Be Able to Get There from Here*：*Reconsidering Borges and the Postmodern*）一书的作者马克·弗里斯奇（Mark Frisch）提出后现代主义文化的本质和特性是什么？它是如何与博尔赫斯在作品中提出的观点和思想相关联的？当前后现代主义者的讨论常常集中于自我概念的瓦解，博尔赫斯是如何表达主体和主体性的？博尔赫斯对历史的态度与后现代主义研究有什么关系，在哪种程度上说博尔赫斯的写作和思想具有政治意味等。弗里斯奇认为文学批评者把焦点集中于博尔赫斯对“一”的挑战，而忽视了博尔赫斯也肯定了“多”这一点，他还认为博尔赫斯是多元论者，但他避免绝对的相对主义。从后现代性的角度阅读博尔赫斯提供了一种研究的新视野，也能澄清一些对后现代性的争论①。该书从多元论、自我、女性主义、历史、政治等多个角度探讨了博尔赫斯与后现代性的关系。

《博尔赫斯与喀巴拉》（*Borges and Kabbalah and Other essays on His Fiction and Poetry*）一书关注的是博尔赫斯的思想与犹太神秘主义之间的联系。作者吉姆·阿拉斯拉基（Jaime Alazraki）认为喀巴拉的方法和观点影响了博尔赫斯的叙述，它们在博尔赫斯的虚构小说中起到什么样的作用、它是如何与虚构小说融为一体，则是这本书着重解决的问题。《不思之思：博尔赫斯、数学和现代物理》（*Unthinking Thinking*：*Jorge Luis Borges*，*Mathematics*，*and the New Physics*）用跨学科的方法，从博尔赫斯的思想与数学、逻辑学、自然科学之间的联系出发，论证了博尔赫斯参与极其复杂的文化基质中，“他的形而上学小说和散文是对隐含在许多当代思想和行

① See Mark F. Frisch，*You Might be Able to Get There from Here*：*Reconsidering Borges and the Postmodern*，Cranbury：Fairleigh Dickinson UP.，2004，pp. 15 – 17.

为模式中的复杂性、不确定性和模糊性的一种想象性的回应”①。

除了上述占主导地位的几个研究视角之外，还有一些研究视角新颖独特，例如《博尔赫斯的幽默》（*Humor in Borges*）便是以“幽默”这一特殊视角来观照博尔赫斯的作品。研究者热内·科斯塔（René de Costa）认为博尔赫斯的幽默源自卡夫卡，这些幽默镶嵌在十分严肃的写作中。《博尔赫斯 2.0：从文本到虚拟世界》（*Borges 2.0：From Text to Virtual World*）一书也是典型的跨学科研究，研究者佩拉·撒松－亨利（Perla·Sassón－Henry）依据吉勒·德勒兹（Gilles Deleuze）、费利·瓜达里（Félix Guattari）和安贝托·艾柯（Umberto Eco）的理论，通过科学和技术的透镜来研究博尔赫斯的小说，这些理论为如何在21世纪理解博尔赫斯提供了新的途径。他认为如果熟悉博尔赫斯关于混乱和时间的未来主义观点，那么人们很容易理解博尔赫斯的作品、技术、科学、超文本与诸如网络和视频游戏等新的多媒体应用之间的关系②。

对本书着重论述的“博尔赫斯的幻想”的关注散见于各种博尔赫斯研究之中。“幻想”对于博尔赫斯的小说来说是至关重要的，许多研究者都会涉及这一点，但并未见全面深入的论述。

玛丽·弗里德曼在《皇帝的风筝：博尔赫斯小说形态学》中论述了博尔赫斯的范式及其来源，她认为在博尔赫斯的作品的结构、主题和语言中，有一种非现实的感觉，博尔赫斯的小说范式来源于这种非现实性，“博尔赫斯几乎总是直接或间接地把他的迷恋中所产生的问题与非现实性放在一起”③。玛丽看到非现实性是博尔赫斯小说的重要特点，但这并非该书论述的重点。贝雅特丽兹·萨尔洛在《边缘作家豪尔赫·路易斯·博尔

---

① Floyd Merrell, *Unthinking Thinking*: *Jorge Luis Borges*, *mathematics and the new physics*, West Lafayette: Purdue UP., 1991, p. xiv.

② See Sassón－Henry Perla. *Borges* 2.0: *From Text to the Virtual World*, New York: Peter Lang Publishing Inc., 2007, p. 2.

③ Mary Lusky Friedman, *The Emperor's Kites*: *A Morphology of Borges' Tales*, Durham: Duke University Press, 1987, p. 109.

赫斯》的“幻想文学的修辞”一节中较为详细论述了博尔赫斯小说的“幻想”。他认为幻想是博尔赫斯作品最重要的特征，博尔赫斯完美的小说形式不受现实的影响从而独立于现实世界。幻想小说提供了假设的世界，它基于无拘无束的想象的力量，不受再现美学的约束。幻想是仅仅依靠内在文学需要的一种形式。他认为现实主义文学也表现假设的世界，不同于幻想的只是假设的程度。他进而提出，博尔赫斯的幻想美学是对他写作所处的混乱时代的理性回应，他还以《特隆、乌克巴尔、奥比斯·特蒂乌斯》《通天塔图书馆》《巴比伦彩票》为例分析了博尔赫斯小说的“想象的结构”①。《博尔赫斯的神秘主义图书馆：从形而上学到元小说》在“神秘、幻想和博尔赫斯的元小说”一节中也论述了博尔赫斯式的幻想，该书的作者笛迪尔运用了托多洛夫的定义说明博尔赫斯的幻想主要依赖于现实/非现实的二元结构，他认为幻想文学推翻了占主要地位的哲学前提，这类哲学把“现实”看作是一致的、连贯的单一的实体，这种狭隘的视角，也就是巴赫金所说的“独白者”②。安娜·巴伦尼西亚的《迷宫建造者博尔赫斯》没有直接论述博尔赫斯式的幻想，而是把“非现实性”（irreality）作为阐释博尔赫斯小说的关键，而现实与非现实的奇妙关系正是博尔赫斯式幻想所产生的根源，这为笔者的研究提供了很好的思路。

总的来说，国外对博尔赫斯式幻想的研究较为零散，尚未见到对此问题的全面论述，但是从国外对博尔赫斯的研究中可以发现“博尔赫斯式幻想”在博尔赫斯的研究中是无法绕过的话题，研究者在研究博尔赫斯小说的其他主要特征时也常常提到它与“幻想”的联系。

---

① See Beatriz Sarlo and John King. *Jorge Luis*: *A Writer on the Edge*, New York: Verso Books, 2007, pp. 50 – 60.

② See Didier Tisdel Jaèn, *Borges' Esoteric Library*, New York: America UP., 1992, pp. 17 – 28.

三

相对于中欧、中美文学关系来说，中国与拉丁美洲文学的关系除了对魔幻现实主义这一文学流派的研究成果颇丰以外，中国文学与拉美其他作家和文学流派的关系研究则略显薄弱。

博尔赫斯与中国文学的关系，在中外比较文学史上是一个特殊的范例。一方面，博尔赫斯从中国古典文学和哲学中汲取了养料，中国文学对博尔赫斯的影响不仅仅发生于文学形象的层面，更重要的是博尔赫斯的文学创作观念与中国传统文学和哲学产生了深层的共振；另一方面，博尔赫斯的文学又反过来对中国当代文学产生了巨大的影响。但是，博尔赫斯从中国文学中接受的影响与他对中国当代文学所产生的影响发生在两个非常不同的领域，这形成了博尔赫斯与中国文学关系的特殊性。很少有研究者探讨中国文学和哲学对博尔赫斯的创作观念产生的影响。

最初博尔赫斯在中国的研究主要是由一批西班牙语学者主导的，他们为博尔赫斯在中国的译介做了大量工作。这批学者有陈凯先、王永年、陈光孚、朱景冬等人，他们不仅翻译了博尔赫斯的作品，而且还对博尔赫斯的创作情况和基本艺术特色做了大量的介绍，这为博尔赫斯在中国的传播和接受做好了前期准备。例如，陈凯先的《博尔赫斯和他的短篇小说》(《当代外国文学》，1983 年第 1 期)、《杰出的文学大师博尔赫斯：纪念博尔赫斯百年诞辰》(《当代外国文学》，1999 年第 1 期)，《博尔赫斯年谱》(《当代外国文学》，1999 年第 1 期)，陈光孚的《对博尔赫斯作品的解析》(《外国文学》，1985 年第 5 期)、《论路易斯 · 博尔赫斯》(《外国文学报道》，1986 年第 3 期)，张汉行的《博尔赫斯研究资料（1979—1998）索引》(《当代外国文学》，1999 年第 1 期)、《博尔赫斯与中国》(《外国文学评论》，1999 年第 4 期)，陈众议的《心灵的罗盘：纪念博尔赫斯百年诞辰》(《外国文学评论》，1999 年第 4 期)、《博尔赫斯》(华夏出版社，

2001年）等。

1996年，陈众议为海南国际新闻中心出版的《博尔赫斯文集》撰写的序言“博尔赫斯与幻想美学”，对“幻想文学”的概念进行了阐释。2001年他出版的《博尔赫斯》可能是国内最为集中论述博尔赫斯的幻想特质的一本书，该书充分认识到博尔赫斯的“幻想”是其最为重要的艺术特质，其中第五篇——“幻想篇”从“幻想与现实”“幻想与情感”“幻想与其他”这三个方面入手，较为集中的对博尔赫斯式的幻想展开研究，同时，陈众议先生指出了研究博尔赫斯式幻想的困难，“幻想的不确定性导致了分析、界定的困窘与葸葸，从而加剧了研究内容、研究方法的平面重复与立体交叉”①。

国内学者研究博尔赫斯与当代文学的关系，主要集中于以下几个方面：①叙事；②时间问题；③幻想与虚构；④博尔赫斯受到东方思想的影响；⑤博尔赫斯的译介与传播；⑥博尔赫斯对中国当代文学的影响。这里着重要谈到的是最后一个方面。

20世纪末，来自世界各国的文学风尚吹过了中国文坛，继拉美魔幻现实主义文学之后，最为强劲的一股要算博尔赫斯了。博尔赫斯的幻想小说主要写于20世纪四五十年代，随后在欧美各国产生广泛影响。博尔赫斯最早见于中国报刊是在1961年，此时正值西方博尔赫斯研究的高潮，由于众所周知的原因，博尔赫斯再一次出现在中国已经是70年代末了，当他再次出现时，中国文坛对他给予了高度关注，形成了“博尔赫斯热”。中国先锋作家余华、残雪、马原、格非、孙甘露、吕新等纷纷在自己的文学评论、对话中讨论博尔赫斯，并在自己的创作中借鉴和模仿博尔赫斯，从他们的许多作品中我们都能发现博尔赫斯的影子。博尔赫斯对先锋作家的影响是巨大的，这座令人迷惑的文学迷宫似乎因它的高深莫测而增加了吸引力。他的梦幻，他的迷宫，他那诡谲的时间，他的形而上学都是值得我们

① 陈众议：《博尔赫斯》，华夏出版社2001年版，第109页。

花费大量精力去理解的东西，尤其是博尔赫斯文学的幻想性更是对先锋作家的文学观念产生了重大影响。厘清博尔赫斯的幻想文学与先锋作家之间的影响事实，研究从观念层面到创作层面，博尔赫斯对中国先锋作家所产生的影响及影响过程中发生的变异是一个非常有意义的课题。

博尔赫斯与先锋文学之间的关系微妙而复杂，中国学者研究博尔赫斯对中国先锋作家影响的文章并不少见，但大多集中于博尔赫斯小说的总体特征或叙述策略对先锋创作的影响，而专就博尔赫斯的文学幻想与先锋作家的“虚构”的关系的研究却并不多见，有学者虽注意到博尔赫斯的幻想小说与先锋作家之间确实存在某种更深层次的关系，但并未深究。

关于“博尔赫斯对当代先锋作家的影响”的问题已有一些研究成果，下面将对有关该问题的重要论文略作概述。

最早论述博尔赫斯对中国当代小说影响的文章是1990年张新颖发表的《博尔赫斯与中国当代小说》(《上海文学》，1990年第12期)。

1999年，张汉行在《当代外国文学》上发表《博尔赫斯在中国》一文，对博尔赫斯在中国的“译介与出版”“声望和影响”“研究和前瞻”进行了系统的论述。在第二节“声望和影响”中，张汉行大致勾勒了博尔赫斯对中国当代作家的影响关系，但未深入论述。此文主要是以历史的眼光对博尔赫斯在中国的传播和研究进行论述，对博尔赫斯在中国的译介、传播、影响、研究作了系统的梳理。同年，樊星的博士学位论文《影响·契合·创造》的下篇第二章“影响的裂变：博尔赫斯与马原、吕新”论述了博尔赫斯与当代中国作家马原和吕新的关系。作者认为马原与博尔赫斯的相似性体现在以下几个方面：①“时间”“梦”“虚构”“偶然”等词的迷恋；②虚构的故事加入真人的名字；③扑朔迷离又情节紧张的冒险故事中表现命运的阴差阳错、混沌莫名；④对玄学的迷恋。攀星还从人生履历、文化背景两个方面详细分析了这种“内在的文心契合”的深层原因。

季进在2000年《当代作家评论》上发表了《作家们的作家——博尔赫斯及其在中国的影响》一文，该文指出博尔赫斯风格的三个方面：“时

间”“循环”“梦幻”。在提到“梦幻”时，季进认为博尔赫斯作品梦幻般的感觉是由于作者追求迷宫效果使然，但更重要的在于作品中现实与虚构的双向互动。季进进而论述了博尔赫斯对中国作家的影响主要发生在两个方面：观念层面和技术层面，并以格非为例证对上述观点进行了详细论述。他认为格非的小说在“文本含文本”“循环型结构”“迷宫型结构”这三个方面受到了博尔赫斯的影响。此文所提到的观念层面对中国小说家的影响并未展开，但它仍是研究博尔赫斯对中国作家影响的一篇重要论文。

赵稀方的论文《博尔赫斯·马原·先锋小说》(《小说评论》，2000 年第 6 期) 从两个方面论述了马原对博尔赫斯的模仿：第一，打破小说的假定性，明确告诉读者小说的虚构性；第二，迷宫式的故事叙述方法。这两个方面基本上都是叙事层面的影响。作者还试图寻找马原及其之后的先锋作家与博尔赫斯的观念上的差异性，在辨析二者差异时不乏真知灼见。

2003 年穆昕发表于《小说评论》中的文章《游走于现实和幻想之间——从博尔赫斯看中国先锋小说的形式探索》一文从小说的题材、结构、叙述方式三个方面论述了先锋小说对博尔赫斯的模仿，提出了对先锋小说的反思和展望，他认为先锋作家对博尔赫斯的小说形式刻意模仿，并提出了一系列疑问，他们从博尔赫斯那里学到了多少，学会的又是怎么的一种形式呢？这种模仿、借鉴到底是一脉相承，还是断裂的抑或超越呢？这种形式的意味究竟何在？穆昕的思考是很具启发性的。

张学军 2004 年在《文学评论》第 6 期上发表了《博尔赫斯与中国当代先锋写作》一文。此文从时间的重复与循环，迷宫设置和元小说三个方面考察了博尔赫斯对我国当代先锋写作的影响。先锋写作重视故事时间的重复和循环，由此造成了一个自足的圆形结构。迷宫的设置展现出世界的无序性、模糊性和不确定性，而元小说彻底消解了传统小说的真实性。张学军的文章主要是从叙事学的角度来研究影响关系的。

同年《敞开的痴迷与纠缠：博尔赫斯小说结构在格非短篇创作中的延

伸》刊载于《深圳大学学报》。论文分为三个方面：时间、镜子和迷宫、空间距离。时间是指循环的永恒，镜子和迷宫是指复杂的结构，空间距离是指叙述的叙述——元小说。论述的三个角度与张学军论文论点相似。

关于博尔赫斯与中国当代文学的关系的重要论文就是以上几篇。从以上的分析可以看出国内的博尔赫斯的研究存在以下几个问题。

研究角度相对单一，存在一定程度的重复。时间问题、迷宫叙事、元小说等问题被反复言说。高汉行在论文《博尔赫斯在中国》中认为当时国内对博尔赫斯研究的匮乏主要有三个原因：第一，博尔赫斯作品的博学导致了立论的艰难；第二，理论的缺乏导致了论证的艰难；第三，博尔赫斯及其作品的智慧和完美导致了立论的艰难[①]。事实上这些困难在今天仍然是存在的。

对一些问题的研究还可以向纵深方向拓展。时间、迷宫、镜子等词语是研究博尔赫斯的关键词，但是对这些关键词意义的阐释比较模糊。博尔赫斯的时间观具体是怎样的，迷宫又是什么，他是怎么样营造迷宫的，迷宫的背后是什么等，这些问题都没有得到清晰的阐释。例如：对博尔赫斯的小说叙述在国内有“迷宫叙述”一说，事实上叙事学中并没有迷宫叙述这一术语，所谓“迷宫叙述”无非是要强调博尔赫斯小说在叙述上呈现的复杂性，至于他是通过何种叙述策略来达到这种复杂性却未能得到很好的解释。博尔赫斯对时间的认识远非“循环时间”这么简单，关于时间的思考是其最深刻、最有洞见的思想组成部分。他对时间的认识是非常复杂的，时间问题是其哲学观的综合体现，因此应该更深入地探究相关问题。另外，影响研究没有把作家的创作思想、文本有机地结合起来，事实联系发掘不够，缺少文本分析，因而对问题的分析不够具体、深入，对这种文学关系的意义思考不足，影响研究的深入要以对影响源深入探讨为前提。

---

① 张汉行：《博尔赫斯在中国》，《当代外国文学》1999 年第 1 期。

四

在20世纪80年代的中国文坛出现了一个奇特的现象，一群青年作家热衷于讲述远离现实的“虚构”故事，他们“崇尚语言与想象力，他们热衷的不是现实生活本来是什么形态，而是生活在他们想象中的可能形态”①，这些故事大多写得十分精妙，特别是叙述策略达到了很高的水平，他们有时也会写一些关于现实生活的作品，而这些作品却少有突破，“相形之下，偶尔见到的一些描写现实生活的作品，却显得虚假乏味，了无生气”②。“在新潮作家的理论话语中，‘真实’和‘虚构’得到了全新的解释”③，那么，是什么原因让先锋作家不愿正面描写现实社会呢？这里面包含着社会、历史的原因，还有文学自身的原因。

博尔赫斯的“幻想”与中国先锋作家的虚构创作之间存在千丝万缕的联系，它对中国文坛在那一时期力避现实的书写产生了重要影响。博尔赫斯被译介到中国以后，激发了先锋作家对“现实”问题深入而持久的思考，不少先锋作家专就博尔赫斯的“现实”问题写了评论，这是非常值得关注的问题。

先锋作家对博尔赫斯叙述技巧的学习和模仿已经被很多文学批评者发现并且论证。叙述上的相似性相对比较直观，研究者们更容易找到放送者与接受者之间的对应关系。那么在形式借鉴背后，先锋作家在观念上是否接受了来自博尔赫斯的影响呢？这种影响发生在什么层面上呢？先锋作家的虚构创作和博尔赫斯的幻想有什么异同？如果先锋作家选择性地接受了

---

① 吴义勤：《写真实·真实性》，洪子诚、孟繁华编《当代文学关键词》，广西师范大学出版社2002年版，第275页。

② 陈晓明：《后现代的间隙》，云南人民出版社2001年版，第169页。

③ 吴义勤：《写真实·真实性》，洪子诚、孟繁华编《当代文学关键词》，广西师范大学出版社2002年版，第275页。

博尔赫斯的某些观念，那么这种有选择性地接受与本土文化和文学传统有什么关系？这些都是值得深入探讨的问题。本书主要关注的是隐藏在叙事影响背后的观念上的联系，试图在博尔赫斯的幻想小说与中国先锋作家的虚构创作之间建立一种对话关系。

在全球化的今天，文学和文化的交流已经超过了以往任何一个时代，本国文学的创新不得不面对全球化的语境。博尔赫斯的小说对中国先锋文学的影响为我们提供了一个很好的范例。然而，先锋文学与博尔赫斯之间在精神实质和现实指向上存在很大的差异，而差异的产生具有多方面的原因，有误读产生的原因，也有文化和文学传统的原因，这些都是值得我们去发现的问题。

五

深入研究博尔赫斯的幻想美学是本书的重点和难点，它作为一个影响源并未得到充分研究。博尔赫斯的幻想是一种相当复杂的文学特征，本书将从幻想文学的理论探讨、文本特征、生成机制等方面展开论述，准确地把握影响源的性质，这是本书的重点之一。由于幻想文学理论比较匮乏，再加上“幻想”本身的复杂性，因此也增加了此论题的难度。

博尔赫斯与中国文学的影响关系是双向的，但是不同向度的影响发生在不同层面。从作家创作观念的角度讲，博尔赫斯主动地在中国传统文学和哲学中寻找与自己的幻想文学观念相通的东西，这为自己的幻想文学创作提供了一些有力的支撑。几十年后，博尔赫斯凭借自己的幻想文学获得了文学声誉，并开始影响中国当代文学。对于这一颇具特殊性的影响关系的关注具有一定的创新性。

20 世纪 80 年代，对先锋作家产生影响的外国作家和流派有很多，文学影响的复杂性常常在于它不是一对一的关系，而是多种影响源错综交织，厘清博尔赫斯与其他影响源的区别，突出博尔赫斯的文学与先锋文学

的内在联系是本书的又一重点。文学观念之间的影响往往没有发生在叙述层面的影响那么显而易见，通过发掘先锋作家对博尔赫斯的幻想的关注和评论，证明两者在观念层面的影响关系，也是本书的重要组成部分。而且博尔赫斯幻想文学的复杂性决定了理解的难度，先锋作家的理解是否会发生偏差，它是如何发生的也是十分有趣的论题。

本书的前三章是对博尔赫斯的幻想文学这一尚未得到充分研究的问题的探讨，主要从理论出发描述博尔赫斯幻想美学的特质、博尔赫斯对现实和梦这两个关键词的论述、幻想小说与形而上学三个方面展开论述。在充分阐释博尔赫斯的幻想特质之后，第四章、第五章、第六章尝试在博尔赫斯与中国传统文学和哲学、与中国先锋作家之间构建一种对话关系。博尔赫斯在文学创作观念上与中国传统文学和哲学有一种深层次的共振，中国先锋文学对文学本体性——“虚构性”的回归受到了博尔赫斯幻想文学的影响，本书还将进一步探究影响发生变异的原因。

第一章　博尔赫斯的幻想美学

博尔赫斯最杰出的成就是幻想小说，这类小说具有一种虚实难分、真伪不辨的美学风格，它像是清醒边缘的梦境，又像是梦境之中的清醒。幻想总是在意想不到的时刻进入文本，令我们感到疑惑不解的同时，又感到惊奇。他的幻想小说对幻想文学传统既有继承，又有创造。

第一节　幻想文学的理论界说

一　幻想

"幻觉"一词最早在16世纪被提起，它是精神恍惚的代名词。19世纪30年代以前，幻觉被当作是灵异现象。它通常被定义为"在没有外界客观刺激时所出现的知觉体验，即看见或听见不存在的东西"[①]，威廉·詹姆斯1890年在《心理学原理》（*The Principles of Psychology*）中定义"幻觉完全是意识的绝妙体现，感觉好像有个东西历历在目，但是恰巧那东西没在。

① ［英］奥利弗·萨克斯：《幻觉》，高环宇译，中信出版社2014年版，第2页。

就这么简单”[①]。幻想和幻觉是很难被区分的，即使是专门从事幻觉研究的心理学家也认为“很难在幻觉、错觉和幻想间做出清晰的界定，因此对幻觉的定义也多种多样”[②]。

较早论述“幻想”与文学的关系的是弗洛伊德那篇著名论文《作家与白日梦》。他的观点是，作家创作时的状态与孩子在游戏时的状态是一致的，孩子在游戏中创造一个属于自己的世界，他在游戏时非常认真，并且在上面倾注了极大的热情。尽管他把情绪和精力投注于游戏世界，也还是能够很好地将游戏世界和现实世界区分开来的；他喜欢把想象中的物体和情境与现实世界中的有形的、看得见的事物联系起来。这种联系是区别孩子的“游戏”与“幻想”（phantasying）的根本依据。“作家的工作与孩子游戏时的行为是一样的。他创造了一个他很当真的幻想世界——也就是说，这是一个他以极大的热情创造的世界——同时他又严格地将其与现实世界区分开来。”但是，露西·阿密特认为弗洛伊德所说的幻想（phantasy）与我们通常所说的幻想文学（fantasy）的幻想不是同一个概念。弗洛伊德所说的幻想是一个精神分析学术语，指恐惧、欲望和白日梦，它们共同启发了所有小说，也包括现实主义文学，它的根源是无意识（参见《奇幻小说》第3页）。幻想文学所说的幻想拥有更大的自由，它把我们所说的“现实生活”进行排序、组织和包装，自由度比现实主义文学要大。

弗洛伊德所说的幻想是指作家的创作状态，因此无论是追求真实的现实主义作家还是追求虚构色彩的幻想作家，他们在写作时都处于这一状态。而幻想文学所指的幻想，是对现实重新排序、组织和包装，包含了许多超自然和非现实的因素。不过，弗洛伊德的这篇文章给幻想文学的结构设定了标准，他认为同一个叙述框架中有两个或多个时空体，主人公从外部的现实世界隐退到另一个世界，一个如梦境般呈现的世界。“两个或多

① ［英］奥利弗·萨克斯：《幻觉》，高环宇译，中信出版社2014年版，第2页。

② 同上书，第1页。

个时空体”的观点颇具启发性。

克罗齐的美学理论对博尔赫斯产生过较大影响，在《对现实的看法》一文中，博尔赫斯对古典主义和浪漫主义的划分方法，显然受到了克罗齐的影响，可以推测博尔赫斯其他的文学见解也受到了他的影响，他评论克罗齐的理论是“光明磊落”和“有说服力的”①。

克罗齐在《美学或艺术和语言哲学》一书中对幻想和想象做了区分。克罗齐认为幻想比想象更具有“直觉”的意味，而想象则只是完成形象到形象过渡的中介。他说：“艺术不是想象的游戏，因为想象的游戏是在种种不同的需要推动下，在怡神养性、消愁遣烦、流连一些事物的令人喜爱或引人眷恋之情和伤感之思的表象等等需要的推动下，完成从形象到形象的过渡；而在艺术中，想象是如此为要把激荡的感情化为明确的直觉这唯一的问题所困扰，因此，人们曾不止一次地感到：不应当把艺术称作‘想象’，而应把它称作‘幻想’，称作诗的幻想或创造性的幻想。想象本身同诗无缘，正如安·拉德克利夫或大仲马的作品同诗无缘一样。”② 想象是从形象到形象的过渡，而幻想是把激荡的情感转化成直觉。这一点对于我们理解博尔赫斯是如何把对形而上学的困惑转化为文学的有所帮助。另外，博尔赫斯很重视诗人瓦雷里，因为瓦雷里的文学观念与他有共通之处。瓦雷里认为诗（文学）的灵魂在于智慧和思想而不在于情感。诗人应从纯粹的直觉提炼出纯粹的思想，再从纯粹的思想产生纯粹的诗。这样，诗的世界与梦的世界很相似，至少与某些梦所产生的境界很相似。这是瓦雷里的诗偏重形而上学思考的原因。瓦雷里认为纯粹的诗首先产生于直觉，然后是思想，最后才能产生纯粹的诗。把直觉转化为诗与博尔赫斯的写作逻辑是一致的，博尔赫斯首先是对形而上学问题的直觉，然后把它们写进小说，这样博尔赫斯的小说世界也就更接近幻想世界。

---

① ［阿］博尔赫斯：《博尔赫斯全集》（散文卷上），王永年、林之木等译，浙江文艺出版社2006年版，第143页。

② ［意］克罗齐：《美学或艺术和语言哲学》，黄文捷译，百花文艺出版社2009年版，第7页。

二　幻想文学的定义及分类

从时间上看，根据博尔赫斯的文学追随者比奥伊·卡萨雷斯为《幻想文学作品选》所作的序言，幻想小说历史悠久，但作为一种基本确定的流派，属于19世纪的英国文学。下面笔者将列举一些关于幻想文学的定义，并讨论它们与“博尔赫斯的幻想小说”之间的共同点与相悖之处。

幻想文学（Fantasy）是文学的一种类型，它运用魔法或超自然的元素来构建主要情节、主题和背景。这类文学作品中的故事大都发生在想象世界，在这个世界中魔法和神奇生物被看作是常识。幻想小说一般与科幻小说和恐怖小说相区别的重要原因是后两者分别驾驭的是科学的和恐怖的主题，尽管三者之间有许多重叠的部分，它们都被看作是推理小说（speculative fiction）的子类①。这一定义所描述的幻想强调超自然因素、魔法对幻想文学情节的重要性，而博尔赫斯的幻想小说中对超自然现象的运用是非常有限的，因此这一定义不能概括博尔赫斯的幻想小说。

“幻想文学”一词的最早定义出现于结构主义批评家茨维坦·托多洛夫（Tzvetan Todorov）的著作《幻想文学：对一种文学类型的结构主义分析》（1975）中，这本书是关于幻想文学的经典理论著作。

托多洛夫把“幻想”解释为“当只能理解自然法则的人面对超自然法则时产生的犹疑（hesitation）”②。他把幻想文学视为文学的一个子类，认为幻想文学的重要特征是：人物或读者在面临现实（reality）问题时所产

---

① Jane Tolmie, *Medievalism and the Fantasy Heroine*, Journal of Gender Studies, Vol. 15, No. 2 (July 2006), pp. 145 – 158.

② TzvetanTodorov, *The Fantastic: A Structural Approach to a Literary Genre*, trans. Richard Howard, Cleveland: Case Western Reserve University Press, 1973, p. 47. 托多洛夫对幻想的定义被广泛地运用到博尔赫斯的研究之中，例如笛迪尔（Didier T. Jaén）在《博尔赫斯的神秘主义图书馆：形而上学到元小说》一书第一章第二节“神秘主义、幻想和博尔赫斯的元小说”一节中反复提到托多洛夫的幻想文学理论；陈众议在《博尔赫斯》一书中亦提到了托多洛夫对于幻想的定义等。

生的犹疑（hesitation）感。托多洛夫在进行幻想文学研究时主要针对的是叙事文体，因而把它作为幻想小说的定义同样适用。

唯物论认为“现实通常指的是一切实际存在的东西，自然现象和社会现象的总和，实际存在的实物系统，即周围世界。这样理解现实，是同无法实现的梦想、幻想，无法实现的行动，不现实的意图，不能实现的可能性，亦即不现实的东西、不存在的东西相对立的”①。现实与非现实具有本质的不同，二者是对立的，这种把世界分为现实和非现实的观念被普遍接受，并一直都占有主导地位，但在思想史上一直有另一种观念与之并存——现实世界与非现实世界之间没有本质区别，自然、社会、周围的实物世界是现实，但梦、幻想、无法实现的行动、不现实的意图等同样也可以被认为是“现实”。然而，与占主流地位的二元论观念相比，把现实与非现实视为一体的观念的接受程度到小得多，并且越来越边缘化。

根据托多洛夫的定义幻想文学是基于一元论观念的文学，它超越了现实与非现实二元对立的观念。在幻想文学中，现实与非现实之间的界线变得模糊不清，二者间的传统观念被打破，从而变成对等的、可以相互转化。幻想文学寻求的是二元观念的统一。

根据托多洛夫的定义，犹疑感是读者在阅读时产生的暂时不稳定的精神状态。在判断某个叙事文本到底适用于自然法则还是超自然法则时，读者会产生困惑的心理。也就是说自然法则与非自然法则的界线变得模糊了，原来那个自然/超自然、现实/非现实的泾渭分明的世界被打破了。幻想文学主要依赖的是打破这种二元对立关系，而在面临这种新世界时，读者会产生困惑。

幻想文学依赖的是“真实”与“非真实”的不确定性（uncertainty）造成的美学效果，是幻想小说的基础。罗斯梅利·杰克森（Rosemery Jackson）

① M. A. 帕尔纽克主编：《作为哲学问题的主体和客体》，刘继岳译，中国人民大学出版社1988年版，第75页。

认为“以可疑的方式再现以经验为主的真实世界，幻想提出真实和非真实的问题，把它们之间的关系突出为最中心的概念”[①]。曼格威尔·阿尔伯特（Manguel Alberto）对此也有类似的表述，“幻想文学表现梦与醒，人物或读者对其间什么是真实和什么是梦感到疑惑”[②]，“他（托多洛夫）把他的‘幻想文学’放在真实和想象之间的分界面”[③]。

托多洛夫还区分了“惶惑”（uncanny）[④] 和“神奇”（marvelous）这两个概念，并根据这两个概念确立了幻想文学的两个分支。托多洛夫认为表现“惶惑”感的作品最终可以得到合理的解释，即按照现实世界的法则找到解释，例如在安·拉德克里夫[⑤]（Ann Radcliffe）的哥特小说中就是这样，而在表现“神奇”的作品中，对那些奇迹般的现象则只能做超自然的解释，例如神话。他又把第二类分为四个子类：夸张的神奇、异域的神奇、器械的神奇、科学的神奇。

博尔赫斯在散文《关于威廉·贝克福德的〈瓦提克〉》中也提及过uncanny这个词，他说：“英语中有一个无法翻译的词uncanny，专指超自然的恐怖。这个形容词（德语中是unhemlich）可以用来形容《瓦提克》的某些片段：根据我的回忆，在它之前还没有一本书配用这个形容词。”[⑥] 根

---

① RosemaryJackson, *Fantasy*: *The Literature of Subversion*. London: Routledge, 1981, p. 37.

② Alberto Manguel, *Blackwater*: *the book of Fantastic literature*, London: Picador, 1984.

③ Scholes, Robert. “Lem's Fantastic Attack on Todorov”, *Science Fiction Studies*, Vol. 2, No. 2 (Jul., 1975), pp. 166 – 167.

④ “惶惑”（Uncanny）是一种令人感到奇特的熟悉与陌生的混合物。精神分析学把它解释为奇怪的熟悉感，但它不是神秘感，最有可能是弗洛伊德在他的论文‘*Das Unheimliche*’第一次提到。萨德克·拉希米（Sadeq Rahimi）注意到uncanny与直接或隐喻的视觉指涉的一般关系。根据拉希米的理论，uncanny就像分身、魂魄、似曾相识（Déjà vu）、第二自我、自我异化、幽灵、双胞胎、真人玩偶等一样，它们有两个共同特征：（1）它们与视觉转义有密切联系，（2）它们都是双重自我的变体。“惶惑”是指一个人熟悉的知识和感觉之外的东西，描述的是一种本身互相矛盾的感觉。

⑤ Ann Radcliffe（1764 – 1823），英国女作家。以写浪漫主义的哥特小说见长，被司各特称为“第一位写虚构浪漫主义小说的女诗人”。她的作品融恐怖、焦虑、悬念的情景和浪漫主义情调于一体，代表作有《林中艳史》（1791）、《奥多芙的神秘》（1794）和《意大利人》等。

⑥ ［阿］博尔赫斯：《博尔赫斯全集》（散文卷上），王永年、林之木等译，浙江文艺出版社2006年版，第458页。

据萨德克·拉希米（Sadeq Rahimi）的理论，“惶惑”uncanny 就像分身、魂魄、似曾相识（Déjà vu）、第二自我、自我异化、幽灵、双胞胎、真人玩偶等现象所产生的感觉一样，是指一种陌生的熟悉感，而不只是简单的神秘感，它描述的是一种自相矛盾的感觉。分身、魂魄、第二自我、真人玩偶等以上拉希米提到的这些情形，都是博尔赫斯在幻想小说中表达“自我的同一性”主题时常用的手法。

托多洛夫还认为幻想文学需要满足三个条件：第一，文本必须促使读者把小说中人物活动的世界看作是一个人类生存的世界，并使读者在对所描述事件应作自然的解释还是作超自然的解释产生疑惑感；第二，这种疑惑感也被小说中的一个人物所经历，因此读者的角色可以说委托给了人物，这种疑惑也是作品的主题之一，在缺乏经验的阅读中，真实读者把自己与小说人物等同起来；第三，读者关于文本必须采取这种态度：拒绝“寓言的”和“诗意的”解读①。

三　幻想小说的类型

幻想小说的分类标准有很多，前面提到的托多洛夫的分类，“惶惑”和“神奇”是以文本所引发的心理反应作为标准的。根据题材，幻想小说也可以分成许多子类，例如：科幻小说、魔幻现实主义小说、漫画幻想、童话、神魔志怪小说（包含中国神话故事中的神和魔）、武侠小说、黑暗幻想（包含恐怖因素）等。

从幻想和叙事的关系来看，法拉·门德尔森（Farah Mendlesohn）在《幻想文学的修辞》（*Rhetorics of Fantasy*）一书中提出了幻想小说的分类，该标准是幻想以何种方式进入叙述来决定的，他将幻想小说分为入口—探

---

① Tzvetan Todorov, *The Fantastic: A Structural Approach to a Literary Genre*, trans. Richard Howard, Cleveland: Case Western Reserve University Press, 1973, p. 33.

索幻想小说、拟真幻想小说、入侵幻想小说和域限幻想小说四类。

（1）入口—探索幻想小说（portal - quest）。幻想世界是通过一个入口进入的，故事的幻想元素总是存在这个入口之后。这些倾向于探索类型的叙事，主要目标是在一个幻想世界中进行探索。著名的入口—探索小说有刘易斯·卡洛尔的《狮子、女巫和壁橱》和弗兰克·鲍姆的《绿野仙踪》（又译《奥兹国的神奇巫师》）。

（2）拟真幻想小说（immersive fantasy）。让读者通过主人公的眼睛和耳朵来感觉幻想世界，不用对叙述的幻想事物进行任何解释。虚构世界被看作是完整统一的，故事背景中的幻想元素不会被质疑。这一叙述类型，有意消除常与推理小说联系在一起的好奇感。从这一点上讲，科幻小说应该属于典型的拟真幻想小说，不同点是，拟真幻想小说的背景通常被设置在一个过去的世界中，它和我们的世界缺乏联系：幻想被嵌入在丰富的文本语言中，或者在主人公和环境的互动中，拟真幻想小说的情节可能具有最少幻想元素。

（3）入侵幻想小说（intrusion fantasy）。幻想事物入侵现实，与入口—探索幻想小说正好是相反的。幻想事物进入日常世界中，主人公参与这个过程从而推动故事情节的发展。入侵幻想小说一般在叙述风格上是现实主义的，因为此类小说往往设定一个常识世界作为基础，而且高度依赖解释和描述。经典的入侵幻想小说包括布拉姆·斯托克（Bram Stoker）的吸血鬼小说《德古拉》（*Dracula*，1897）和洛夫克拉夫特（H. P. Lovecraft）的作品。

（4）域限幻想小说（liminal fantasy）。域限（Liminality）一词源自拉丁文“limen”（英语 threshold，意思是极限），指“有间隙性的或者模棱两可的状态”。作为心理学名词，指外界引起有机体感觉的最小刺激量。这个定义揭示了人感觉系统的一种特性，那就是只有刺激达到一定量的时候才会引起感觉。域限幻想是一种相对较少的叙述模式，幻想事物进入我们生活的世界，但对主人公而言，这不能看作是入侵，而是被看作正常现

象。这使读者感到疏离和不安。这类幻想小说运用反讽、习以为常的语调，从而与其他大多数幻想小说的一本正经的模仿幻想世界相反。譬如乔安·艾肯的隐士家族，对独角兽周二而不是周一出现在他们的平原感到吃惊。对于主人公而言，独角兽的出现是正常现象，只是它出现的时间与平常不同，引起了不安。域限幻想引起的感觉是使人紧张不安，这种感觉是域限幻想小说的核心。

以上四类中，入口—探索幻想小说和入侵幻想小说两类最常见也最易理解。入口—幻想小说的主人公穿过一个入口，从现实世界进入幻想世界。幻想事物被限制在这个世界之中，不会进入现实世界。入口—探索幻想小说必须有一个进入幻想世界的入口。进入幻想世界以后，主人公带领我们去领略那个世界的图景，我们与主人公共同经历这个幻想世界，借助他的眼睛和耳朵去观察魔幻世界。入口—探索幻想小说的语言通常是精细的，正是这种精细描绘，制造了强烈的描述性和解释性，而非假设性。

入侵幻想小说是与入口—探索幻想小说相反的类型，这类幻想小说以常识世界作为基础，异型、神魔或外星生物进入人类生活的世界，因此入侵幻想小说的整体风格是现实主义的。这类幻想文学同样高度依赖解释性和描述性。

拟真幻想小说在很大程度上把幻想世界表现得和日常世界一样。这类幻想小说不对幻想事物进行任何解释，无论是对主人公还是对读者都是如此。我们用主人公的眼睛和耳朵来观察，但并不获得任何解释性的描述。拟真幻想小说所描述的世界不能在故事的范围内被质疑。拟真幻想小说的叙述结构相对简单，从小说的一开头，叙述者就带领我们进入一个幻想空间，描述幻想的人物、事件和环境。小说中不存在从真实世界到幻想世界的入口，也不存在幻想事物向真实世界的入侵。叙述者直接描述他所见所闻及感受到的事物，我们通过主人公的感觉，成为这个幻想世界的一部分，并自由地理解它。

与入口—探索幻想小说中的人物不同，拟真幻想小说中的人物必须把

周围世界的幻想元素视作理所当然的。人物沉浸于其中，异常事件显得正常，被认为是这类小说的核心。在拟真幻想小说中，整个环境已经是幻想的，因而入侵不能被看作是异常现象，而是被当作正常事件来看待。比如外星人入侵故事，故事一开始就发生在未来的科技世界，人类已经可以和外星人接触了，因此当外星人入侵的时候，它不是被看作异常事件，而是那个环境中最可能发生的事情。拟真幻想文学最接近科幻小说，在拟真幻想中，我们不是从一个世界进入拟真幻想世界，而是一开始就作为它的一部分而存在。拟真幻想小说与科幻小说不同的是，它们被设置在一个过去的世界，和我们的世界缺乏联系。幻想被嵌入主人公和环境的互动中，在拟真幻想小说中，情节可能是最少具有幻想元素的。成功的拟真幻想小说有意识地消除好奇感以支撑习以为常的氛围。

域限幻想文学可能是幻想文学中最有趣也是最少见的一类。约翰·哈里森对域限点提出了这样的解释：我们受邀穿过一扇门以进入幻想世界，但我们并不穿过它。这扇门指的是一个临界点，通过这个门可以进入幻想世界，幻想事物也可以从这扇门进入现实世界。它既有入口—探索幻想小说的功能，也有入侵幻想小说的功能。

哈里森认为威尔斯的《墙中门》这篇小说中的门就有这种意味。《墙中门》是英国小说家赫伯特·乔治·威尔斯的一篇短篇小说，小说讲述了主人公莱昂内尔·华莱士幼时通过一扇“墙中门”进入一个亦真亦幻的、陌生而迷人的花园，回归现实后虽曾多番重遇此门，却出于现实考量始终过门而不入，及至中年却又对门后世界魂牵梦萦。绿门的隐喻十分重要，它在幻想文学中所处的位置更有意义。法拉·门德尔森认为这扇门的结构使这篇小说中的幻想成为“诱惑性的”。焦虑感的维持和幻想的不可解释是这类幻想小说的核心。在引诱物的周围，域限点维持着焦虑感，它使人紧张不安，这种紧张不安感是域限幻想小说的核心。相对于托多洛夫所说的“犹疑”和“不确定性”，法拉·门德尔森更倾向于域限这个词，因为“犹疑”只能作为这类作家所使用的策略之一。

在域限幻想小说中，所有事物都在告诉我们，这是我们生活的世界。当幻想事物出现时，它或许是突然闯入的、出人意料的，然而，尽管事件本身是令人惊诧的，但他们神奇地产生或出现几乎不会引起惊奇。对幻想事物的反应确定了域限小说这一类型。域限小说的叙述语调可以被描述为“麻木”（blasé）。到达临界点而不穿过它，有更大的潜力使我们产生恐怖、敬畏和迷惑——所有幻想创作所需的最强烈最重要的情感。

法拉·门德尔森认为托多洛夫实际上把幻想文学局限在域限小说之中，而不包括另外三类。无论这种分类是否完全适用于所有的幻想文学，法拉·门德尔森对于现实世界和幻想世界的关系的思考，对幻想元素进入常识世界的顺序的思考，对幻想与叙事的关系的思考，都十分具有启发意义。

第二节　博尔赫斯对幻想文学的论述

博尔赫斯称自己的小说是“幻想小说”，他说，“我为推动我国的幻想文学走向高潮尽了力；现在，别人从事这种文学当然比我幸运得多”①，但他从来没有给“幻想小说”一个明确的定义，从世界各国的文学理论中也很难找到可以直接用来描述博尔赫斯的“幻想文学”的定义。但是，我们可以从博尔赫斯对以下几个方面的论述，了解他心目中的幻想文学的版图。第一，他的作品之中哪些属于幻想文学类型，哪些不属于幻想文学类型；第二，博尔赫斯对文学传统中的幻想因素的归纳和发掘；第三，幻想文学应该具有哪些特征。

---

① ［阿］博尔赫斯、索伦蒂诺：《博尔赫斯七席谈》，林一安译，光明日报出版社2000年版，第171页。

一　博尔赫斯的幻想小说的范畴

并非博尔赫斯所有的小说都是幻想小说，他的小说只有一部分可以称为“幻想小说”。根据博尔赫斯的观点，《小径分岔的花园》这个集子中除了一篇侦探小说《小径分岔的花园》之外，其他六篇都是幻想小说。《小径分岔的花园》并不是一篇幻想小说，作为一篇侦探小说，它是被排除在博尔赫斯最重视的小说类型之外的。《杜撰集》中九篇小说都是幻想小说。《阿莱夫》“这个集子里除了《埃玛·宗兹》和《武士和女俘的故事》以外，都属于幻想小说类型”①，因此，《阿莱夫》这个集子中有十六篇幻想小说。《布罗迪报告》这个小说集是博尔赫斯年届七十时所作，表现了某种回归朴实的意愿，他说他已经厌倦“迷宫”了，并且决定限制他之前的短篇小说的复杂性。② 与《杜撰集》和《阿莱夫》相比，《布罗迪报告》这个集子有更多的现实主义因素，这个文集中除了同名小说受到格列佛的最后一次游历的影响，是一篇幻想小说，其他小说是现实主义风格的。《沙之书》这个集子中，第一篇《另一个人》是一篇幻想小说，《乌尔里卡》在形式上与第一篇有相似之处，也可以被归于幻想小说的类型。因此，博尔赫斯的幻想小说主要集中于《虚构集》《阿莱夫》和《沙之书》之中。

被博尔赫斯排除在幻想小说之外的作品占一小部分，比较这一部分作品，我们可以发现它们与他的幻想小说之间的区别。

在中国的博尔赫斯研究中，《小径分岔的花园》占据很大的篇幅，然而这篇小说却被博尔赫斯排除在其最重要的小说类型之外。这是因为虽然

---

① ［阿］博尔赫斯：《博尔赫斯全集》（小说卷），王永年、林之木等译，浙江文艺出版社2006年版，第310页。

② Naomi Lindstrom, *Jorge Luis Borges: A Study of His Short Fiction*, Boston: Twayne Publishers, 1990, p. 88.

这篇小说是一篇虚构小说，但它并不具有“幻想”色彩。对比《虚构集》中的其他几篇小说，我们会发现这篇小说与另一些被博尔赫斯明确称为幻想小说的作品有着显著不同。现实主义文学表现的是我们所熟悉的事物本来的样子，描述的是日常活动和经验。《小径分岔的花园》中虽出现特殊时代环境（第一次世界大战）和特殊身份的人物（间谍），但总的来说，并未超出人类日常生活的经验，小说中也没有出现超自然的力量和神奇事物，一切都是发生在现实世界当中，只不过故事情节曲折，形似迷宫，整体风格是现实主义的。而在《特隆、乌克巴尔、奥比斯·特蒂乌斯》中存在一个与地球生存环境完全相反的星球，《博尔赫斯强记的富内斯》中有一个记忆力精确到分秒的奇人，《环形废墟》中有魔法师可以抟梦造人，《南方》中有一个在幻觉中漫游南方、难分梦境与现实的病人……这些小说都叙述了超出日常经验之外的环境和人物。

因此，幻想小说与现实主义小说相区分的一个重要方面在于小说是否描述了超出日常生活经验之外的人物、环境或事件。幻想文学中超自然现象和非现实事物是一个非常重要的因素，但是，不同类型的幻想小说对超自然现象和非现实事物的选择有特殊性，在入口—探索幻想小说、入侵幻想小说和拟真幻想小说中超自然现象的出现十分常见，但在域限幻想小说中，由于徘徊在真实与非真实的边缘，因此对超自然现象的运用是非常有限的。博尔赫斯本人对文学中的超自然现象非常感兴趣，但是在他自己的小说中对超自然现象的运用则极为克制。

博尔赫斯的幻想小说大多数可以归于域限幻想小说类型。博尔赫斯的拟真幻想小说包括：《巴比伦彩票》《通天塔图书馆》；域限幻想小说包括：《吉诃德的作者皮埃尔·梅纳尔》《环形废墟》《赫伯特·奎因作品分析》《刀疤》《叛徒和英雄的主题》《死亡与指南针》《秘密的奇迹》《博闻强记的富内斯》等。

门德尔森所作分类中，域限幻想小说要求最为严格，它最想达到的效果是我们对幻想事物预期的理解和颠覆，在四个类型中它最依赖模糊机

制。域限幻想小说不是最边缘的类型、最少幻想的文本，而是最模糊不清的一类，它被其他类型支持，又处于其间。域限幻想小说提炼了幻想的本质。

譬如在《特隆、乌克巴尔、奥比斯·特蒂乌斯》中，博尔赫斯和卡萨雷斯通过一套盗版《百科全书》中多出的几页，发现了一个特隆星球。小说开头无论是人物还是环境都处于现实层面。《百科全书》是盗版的，因此它的真实性比之前要少一层。《百科全书》可以被视为进入幻想世界的入口，通过这个入口，他们进入了一个特殊的宇宙，这是典型的入口—探索幻想小说的特征。问题是对这个幻想世界的描述非常令人疑惑。它是《百科全书》的一部分，工具书的权威性赋予了它某种真实性，但特隆的环境是地球上几乎不可能存在的，它是一个建立在唯心主义世界观之上的世界，它的一切都是围绕这种世界观生成的。但是唯心主义是人类思维的一种，因而在特隆世界中并没有任何奇特生物或外星人出现，居住于其中的仍然是人类，只是与我们的思维方式全然不同的另一类人，因此，特隆的存在本身具有一种超自然的特征，但不能说是超自然。后来，这个特殊星球上的一些事物出现在了地球上，第一次是一个神秘的罗盘，第二次是一个金属圆锥体，而且这种现象还将继续下去。这又是入侵—探索幻想小说的叙述特征，幻想世界中的事物进入现实世界。小说的主人公“我”（博尔赫斯）和比奥伊·卡萨雷斯都是真实存在的，他们的活动未脱离日常生活的环境。因此，这篇小说可以说是域限幻想小说，它满足了域限幻想小说的几个条件：第一，主人公活动是环境是我们生活的世界；第二，我们对特隆这个幻想世界的真实性会产生强烈的疑惑感；第三，在真实与虚幻的边缘，幻想维持着高度的平衡感。

第三点更复杂一些。其一，百科全书作为权威工具书，一般会给人一种深信无疑的感觉，但是特隆世界又出现在盗版百科全书之中，盗版书使其真实性遭到质疑。其二，假设我们坚决否认了盗版百科全书的真实性，认为词条是杜撰的，可是杜撰和记录它的人又都是真实存在的历史人物，

如贝克莱。其三，假如我们认定主人公在编造故事，百科全书是盗版，特隆世界一定是假的，可是特隆世界中的事物后来又出现在现实世界中，并改变着我们的观念。虚构事物的出现又增加了其真实性。其四，假如我们认为整个故事都是虚构的，全部都是假的，我们又会产生一种疑惑，因为主人公博尔赫斯和卡萨雷斯是真实的，而且还描述得煞有介事。因此，这篇小说在临界点保持着高度的平衡，在真实与非真实之间飘忽游移。

《特隆》这篇小说兼有入口—探索幻想小说、入侵幻想小说、拟真幻想小说、域限幻想小说的特征，这一点是很明显的，而这种混合使整篇小说的真实性处在真实与不真实的临界状态。

二　博尔赫斯对幻想文学传统的论述

博尔赫斯说："西尔维娜·奥坎波、阿道弗·比奥伊·卡萨雷斯和我合编出版的《幻想文学精选》(*The Book of Fantasy*) 一书是阿根廷文学历史上不应该被忘却的一部作品。"① 这本书在博尔赫斯看来十分重要。我们从《幻想文学精选》的篇目选择标准也可以对博尔赫斯认同的幻想文学的版图了解一二。

《幻想文学精选》从世界各国文学中选择了81篇幻想文学作品，体裁包括短篇小说、长篇小说节选、诗歌，1940年出版。每篇选文都不长，让我们对过去三个世纪世界各国的幻想文学有一个大致的了解，其中包括以下文学作品：《斯芬克斯的故事》、博尔赫斯自己的小说《特隆、乌克巴尔、奥比斯·特蒂乌斯》《镜中奇遇》的片断"红国王的梦"、翟理思(Giles) 的《孔子和他的门徒》的节选"不信神的人"、霍桑的《地球毁灭》、詹姆斯·乔伊斯的《尤利西斯》中的"什么是鬼魂"、卡夫卡的

① ［阿］博尔赫斯、索伦蒂诺：《博尔赫斯七席谈》，林一安译，光明日报出版社2000年版，第171页。

《女歌手约瑟芬或耗子民族》和《法律门前》，以及《聊斋志异》中的“赵城虎”，曹雪芹的《红楼梦》里的“宝玉无尽的梦”（第五回：“贾宝玉神游太虚境警幻仙曲演红楼梦”）和“风月宝鉴”（第十二回“王熙凤毒设相思局贾天祥正照风月鉴”），吴承恩的《西游记》中的“审判”，《庄子》中的“庄周梦蝶”等。

选集完全是根据编选者的目的来选择的，倾向性非常明显，它能够充分反映作家与幻想文学传统的关系。博尔赫斯还为选集中许多篇目写过书评。其中博尔赫斯与中国文学的关系将在第四章中详细讨论，这里要分析的是博尔赫斯与其他国家的幻想文学之间的关联。

“红国王的梦”节选自《爱丽丝镜中奇遇记》第四章“特威度丹姆和特威度迪”。在镜中世界，特威度迪问“国王梦到了什么”，爱丽丝说没人能猜得出来。特威度迪说红国王正在梦着爱丽丝，“要是他梦里没有你，你认为你会在什么地方”，爱丽丝说自己会在自己原来所在的地方，于是特威度迪傲慢地说：“你不过是他梦里的一件东西！……国王一醒，你会跟一支蜡烛一样，忽闪一下就灭了！”[①] 爱丽丝十分气愤，但特威度迪并未退让，仍然坚持说爱丽丝不过是红国王梦里的一件东西，爱丽丝此时气得直哭，坚称自己是真实的。这个梦境又是另一个梦中的梦，这个更大的梦境是爱丽丝坐在一张大扶手椅里面做的梦，红国王的梦包含在爱丽丝的梦中。小说中的一句话“要是他梦里没有你”后来被博尔赫斯用作《环形废墟》的题记，《环形废墟》也是一个关于无穷的梦中之梦的故事。

卡夫卡的两篇小说入选其中，一篇是《女歌手约瑟芬与耗子民歌》，另一篇是《法律门前》。卡夫卡对博尔赫斯的幻想文学产生过很大影响。博尔赫斯和卡夫卡都创造了自己的幻想世界，但是二者是有区别的。关于博尔赫斯与卡夫卡的关系，将在讨论博尔赫斯的幻想小说的独特性（第五

① ［英］刘易斯·卡罗尔：《阿丽思镜中奇遇记》，许季鸿译，中国对外翻译出版公司1994年版，第129页。

章第二节）时专门论述。

入选这个文集的还有美国作家霍桑，博尔赫斯称他为“梦想家”①。他认为霍桑的短篇小说与卡夫卡的小说有相同的特色，“对于理念和逻辑思维，意义的多样化可能违反常情；对于梦，情况就不一样，因为梦有它独特的、秘密的代数学，在它暧昧的领域里，一样东西也可能是多样的。梦的世界就是霍桑的世界”②。在霍桑身上，博尔赫斯还找到了自己创作思想和创作方法的印证，“霍桑喜欢这些幻想与真实的接触，它们是艺术的反映和复制；在我列举的提要里还可以注意到他的泛神论的思想，即一个人也是别的人，是所有的人”③。幻想与真实的接触点就是梦，这一点恰恰是博尔赫斯幻想小说的要素。

有些作家虽然没有入选幻想文学精选，但是博尔赫斯仍然非常关注他们作品中存在的幻想性。塞万提斯恐怕是博尔赫斯提到最多的作家了。博尔赫斯认为《堂·吉诃德》和大多数古典主义作品一样，是属于现实主义一派的，但是博尔赫斯所说的现实主义并非19世纪的那种现实主义。“同别的古典作品相比（《伊利亚特》《伊尼特》《法尔萨利亚》、但丁的《神曲》、莎士比亚的悲剧和喜剧），《堂·吉诃德》是现实主义的；但是它的现实主义和19世纪的现实主义有本质上的不同。”④

在博尔赫斯看来，塞万提斯塑造的堂·吉诃德这个人物使他在真实世界和想象世界之间建立了一种奇妙的关系。它们既是相互对应的，又是相互矛盾的，和19世纪现实主义文学相比，现实与非现实之间产生了一种有魅力的张力。“堂·吉诃德这个人物使他把一个平凡真实的世界同一个诗意的想象的世界加以对照。康拉德和亨利·詹姆斯把现实生活

---

① ［阿］博尔赫斯：《博尔赫斯全集》（散文卷上），王永年、林之木等译，浙江文艺出版社2006年版，第382页。

② 同上书，第397页。

③ 同上。

④ 同上书，第377页。

写成小说，因为他们认为现实生活富有诗意；塞万提斯却认为现实和诗意是互相矛盾的。”①

因为《堂·吉诃德》是现实主义的，所以在写作过程中必须符合真实情况。但是博尔赫斯认为塞万提斯追求“真实”，避免“神奇”，其实是一种佯装，他真正想要追求的不是真实。尽管塞万提斯没有在小说中描写魔法和巫术，但他却以一种微妙的方式暗示超自然的情况，博尔赫斯认为这是使塞万提斯成功的原因。博尔赫斯评论说：“他作品的方案不允许有神奇的东西，于是他像模仿侦破小说那样，不得不转弯抹角的佯装。塞万提斯不能采用魔法巫术的情节，但他用微妙的方式暗示超自然的情况，因而更为成功。塞万提斯内心是喜爱超自然的东西的。”② 其中，“用微妙的方式暗示超自然的情况”也是博尔赫斯幻想小说的特点。

博尔赫斯认为塞万提斯混淆了客观和主观，读者的世界和书的天地。这一点对博尔赫斯的影响是巨大的。博尔赫斯也喜欢超自然的东西，但是在他的小说中他并不常利用超自然的东西。“在现实生活中，每部小说都是一幅理想的图景；塞万提斯乐于混淆客观和主观，混淆读者的世界和书的天地。”③ 博尔赫斯关注的是“混淆”，在分析塞万提斯是如何达到这种效果的时候，博尔赫斯主要分析了塞万提斯使用的“中国套盒”结构，博尔赫斯在自己的小说中也多次应用了这种叙述结构，从叙事的角度上讲，这种结构对博尔赫斯的小说有着至关重要的意义。

《一千零一夜》是出现在博尔赫斯经常提到的书中最为频繁的一本，而在《一千零一夜》的众多版本中，博尔赫斯最喜欢的是安东尼·加朗的版本，它被选入这个文集同样是出于“此书由一连串精心幻想出的梦所组

---

① ［阿］博尔赫斯：《博尔赫斯全集》（散文卷上），王永年、林之木等译，浙江文艺出版社2006年版，第377页。

② 同上书，第378页。

③ 同上。

成”①，而博尔赫斯为什么要选择由东方学者、古钱币学家安东尼·加朗的版本呢？因为“他突出了作品中的魔幻色彩，减少了拖沓，抹掉了某些淫秽的内容”②。这三点中，最为重要的自然是突出了魔幻色彩，然后是简洁和单纯。

从以上材料我们可以发现，博尔赫斯非常关注世界文学传统中的幻想色彩，从他的论述我们可以发现其中的一致性。首先，他关注文学作品中的超自然现象，对充满梦境的文学青睐有加；其次，博尔赫斯相当重视现实主义文学中的幻想性，而不关注纯粹离奇的幻想情节；最后，博尔赫斯从读者反应的角度认为梦境不宜让人们一眼就看出它们是虚构的，而应具有难辨虚实的效果。这些特征都体现在他自己的小说之中。

第三节　博尔赫斯幻想小说的特征

一　现实与非现实的模糊性

（一）明修栈道：整体的现实主义风格

博尔赫斯的幻想小说在现实/非现实的二元对立的结构中寻求突破，同时把现实与非现实两个层面呈现在小说中，使它们水乳交融，虚实相生，真伪难辨。博尔赫斯的幻想小说首先会尽力装作正在讲述一个真实的故事，故事发生的环境是现实世界，而且时间、地点、人物都十分确切，甚至确有其事，确有其人。因此，博尔赫斯的大多数幻想小说的开头都有

① ［阿］博尔赫斯：《博尔赫斯全集》（散文卷上），王永年、林之木等译，浙江文艺出版社2006年版，第628页。

② 同上。

现实主义风格，甚至比现实主义文学更努力地表现为现实主义。小说的开篇几乎都在营造一种“逼真”的氛围，令读者很容易认同事件发生在现实世界之中。

《另一个人》的开头“事情发生在1969年2月，地点是波士顿北面的剑桥”①，提供了明确的时间、地点，这是典型的现实主义文学的特征。《南方》的开头“1871年在布宜诺斯艾利斯登岸的那个人名叫约翰尼斯·达尔曼，是福音派教会的牧师；1939年，他的一个孙子，胡安·达尔曼，是坐落在科尔多瓦街的市立图书馆的秘书，自以为是根深蒂固的阿根廷人”②，《秘密的奇迹》的开头“1939年3月14日，亚罗米尔·赫拉迪克在布拉格市泽特纳街的一栋公寓里梦到一局下了很长时间的棋，此人是未完成的悲剧《仇敌》的作者，还写过《永恒辩》和一篇有关雅各布·贝姆间接根源的考证”③，《等待》的开头“马车把他送到西北区那条街道的四千零四号。早晨九点的钟声还没有敲响；那个男人赞许地看看树皮斑驳的梧桐，每株树下一方暴露的泥土，带小整齐的房屋，旁边一家药房，油漆五金店的褪色的菱形门面装饰”④……几乎都描述了十分具体的时间、地点，对周围环境的描述也很细致，这是现实主义小说的写法，读者读到小说的开头都认同这是一个真实的发生在历史中的故事，并对此十分确信。

博尔赫斯幻想小说中常见的叙述策略是设置精确的故事背景，包括事件发生的确切时间、地点、人物、环境等细节。有趣的是，他经常让真实的人物如自己、比奥伊·卡萨雷斯出现在作品中，以达到加强小说真实性的效果。比如小说《特隆、乌克巴尔、奥比斯·特蒂乌斯》的开头比奥伊·卡萨雷斯和“我”一起吃饭，比奥伊·卡萨雷斯是博尔赫斯的朋友和

---

① ［阿］博尔赫斯：《博尔赫斯全集》（小说卷），王永年、林之木等译，浙江文艺出版社2006年版，第387页。

② 同上书，第185页。

③ 同上书，第166页。

④ 同上书，第286页。

学生，有许多共同的艺术主张，他们出现在小说中是作者有意强化小说的现实主义特征。

整体的现实主义风格可以使读者产生一种思维惯性，这种思维惯性会令人把之后偷偷潜入的幻想情节误认为是真实的。在博尔赫斯对《红楼梦》的论述中，我们知道这种现实主义的风格可以带来真实的效果，“而正因为它们是现实主义的，人们并不认为那怪诞是不可能与不可信的”。但是，现实主义的风格绝不是博尔赫斯的追求，他只是设置了一个圈套，它制造了一种氛围——故事是真的，故事是真的，故事是真的。

（二）暗度陈仓：悄然潜入的幻想

当读者对所读故事的真实性确信无疑时，这种真实性常常会悄然转变，不真实的幻觉、超自然现象、梦境在读者毫无防备的情况下潜入文本。这个转变过程常常是不动声色的，以至于缺乏经验的读者很难发觉接下来发生的事不是真的。博尔赫斯篡改现实的手法非常巧妙，表现出了精湛的叙事技艺。正如法拉·门德尔森所说，域限幻想小说高度依赖叙述技巧。

以《南方》为例。《南方》讲述的是一个生性怯懦的人达尔曼在病愈出院后前往南方疗养，途中受到挑衅而决斗的故事。达尔曼买到一本《一千零一夜》，迫不及待地想看，匆匆上楼，结果被忘了关的窗户划破了头，伤口发炎引发高烧，于是被送进了医院。病情十分严重，濒临死亡。这一过程被描写得十分真实。我们看接下来这段话：

> 他坚强地忍受了那些极其痛苦的治疗，但是当大夫告诉他，他先前得的是败血症，几乎送命的时候，达尔曼为自己的命运感到悲哀，失声哭了。肉体的痛苦和夜里的不是失眠便是梦魇不容他想到死亡那样抽象的事。过了不久，大夫对他说，他开始好转，很快就可以去庄

园休养了。难以置信的是，那天居然来到①。

接下来小说描述的是他前往南方的经历。这段话是这篇幻想小说的关键，是幻想情节悄然出现的时刻。人在高烧、濒死的时候有可能会产生幻觉，从“过了不久，大夫对他说，他开始好转，很快就可以去庄园休养了”这一句开始一直到小说的末尾，实际讲述的是达尔曼在手术台上的死亡幻想。对博尔赫斯的幻想小说缺乏经验的读者很难觉察出幻想是从这一刻开始的。

在一个叙述的关节点上，故事由现实的层面进入非现实的层面，而这个过程博尔赫斯往往可以瞒天过海。阅读博尔赫斯的小说，需要我们对这些关节点保持高度警觉，一不小心就会掉入陷阱。它实际上就是域限幻想小说中的“临界点”。前文中达尔曼被病痛折磨得死去活来，突然说他病愈这件事本身就是可疑的。因此，我们读到这里时要保持警惕，以防落入博尔赫斯设置的陷阱。

在描写真实的事物时，博尔赫斯经常会加入大量的暗示性语言，在读者产生强烈的真实感后提醒读者这一切有可能只是幻觉。比如，《南方》的主人公在火车站候车时喝着咖啡摸着猫本是再平常不过的事情，但作者会这样暗示：“这种接触有点虚幻，仿佛他和猫之间隔着一块玻璃……”达尔曼在火车上昏昏欲睡，这本来也是所有人都会经历的情境，作者却这样暗示：“明天早晨我就在庄园里醒来了，他想到，他有一身而为二的感觉。”再比如，达尔曼进入了一个杂货铺，杂货铺被博尔赫斯描述得非常真实，可是匪夷所思的事情又发生了：“达尔曼进门后觉得店主面熟；后来才想起疗养院有个职员长得像他。”在陌生环境中遇到面熟的人，虽说不是完全不可能，但至少也会令人惊讶。而且店主竟然能叫出他的名字：“达尔曼先生，那些小伙子醉了，别理他们。”这件事显然出乎所料、违背

① ［阿］博尔赫斯：《博尔赫斯全集》（小说卷），王永年、林之木等译，浙江文艺出版社2006年版，第186页。

常理，又进一步强化了前文中达尔曼认为店主面熟的疑惑感。

除了把真实写得虚幻，博尔赫斯模糊现实的手法多种多样。我们来看看以下这些句子，“经过夏季的闷热之后，初秋的凉爽仿佛是他从死亡和热病的掌握中获得解救的自然界的象征”，“看到大理石般的明亮的云层，这一切都是偶遇，仿佛平原上的梦境”，“达尔曼有些纳闷，当它什么也没有发生，打开《一千零一夜》，似乎要掩盖现实”，“午饭（汤是盛在精光锃亮的金属碗里端来的，像遥远的儿时外出避暑时那样）又是宁静惬意的享受”。这类句子在小说中比比皆是，常常出现在对人物、环境的描写过程中，它们使真实的事件、情境显得模棱两可，时刻引起读者警觉。这类句子有以下几点共同特征：第一，这些句子是充满诗意的，诗的一个重要特征是含混和模糊；第二，明喻、暗喻的大量使用，比喻句的本体与喻体之间的模糊对应的关系也使一切变得似是而非；第三，似乎、几乎等表示不确定性的副词的大量使用，也增加了意义的模糊性。

当机敏的经验读者产生了警惕，就要把读到的情节看成是梦境、幻想、幻觉的时候，博尔赫斯又会用逼真的描写来打消这个念头。对梦境、幻觉进行逼真的描写，把梦（幻觉）中的所见所闻描写得比清醒时更加细致入微，从而达到更加真实的效果。

在《南方》后半部分的幻觉中博尔赫斯描绘的人物和环境，有着令人身临其境般的真实，让读者对主人公的经历信以为真。比如，达尔曼在杂货铺休息时对周围的景物描写与努力追求逼真的现实主义的描写手法毫无二致：

> 达尔曼在靠窗的一张桌子旁坐下。外面的田野越来越暗，但是田野的芬芳和声息通过铁横条传过来。店主给他先后端来了沙丁鱼和烤牛肉。达尔曼就着菜喝了几杯红葡萄酒。他无聊地咂着酒味，懒洋洋地打量着周围。煤油灯挂在一根梁下；另一张桌子有三个主顾：两个像是小庄园的雇工；第三个一副粗俗的样子，

帽子也没脱在喝酒。①

从方位、光线、气味、声音、视觉等多方面展现了细节的真实。类似这种逼真的描述在小说中俯拾即是，对幻觉中所见、所闻、所感的描写都十分生动。我们来看看下面这段文字，达尔曼正在火车上眺望窗外的风景：

> 他看到粉刷剥落的砖房，宽大而棱角分明，在铁路边无休无止地瞅着列车经过；他看到泥路上的骑手；看到沟渠、水塘和农场；看到大理石般的明亮的云层，这一切都是偶遇，仿佛平原上的梦境。……
>
> 他瞌睡了一会，梦中见到的是隆隆向前的列车。中午十二的难以忍受的白炽太阳已成了傍晚前的黄色，不久又将变成为红色。车厢也不一样：平原和时间贯穿并改变了它的形状……在粗犷的田野上，有时候除了一头牛外空无一物。②

这段引文描述了主人公一醒一梦的转换，第一段是他从车窗看到的沿途风景，第二段是他在梦中所见到的事物。它突出体现了博尔赫斯模糊现实与虚构（梦境）的策略。

在《秘密的奇迹》中，博尔赫斯也是通过梦境使主人公从现实进入幻境的。主人公赫拉迪克 1939 年 3 月 14 日在公寓里做了一个下棋的梦。3 月 19 日赫拉迪克被捕，他无法否认盖世太保对他的指控而被判处死刑，行刑日期为 3 月 29 日。时间不可挽回地向生命的终点流逝，28 日傍晚，他想到自己的剧本《仇敌》还有两幕没有写完，但他很快就要死了。一直以来，他都希望《仇敌》可以改变自己的文学声誉。他在黑暗中祈求上帝赐给他一年时间完成剧本。他又做了一个梦，梦中上帝批准了他要求的工作

① ［阿］博尔赫斯：《博尔赫斯全集》（小说卷），王永年、林之木等译，浙江文艺出版社 2006 年版，第 189 页。

② 同上书，第 188 页。

时间。就在这时赫拉迪克惊醒，两个士兵带他去行刑。一滴雨水落到他的太阳穴。行刑的命令下达时，物质世界凝固了。他在上帝恩准的一年时间里完成了他的杰作，当他找到最后一个词语时，雨滴从他面颊流了下来，四倍子弹将他打死。赫拉迪克死于3月29日上午9点零2分。可是小说最后标明的日期3月29日，并没有说明年份，如果这个3月29日是1940年3月29日，那么上帝恩准他一年的时间变成了现实，从“物质世界凝固了”这一句开始到他完成剧本的最后一个词语，是在被恩准的一年时间内发生的事情。如果按这种方法解释，那么这篇小说就是一则“神话”，因为小说中出现了超自然现象，在我们生活的现实世界这几乎是不可能的。对小说还可作另一种解释：如果小说末尾标明的3月29日是他被裁定执行死刑的1939年，那么被裁定执行死刑的时间上午9点与上午9点零2分之间就只相差两分钟，这在现实世界中是有可能发生的。如果这一切都是真的，那么为什么赫拉迪克可以在短短两分钟之内完成两幕剧的写作呢？这实在是很可疑的事，唯一可能发生的事情是赫拉迪克产生了幻觉或做了个梦。

幻觉或梦境发生的时间有可能是从他在行刑前一晚做完祈祷之后开始的。“那最后的一晚，最难熬的一晚，但是十分钟以后，梦像黑水一样把他淹没了。”① 他从祷告完成之后睡着了，在睡梦中他梦到了上帝恩准了他的请求，在梦中他度过了一年时间，第二天早晨死刑仍然是按时执行。还有一种可能是他从监狱被带走时是8点40分，要等到九点整才能行刑，这中间有20分钟的时间。在这20分钟里“他试图想象那个象征尤利亚·德魏登纳夫的女人是什么模样，可是想不起来”，尤利亚是他剧本中的人物，也就是说在这20分钟里赫拉迪克由于情绪极度紧张而产生了幻觉，幻觉让他完成了此后的一系列创作活动。

---

① ［阿］博尔赫斯：《博尔赫斯全集》（小说卷），王永年、林之木等译，浙江文艺出版社2006年版，第169页。

这是一个有关时间主题的幻想故事，它表现了客观时间、正常时序与主观时间之间的相互作用。在《秘密的奇迹》中有若干个模糊现实与非现实界线的“机关”，把这个机关任意地扳到另一个方向，故事都会被引向另一种理解方式。然而无论是在迷宫的分岔口选择哪一条路，倾向于寻找真实的读者都不会对自己的选择有十足的把握。博尔赫斯常常有意在小说中设置机关、陷阱，令读者无法找到一条清晰的线索，这也是他的小说通常被称为迷宫的根本原因。

通过梦境滑入幻想世界是博尔赫斯最常见的做法，但有时却是通过别的办法，目的只有一个，即模糊“现实”与“非现实”。

在《特隆、乌克巴尔、奥比斯·特蒂乌斯》中，博尔赫斯从一次真实的学术探讨中引出了一个完全虚构的特隆星球。博尔赫斯自己和比奥伊·卡萨雷斯都是这次讨论的参与者。他们要找一个叫作“乌克巴尔”的词条，但遍寻不着，“第二天，比奥伊从布宜诺斯艾利斯打电话来对我说，他在《英美百科全书》第二十六卷找到了有关乌克巴尔的条目”。“比奥伊带来的那册实际是《英美百科全书》的第二十六卷。外封和书脊上的字母（Tor－Ups）虽是我们要找的，但那卷有九百二十一页，而不是标明的九百十七页。多出的四页恰好是有关乌克巴尔（Uqbar）的条目；正如读者已经注意到的，不在字母标明范围之内。……比奥伊那套书是在降价处理时买的”①。接下来博尔赫斯虚构了乌克巴尔的文学假想的一个地区“特隆”的一切。在这篇小说中模糊现实与幻想的界线的是一本盗版百科全书。这一切在博尔赫斯客观的叙述下好像确有其事，但事实上完全是博尔赫斯虚构出来的。

另有几篇小说在博尔赫斯的幻想小说中显得更为特殊一些，似乎没有从现实到幻想的过渡，而是小说中的人物或者环境本身就是一种无法分辨

① ［阿］博尔赫斯：《博尔赫斯全集》（小说卷），王永年、林之木等译，浙江文艺出版社2006年版，第74页。

其真实性的情况，这类小说应该被归入拟真幻想小说的类型。

比较典型的是《博闻强记的富内斯》。“我”第一次见富内斯时是在1884年3月或2月的一个傍晚，“我”记不清了。1887年，“我”再去那个地方，问起富内斯，人们说他从马背上摔下来，就此瘫痪了。富内斯给“我”写了一封信，提到我们当年会面是在“1884年2月7日”，并请求“我”随便借一本拉丁文书给他，并且附一本字典。“我”当时对他这种想凭一本书一本字典就想学拉丁文的想法很不以为然，但还是满足了他的要求。后来，“我”匆匆去拜访他，突然听到富内斯在用拉丁语背诵《自然史》。

以上的叙述都是现实主义的。接下来，叙述者直接出来说明叙述手法，与读者对话：

> 现在到了我故事中最困难的一点。也许该让读者早知道，故事情节只是五十年前的一次对话，他的原话现在已记不清了，我不打算复述，我只想忠实地总结一下伊雷内奥对我讲的许多事。间接叙述显得遥远而软弱无力；我明白我的故事会打折扣；我的读者们可以想象那晚断断续续谈话的情形。

这是元小说的叙述手法。传统小说有意隐瞒叙述者和叙述行为的存在，造成“故事自己在进行”的幻觉，目的是为获取“真实可信”的效果。那么此处跳出一个叙述者，不是明显想拆自己的台吗？这段引文之后的故事发生了叙述者的转换。由第一人称“我”的直接叙述，变为间接叙述，叙述者由“我”变成了“他”，接下来的叙述都是“他”对“我”说。我由一个叙述者，变成了一个听叙者。我们知道“第三人称叙述”比第一人称叙述更具客观性，有更令人信服的功能，更何况“我”对所听到的话“当时和以后我都深信不疑”，对读者也有一种说服力。这种叙述策略制造了一种这样的氛围——“他”的叙述比前面“我”的叙述更真实可信。

富内斯对“我”描述了他坠马的不幸经历，“在淡青色的马把他甩到

地上的那个多雨的下午之前，他同一般人毫无区别：可以说又瞎又聋，懵懵懂懂，什么都记不住。（我提醒他，他有精确的时间感，他记得清别人的姓名和父名；他却不理会。）他生活过的十九年仿佛是一场大梦：视而不见，听而不闻，忘性特大，什么都记不住。从马背上摔下来之后，他失去了知觉；苏醒过来时，眼前的一切是那么纷繁、那么清晰，以前再遥远、再细小的事都记得那么清晰，简直难怪忍受。不久之后，他发现自己已经瘫痪。他并不在意。我觉得他认为动弹不得是最小的代价。如今他的理解力和记忆力好得不能再好了。"①

接下来小说描述了富内斯的记忆力有多么惊人，以如此惊人的记忆力来生活，生活变成怎样。他能够再现所有梦境的细节。他一个人的记忆力是有史以来所有人的总和。他几天之内可以记两万四千个数字，他每次在镜子里看自己的容貌都会感到吃惊。他最微不足道的回忆比我们觉察的肉体快感和痛苦更鲜明、更丝丝入扣。他不费吹灰之力学会了四种语言等。

这里需要注意的是，博尔赫斯所创造的并不是一个视力惊人或者听力惊人的人，而是一个记忆力惊人的人。如果博尔赫斯写一个"千里眼"或"顺风耳"，那么人物就变成了具有超自然力量的人，具有明显的不可信性，这显然不是博尔赫斯追求的美学效果，"模糊"才是他始终不遗余力的追求。在现实生活中存在这样一种人吗？既存在也不存在。我们经常看了一些有关学习方法的训练，能够让人获得很强的记忆力，可以使参与者背出圆周率小数点之后的多少位数字；也许这种学习方法真的是存在的，但这大概是普通人的记忆力的极限了。我们的生活经验告诉我们富内斯有一定的真实性，然而记忆力可以达到富内斯这种水平的却是令人生疑的。富内斯显然是一个具有幻想色彩的人物，博尔赫斯的高明之处就在于，在极限的边缘讲故事，并且以高超的叙述技巧将故事的真实性维持在临界点

① ［阿］博尔赫斯：《博尔赫斯全集》（小说卷），王永年、林之木等译，浙江文艺出版社2006年版，第141页。

上，从而使读者产生一种将信将疑的感觉。

由于现实与梦境、现实与文学、现实与幻想（无论什么原因产生的）的界线都被有意模糊了，所以博尔赫斯的幻想小说呈现出亦真亦幻、虚实难辨的美学形态，这种美学形态是非常独特的。19 世纪现实主义的文学机制是作者努力去伪装正在讲一个真实的故事，读者也把虚构的故事当作真实的故事来读。可是 20 世纪的读者比 19 世纪的读者更老练，他们是经验读者，知道故事讲得再真实都是假的。博尔赫斯选择了一条中间路线，即创作一种分不清真伪的“现实”。

三　很少运用超自然现象

博尔赫斯小说中的幻想的显著特征在于它不偏不倚地处于“现实”与“非现实”之间的临界状态。他虽然主张幻想，但并不主张在幻想文学中写“超自然”的事物，在他的文学中几乎没有神魔、鬼怪、精灵等超自然现象。自然，指具有无穷多样性的一切存在物，与宇宙、物质、存在、客观实在等范畴同义，包括人类社会。超自然，通常指的是自然界以外的现象，神灵、鬼魂等，是与“自然”的概念相对的范畴。

从博尔赫斯为比奥伊·卡萨雷斯的《莫雷尔的发明》所作序言，我们可以了解到在博尔赫斯的观念中，幻想与“超现实”“超自然”是两个不同概念。博尔赫斯用“完美”来评价这本书，他认为该书是“理想的幻想作品”，原因是“在本书的字里行间幸运地解决了这样一个难题：用幻觉、幻想和象征（而不是超现实的假定）谱写了一部新的、充满奇迹的《奥德赛》”①。该书所展现的探索奇迹的过程是“幻想”的，它只用“幻想”而不是“超现实的假定”来解释“奇迹”。

① ［阿］比奥伊·卡萨雷斯：《莫雷尔的发明》，赵英译，人民文学出版社 2012 年版，第 4 页。

另外，博尔赫斯和索伦蒂诺谈话时提及《代表大会》这篇小说："可能故事的情节跟原先有所差异，当然是幻想的情节，不过不是超自然的幻想，而是一种不可能实现的幻想。因为，它取材于一次我不曾有过的神秘经历。"① 以上例证都说明，在博尔赫斯的观念中，他所认定的"幻想"与"超现实""超自然的幻想"属于不同的范畴，而且他更欣赏的幻想不是通过超自然现象展开的。博尔赫斯所认同的"幻想"是一种介于现实与非现实、自然与超自然两者之间的状态，它既不是前者，也不是后者，而是一种模糊的、游离的状态。

因此，博尔赫斯不主张在幻想小说中描述超自然的事物，而是希望通过可控的想象去解释现实。他说："如果试图创作的话，不要试图描写确实无法想象的事物。不要写他仅仅认为是惊人的事件，而要写那些可以使他充分发挥想象的事物。"② 他所说的"无法想象的事物""惊人的事件"指的就是超自然事物，而"可以使他充分发挥想象的事物""可以控的想象"指的是幻想、幻觉。

在博尔赫斯的幻想小说中联结现实与非现实两个层面的关键点主要是"梦境"和"文学"，因为二者是最能用以展现他所追求的亦真亦幻的美学目的。"梦"在博尔赫斯的文学中意义重大，下文将辟专节讨论。

四　心理幻觉的广泛运用

博尔赫斯的幻想小说的另一个特征在于对心理学意义上的幻觉的广泛运用。他的父亲吉列尔莫·博尔赫斯信奉威廉·詹姆斯的学说，曾教过博尔赫斯心理学知识。博尔赫斯本人也读过大量心理学的著作，对幻觉这一

---

① ［阿］博尔赫斯、索伦蒂诺：《博尔赫斯七席谈》，林一安译，光明日报出版社2007年版，第54页。

② ［阿］理查德·伯金编：《博尔赫斯谈话录》，王永年译，上海译文出版社2008年版，第89页。

现象进行过研究。

16世纪早期，“幻觉”（hallucination）一词作为精神恍惚的代名词被首次提及。很难在幻觉、错觉和幻想间做出清晰的界定，因此对它的定义也多种多样。“幻觉通常被定义为在没有外界客观刺激时所出现的知觉体验，即看见或听见不存在的东西。”① 它可以细分为很多个子类，博尔赫斯的幻想小说中最常运用的幻觉包括：谵妄、睡与醒之间、噩梦、心乱神迷、分身（幻觉出另一个自己）、性幻想。其中，博尔赫斯对噩梦的论述最为充分，对它的运用也是多种幻觉中最普遍的，下文中将辟专节进行讨论。

（一）醒前幻觉——睡与醒之间

“睡与醒之间”是幻觉出现得比较频繁的一种状况，这种幻觉可分为“睡前幻觉”和“醒前幻觉”。作家纳博科夫在《说吧，记忆》里描述了他睡前引人入胜的听幻觉和视幻觉。醒前幻觉和睡前幻觉有天壤之别。睡前幻觉在闭着眼时或黑暗中出现，在它们自己的虚幻空间里悄无声息地进行而且稍纵即逝，通常不会被人感觉在房间里出现。“而醒前幻觉（hypnopompic hallucination）一般在明亮的光线里，在睁着眼时出现。它们总是投射在外部空间，而且看上去绝对真实可信。它们偶尔也表现得有趣讨巧，但通常给人带来的是悲伤甚至恐怖之感，因为它们抱着蓄势待发的目的性，准备袭击刚睡醒的幻觉者。”② 醒前幻觉有时是美梦或噩梦的延续。“怀疑身边有人，在左或在右，也许就在身后，这种感觉对我们来说非常熟悉。这不仅仅是一种模糊的感觉，也是一种确切的知觉。我们可能转着圈地要抓住一个躲在暗处的家伙，可是它连个影子也没有。即使我们早就从前车之鉴中获知这是幻觉或者错觉，但仍然不能对这种感觉释怀。”③ 博

① ［英］奥利弗·萨克斯：《幻觉》，高环宇译，中信出版社2014年版，第2页。

② 同上书，第225页。

③ 同上书，第302页。

尔赫斯在小说《等待》中描述了类似于“醒前幻觉”的心理状态。主人公维拉里被人追杀，长期处于精神极度紧张的状态。心理学认为“巨大的压力加上内心冲突可以轻而易举地导致某些人意识分裂，从而引起各种各样的感觉和运动症状，包括幻觉”①。维拉里就处于高压状态之中，总是担心追杀他的人出现在他身边，在梦中经常出现相似的情境：追杀他的两个杀手握着手枪闯进他的房间。“七月里一个朦胧的早晨，陌生人的在场（不是他们开门的声响惊醒了他。在幽暗的房间里，他们显得很高大，面目在幽暗中却模糊得出奇（在噩梦中一直比现在清晰得多），他们虎视眈眈，一动不动，耐心等待。……他正在这样恍恍惚惚时，枪声抹掉了他。”由于长期梦到相同的内容，因此当真正的仇人出现的时候，维拉里便无法分辨其真实性，把真正的仇人当作梦中的仇人，这事实上是一种醒前幻觉，而不是梦境的延续。不过博尔赫斯在这里对醒前幻觉进行了戏仿。本来醒前幻觉呈现的是不存在的图像，但由于维拉里在噩梦中长期梦到的情境与醒前出现的真实情境相同，因此把真实的追杀者当成了虚幻梦境的延续。

（二）既视现象

既视现象（Déjà vu）也译作“幻觉记忆”，指没有经历过的事情或场景仿佛在某时某地经历过的似曾相识之感。既视现象是博尔赫斯运用过的可以引起惶惑（uncanny）这种心理感受中的一种。小说《塔德奥・伊西多罗・克鲁斯小传》巧妙地运用了这种心理幻觉。

主人公克鲁斯同一批赶牲口的伙计去布宜诺斯艾利斯市，一路上有个人没完没了地取笑他，克鲁斯一直忍气吞声，但最终还是一刀捅死了他，被迫逃亡。他一路同警察拼搏，最终寡不敌众缴械投降，被罚充军。充军期间，他在战争中表现英勇，但他毫无立场，有时为家乡而战，有时又为敌方而战。战争结束后，他娶妻生子，还买了块土地，那时“他也许觉得

---

① ［英］奥利弗・萨克斯：《幻觉》，高环宇译，中信出版社 2014 年版，第 261 页。

很幸福，尽管内心深处并不如此（一个至关紧要、光彩夺目的夜晚在冥冥中等着他：那一晚断送了他的前程；说得更确切一些，不是一晚，而是那一晚的一个片刻、一个行动，因为行动是我们的象征）。任何命运，不论如何漫长复杂，实际上只反映于一个瞬间：人们大彻大悟自己究竟是谁的瞬间”——1870年克鲁斯已成为警察，奉命追杀一个害了两条人命的逃兵马丁·菲耶罗。一夜，他和同行士兵们逼近菲耶罗准备突袭，逃犯从藏身之处跳出来拼命。这一场景与当年他杀人后被警察追捕的情境十分相似。在战斗中的某个片刻，克鲁斯觉得那种感觉似曾相识，克鲁斯说他决不允许以众敌寡，杀掉一个勇敢的人，他转而和逃兵一起，同自己的士兵打了起来。

在这里需要关注的是“幻想”是如何与叙事相结合的。这篇小说被博尔赫斯认定为幻想小说，但是纵览小说，并不存在任何超自然的因素，唯一可能出现幻觉的地方是克鲁斯在与马丁·菲耶罗搏斗时大彻大悟的一瞬。作者写道“他明白命运没有好坏之分，但是人们应该遵照内心的呼唤行事。他明白臂章和制服如今对他已是束缚。他明白他自己的本性应是独来独往的狼，而不是合群的狗；他明白对方就是他自己”，这一领悟瞬间是由一种幻觉所导致的，“塔德奥·伊西多罗·克鲁斯觉得他早已经历过这种情景”①，这一感受在小说中至关重要。这便是“似曾相识”之感，也就是既视现象（Déjà vu），它是真实存在的、有科学解释的感觉，它不属于灵异事件，而是大脑的想象力里曾经浮现过类似的场景罢了。

也许有人会质疑这只不过是一种回忆，而不是幻觉。对于他们身处的环境（譬如在搏斗时都出现了察哈鸟的叫声）而言，克鲁斯确有相似的经历，可以称得上是回忆。但对于感觉而言，克鲁斯此时此刻已是警察，身份与当年完全不同，感受自然也不同于当年做逃犯的感受，他此时此刻的

① ［阿］博尔赫斯：《博尔赫斯全集》（小说卷），王永年、林之木等译，浙江文艺出版社2006年版，第230页。

感受是作为警察的感受，显然是第一次；因此，他那片刻的“似曾相识”之感实际上是对一种并不存在的东西的感受。没有经历过的事情或场景仿佛在某时某地经历过的感受便是“似曾相识”之感。此外，作者的遣词是“克鲁斯觉得他早已经历过这种情景”，而不是他“记得”，这一细节也说明克鲁斯当时的感受更接近于“似曾相识”的幻觉。

根据萨德克·拉希米的理论，“似曾相识”是双重自我的变体，这篇小说的主题正是对自我同一性的探讨，在“博尔赫斯与形而上学”一章中将对该小说的“同一性”哲学主题做进一步分析。

（三）错觉：《釜底游鱼》

《釜底游鱼》这篇小说初看起来很像一篇现实主义小说，主人公奥塔洛拉，十九岁，性格横暴，在一次斗殴中侥幸刺中对手，自认为是条好汉。本区的把头给他寄了一封信，让他去找班德拉的人。他去了，但打听不到班德拉的下落。在一家杂货铺喝酒时，一帮赶牲口的人打斗起来，在混战中，有人想刺杀班德拉，奥塔洛拉帮他抵挡了袭击。事后，那个喝得醉醺醺的、想用匕首刺班德拉的人叫醒他。班德拉召见了他，让他加入自己的帮派。于是奥塔洛拉开始了一种不同的生活，他的野心不断膨胀，他取得了班德拉的保镖苏亚雷斯的信任，并把自己的阴谋告诉了他。奥塔洛拉对班德拉不再唯命是从，篡夺了他的地位，他还把班德拉的女人、马匹占为己有，对手下发号施令，但班德拉还是名义上的头目。在他满以为自己成了头目的时候，苏亚雷斯掏出手枪结果了他。奥塔洛拉临死时忽然明白：“从第一天起，这帮人就出卖了他，把他判了死刑，让他得到女人、地位和胜利，因为他们把他当成死人一个，因为在班德拉眼里，他早就是釜底游鱼。”

这是一个典型的真人玩偶的故事，在小说中，他就像一个演员在舞台上表演，所有的人都知道他只不过是一个“玩偶”，唯独他自己不明白自己的“演员”身份。他完全不了解自己所处的真实环境，在一种“自以

为”真实的情境下行动，实际上只不过是被蒙蔽和欺骗的对象。他认为真实的情境，其实都是不真实的，这种感觉类似于“错觉”。错觉、幻觉、幻想是很难做精确区分的。这篇小说中主人公的错觉是博尔赫斯所表现的“幻想”之一种，这篇小说的“幻想”就体现于此。

（四）分身：幻觉出另一个自己

分身是一种“出体体验”，20世纪60年代牛津心理学家西莉亚·格林（Celia Green）首次提出这一概念。出体体验类似于民间流传的“灵魂出窍”的体验。在癫痫、偏头痛、服药、自我催眠、大脑缺血、心脏停搏、心律不齐、失血过多和休克的时候，都有可能导致“出体体验”。博尔赫斯在《沙之书》的后记中这样写道：“第一篇故事采用了双重性的老主题，斯蒂文森多次用过，得心应手。在英国，它被称作 fetch（生魂），或者说得更书卷气一些，wraith of living（生者的幻影）；在德国，它被称作 Doppel - gaenger（面貌极相似者）。我猜测它名称是拉丁文里的 alterego（另一个我）。这种幻影也许来自金属镜子或者水面，或者干脆来自记忆，以至每个人既成为观众又成为演员。我的责任是使对话者的区别足以显出是两个人，而相似之处又显得像是一个人。”① 可见，博尔赫斯对分身这一心理幻觉是十分了解的。

在《另一个人》中博尔赫斯运用了这一幻觉，在小说中博尔赫斯在河边一条长椅上与年轻的博尔赫斯相遇。“我突然觉得当时的情景以前早已有过（心理学家们认为这种印象是疲劳状态）。我的长椅的另一头坐着另一个人。”② 括号中的文字表明博尔赫斯对心理学十分了解，而且他对“分身”这一幻觉现象的运用是自觉的。“前一天晚上我睡得很好”③ 这一细节

---

① ［阿］博尔赫斯：《博尔赫斯全集》（小说卷），王永年、林之木等译，浙江文艺出版社2006年版，第468页。

② 同上书，第387页。

③ 同上。

值得注意。博尔赫斯本人曾患有严重的失眠症，此处强调前一夜睡得很好是一种叙述策略，以强调下文的内容是在意识清醒的状态下完成的，从而使下面这段离奇的“幻觉”显得真实可信。

在小说中年迈的博尔赫斯与年轻的博尔赫斯进行饶有兴味的交谈。其间提及陀思妥耶夫斯基，“我问他还浏览过那位大师的什么作品，他说了两三个书名，包括《双重人格》”。陀思妥耶夫斯基在《双重人格》这部小说中通过人物幻想的奇特表达手法，塑造了一个具有双重意识，完全和自己行为分裂开的人物。博尔赫斯的《另一个人》可以看作是对这篇小说的戏仿。

（五）谵妄

《南方》中的达尔曼在濒临死亡时，幻想自己病愈并前往南方疗养的经历，可以被视作是前一类幻觉，但由于达尔曼所处的特殊身体状态，他的幻觉更接近于谵妄。

谵妄是感染导致的高烧、肝肾功能衰竭、肺炎、不受控制的糖尿病，以及所有可能引起血液急剧化学反应的因素都可能是这种疾病的诱因。因为达尔曼得的是败血症，并发高烧，因此他的情况更接近于心理学对谵妄的描述。他是在谵妄中幻觉出另一个自我（分身）的。在小说《等待》中，也提到维拉里因为剧烈牙痛而拔掉了一颗大牙，拔牙之后会引发炎症并引发高烧，这也有可能使维拉里产生谵妄。

（六）性幻想

性幻想的运用在博尔赫斯的小说中比较少见，在小说《乌尔里卡》中比较隐蔽地使用过一次。

《乌尔里卡》的前半部分暗示了我对乌尔里卡产生了爱情，“我知道自己已经爱上了乌尔里卡；除了她，我不希望同任何人在一起”。在小说的末尾博尔赫斯写道：“期待中的床铺反映在一面模糊的镜子里，抛光的桃

花心木使我想起《圣经》里的镜子。乌尔里卡已经脱掉了衣服。她呼唤我的真名字，哈维尔。我觉得外面的雪下得更大了。家具和镜子都不复存在。我们两个中间没有钢剑相隔。时间像沙漏里的沙粒那样流逝。地老天荒的爱情在幽暗中荡漾，我第一次也是最后一次占有了乌尔里卡肉体的形象。”值得注意的是，我占有的是“肉体的形象”而不是“肉体”，意味着我对乌尔里卡的占有是幻想出来的，是一次性幻想。其实，“我”爱上乌尔里卡之后就与她分开了——“我们的路线是错开的。乌尔里卡当天下午去伦敦；我去爱丁堡”，也就是从这一句话开始，下文中的叙述都有可能是幻想中的事件，而这次幻想则以最后的性幻想而告终。

博尔赫斯作品中出现的幻想有时只有一种，有时是几种幻觉的组合。他对心理学上的幻觉的表达经过了艺术加工，与文学本身所具有的想象性交叠在一起，更加强化了他文学的幻想性质。

博尔赫斯由于失眠、失明等经历的困扰，他的身体状况是医学和心理学上易形成幻觉的前提。而且博尔赫斯受到其父亲的心理学教育的影响，自己也对心理学颇有兴趣，因而在文学创作时广泛利用了心理学上的幻觉，以实现幻想美学的目的。

五　读者反应——“疑惑”

在前文中我们提到博尔赫斯对《红楼梦》的论述，他很注重读者的阅读体验，颇具“读者反应批评”的眼光。托多洛夫在研究幻想文学时也相当重视读者反应，他把读者在阅读幻想小说时产生的“疑惑”“迟疑”“犹豫”的感受视作幻想文学必须满足的条件之一。

幻想小说中存在两个世界——现实世界和非现实世界，读者首先从现实世界的规则去理解小说，一旦小说中出现了不能解释的事物时，读者就会产生疑惑感。玛丽·拉斯基说：“对博尔赫斯的作品尤其是他的叙事艺

术做出的反应是被它引起微妙的不安。”① 这种不安就是由这种疑惑感造成的。

现实主义小说不会引起“疑惑”，因为读者会把小说中所描述的情境看作是完全真实的，现实主义作家孜孜以求的是“真实”，它会带来一种确信感。一个离奇的鬼怪故事不会引起读者的“疑惑”，因为现代读者一开始就知道小说是“假”的。这就与幻想小说所产生的读者反应区别开来。在阅读博尔赫斯的幻想小说时，会产生一种真伪难辨的疑惑感。

在真实的环境中，当梦境、幻觉或其他虚构的事物突然出现在小说里时，读者会对早已确认的“现实”表示疑惑。相反，当真实的人物、事件出现在已被确认为“虚假”的环境中时，读者也会对早已确认的“真实”表示疑惑。例如，在《环形废墟》中，直到读者看到小说的最后一段，当魔法师走向火场而感觉不到疼痛时，读者才对魔法师的真实性产生怀疑。而在此之前，读者会将魔法师视为现实世界的一员。

六　拒绝“寓言式”解读

托多洛夫提出的幻想小说条件的第三点对于理解博尔赫斯小说的幻想特质十分重要——拒绝“寓言”和“诗意”的解读。寓言通过象征性的人物或动物、行动、事件来传达信息，它往往借助想象和类比等修辞手法。意义丰富的小说常常蕴含着严肃、重大的问题，因此很多小说都被看作是寓言。例如卡夫卡的小说就被称为现代寓言，加缪的《鼠疫》《局外人》，乔治·奥威尔的《动物庄园》，还有博尔赫斯的少数作品，如《通天塔图书馆》和《巴比伦彩票》也可以被当作现代世界的寓言来解读。寓言常常具有深刻的政治或道德上的寓意。但是，把幻想小说当作寓言来解读有时

① Mary LuskyFriedman, *The Emperor's Kites*: *A Morphology of Borges' Tales*, Durham: Duke University Press, 1987, p. 109.

会歪曲作者本意。

博尔赫斯认为“仅仅利用隐喻或者象征的思想方式似乎会因文害义，把故事缩减到它的因素之一”①，他还说“我写作时试图确认一个故事，而不是一个寓言，如果读者要在文本里看出某种道德意义，那当然更好。我写小说时并没有，比如说，从政治或者道德观点考虑。我只不过努力做到忠实于情节，也许还忠实于梦想。当然，如果我的作品有什么优点的话，我猜想大概慢慢产生了许多意图；不过那取决于它们，而不取决于我。我只是忠实于情节，忠实于梦想。至于我的政治观点，我当然有，但是我不让它们干预，我不让它们篡改我的文学”②，“《阿莱夫》由于展现各种各样的东西而受到读者的称赞：幻想、讽刺、自传和忧伤。但是我不禁自问：我们对复杂性的那种现代的热情是不是错了。批评家们走得更远：他们把贝亚特里斯·维特尔博当成了贝亚特里斯·波蒂纳里，把达纳里当成了但丁，把下地下室看成了下地狱。当然，我很感谢这些意料不到的天才”③。博尔赫斯对批评家把他的小说当作寓言来解释的方式不以为然。

类似的例子比比皆是，有人把奇幻小说《指环王》看成是第二次世界大战的隐喻，然而，它的作者 J. R. R. 托尔金在第二版的序言中明确强调《指环王》既不是寓言也不关时事，他说自己并不喜欢寓言的一切表现形式；梅尔维尔也不赞同把《白鲸》当作隐喻来读，人们通常把白鲸看作是“邪恶”的象征，但是博尔赫斯却认为“鲸鱼的概念比邪恶的概念丰富得多”④。此外，博尔赫斯受卡夫卡的启发曾写过两篇寓言式幻想小说，但是他说：“我认为卡夫卡教导我写了两篇相当糟糕的故事《通天塔图书馆》和《巴比伦彩票》。当然，我欠卡夫卡的情。当然是那样。我从中得到乐

---

① ［阿］博尔赫斯：《博尔赫斯谈话录》，王永年译，上海译文出版社 2008 年版，第 50 页。

② 同上书，第 161 页。

③ ［阿］博尔赫斯：《博尔赫斯文集》（文论自述卷），王永年译，海南国际新闻出版中心 1996 年版，第 146 页。

④ ［阿］博尔赫斯：《博尔赫斯谈话录》，王永年译，上海译文出版社 2008 年版，第 50 页。

趣。与此同时，我不能老是看卡夫卡的东西，于是我就停止了。我按照那种模式只写了两篇故事便放弃了。”[①] 那种模式指的是“卡夫卡式”的寓言。博尔赫斯式幻想和卡夫卡式的幻想具有相似之处，“对博尔赫斯而言，它也是达到某种更高实在的方式，他以他最优秀的小说创作说明了这一点，被称作是‘卡夫卡式’的幻想主义。在更普遍的意义上，我们看到，通过虚构，往往使写作这门艺术最大限度地接近了无限的心灵活动”[②]。博尔赫斯和卡夫卡在运用想象、虚构时，存在一定差别，但这种差别不是本质性的。只是他们各自的幻想世界所指向的意义是完全不同的。因此，不是所有的幻想小说都可以被当作寓言来解读。如果把博尔赫斯的幻想小说当作寓言来解释，寻找那些幻想故事与现实世界之间的联系，则有可能产生误读。例如，残雪在《解读博尔赫斯》一书中把博尔赫斯的大多数小说解释为艺术创造过程的象征，以寓言的解读方式去分析博尔赫斯的小说，过度阐释了博尔赫斯作品的意义。

七　玄学气质

1949 年 9 月 2 日，博尔赫斯在蒙得维的亚作了一次关于幻想小说的精彩演讲。在演讲中，他概括了四种幻想小说的写法：艺术作品中之艺术作品、现实与梦幻的混淆、时间旅行，以及双重人格[③]。通过这四种手法，作家不仅可以打破现实主义小说的常规，而且还能打破现实的常规。四种写法是博尔赫斯创造幻想的方式，同时也是他的小说主题，他经常在幻想小说中讨论时间、空间、存在、自我等形而上学的基本问题。

---

① 理查德·伯金编：《博尔赫斯谈话录》，王永年译，上海译文出版社 2008 年版，第 255 页。

② 高尚、陈众议编：《博尔赫斯文集》（文论自述卷），海南国际新闻出版中心 1996 年版，第 8 页。

③ 参见埃米尔·莫内加尔《生活在迷宫——博尔赫斯传》，陈舒、李点译，知识出版社 1994 年版，第 374 页。

博尔赫斯的幻想小说的另一个重要特征是把具有幻想性的情节与形而上学（metaphysics）紧密结合在一起，这是博尔赫斯最独特的地方。文学幻想的形式多种多样，科幻小说以科学技术为依据展开对未来世界的幻想，魔幻现实主义小说以历史或当地生活习俗为依据展开幻想……但博尔赫斯的幻想小说有其特殊的表达对象，他的幻想小说之所以深深打上了博尔赫斯的烙印，关键在于博尔赫斯把文学幻想与形而上学水乳交融地结合在了一起。如果博尔赫斯的幻想小说缺乏对于最抽象的哲学问题的思考，博尔赫斯式的幻想将失去独特性。博尔赫斯在《特隆、乌克巴尔、奥比斯·特蒂乌斯》就曾暗示过“玄学是幻想文学的一个分支”①。正如波萨特所言：

> 把博尔赫斯与他最具有的现代性分开的一面，是他对哲学的喜爱，尤其是对形而上学的喜爱。博尔赫斯有一个明显的思想上的哲学转变，也就是他可以欣赏并构想出严格的哲学上的论辩。……但是，使博尔赫斯独一无二的是他富于想象力地使用比喻和象征来表现最抽象的思想的能力。他也展示了对形而上学游戏的持久兴趣，始终希望这些游戏中的一个最终可以成为一种对现实的相对精确的描述。在这些他最喜欢的现代哲学家中，罗素是他最喜爱的，他兼具对形而上学的持久的爱和一种深刻的怀疑气质。像罗素一样，博尔赫斯漫游于这些卓越的大师之间，以求寻找一个他无法找到的牢固支点。因此他表现出了对形而上学的怀旧之情，因为他在它的迷宫中失去了自我。②

博尔赫斯的幻想小说的形而上学色彩将在下文中展开讨论。

综上所述，博尔赫斯的幻想小说的特质表现为：在现实与非现实中游

---

① ［阿］博尔赫斯：《博尔赫斯全集》（小说卷），王永年、林之木等译，浙江文艺出版社2006年版，第79页。

② W. H. Bossart, *Borges and Philosophy*: *Self*, *Time*, *and Metaphysics*, New York: Peter Lang Publishing House, 2003, p. 1.

移不定，现实与非现实的界线模糊不清并相互转换、合二为一；对心理学意义上的幻觉的广泛运用；由于无法确定小说中真实与虚构的因素，读者在阅读博尔赫斯的小说时往往会产生犹豫和迟疑的阅读感受。他创造幻想的主要手段是：艺术作品中之艺术作品、现实与梦幻的混淆、时间旅行，以及双重人格。最后，博尔赫斯最为独特的是他善于运用想象来表现最为抽象的思想，他创造的幻想世界指向一个整饬的理念世界，体现了他对宇宙终极真理的追求。

第四节　幻想与人生

任何作家的创作都与他的生活有着或多或少的联系，无论现代批评如何强调文本的独立性和文学的自治性，作家与作品之间的联系都是无法割断的。博尔赫斯创作幻想小说与他知识结构的形成、阅读兴趣，以及生活中的偶然事件具有一定的联系，他曾指出“奇幻成分必须基于作者自身的经历之中”①。本节旨在发掘在漫长的生活经历中将博尔赫斯引向幻想小说创作的条件和契机。

一　童年教育

在博尔赫斯童年时期，父亲豪尔赫·吉列尔莫·博尔赫斯通过富有启发性的方式传授博尔赫斯哲学知识，其中最重要的一部分就是唯心主义哲学。这些知识对博尔赫斯的一生产生了深远的影响，影响了博尔赫斯看待世界的方式，是博尔赫斯幻想小说的深刻思想根源。关于博尔赫斯所受到

---

① ［英］埃德温·威廉森：《博尔赫斯大传》，邓中良、华菁译，华东师范大学出版社 2014 年版，第 253 页。

的哲学教育，在博尔赫斯与形而上学一章中有更详细论述。

除了形而上学之外，吉列尔莫·博尔赫斯信奉威廉·詹姆斯的学说，曾教过博尔赫斯心理学知识。他用一堆硬币来形容记忆，最下面一枚硬币是童年时期对房子的印象，倒数第二枚是搬到布宜诺斯艾利斯时对童年房子的记忆，第三枚是另一个记忆，依此类推。每一个记忆都与前一个记忆略为不同，所以，现在想起的永远不可能是第一个印象。因此，连续地重复扭曲过去，这样，记忆终将与过去相去甚远。博尔赫斯为这一学说感到悲哀，因为过去永远都是虚假的、不真实的。对于博尔赫斯而言，遗忘和回忆也是一种创造，由于它们与事实永远不可能等同，因此具有虚幻性。心理学和唯心主义的叠加，进一步强化了博尔赫斯对现实世界的非现实性的认识。

博尔赫斯的早期哲学教育与其创作之间的关系十分明显。在《特隆》之中，博尔赫斯运用贝克莱的唯心主义哲学构建了一个星球，在这个星球上，一切都是建立在唯心主义哲学的基础之上的，唯物主义思想只会引起轩然大波。这个星球不是由物质构成的，由于没有物质，因此也没有名词。事实在这个星球上只是偶然性的，文学是纯粹想象的产物。在特隆的古典文化中心理学占主导地位，其他学科都是次要的，科学毫无用武之地……特隆是一个由想象建构的世界，这个世界对于我们来说显得荒诞离奇，但也并非完全不可理喻，它有一套完整而系统的社会结构和知识体系，而这一切都是由唯心主义哲学提供的。博尔赫斯在这里构想了一个“可能的世界”，在这个世界中贝克莱的学说不容反驳，由此可以看出，博尔赫斯童年所受到的哲学教育与他的文学想象之间的关系是十分密切的。

二　阅读经验

博尔赫斯的父亲有一个私人藏书室，藏有大量英文书籍。他的文学生涯开始于这里，这间小型图书馆占据了博尔赫斯早年生活的绝大部分时

间。他在学会使用西班牙语之前学会的是英文，英文带他去遨游文学海洋，他读的第一本书是《堂·吉诃德》的英译本。“这个仅受想象局限的世界比他所处的真实世界还要广阔。这就是他那神秘个性的根源所在，也是他对英国乃至北美文学众所周知的偏爱的缘由。”① 博尔赫斯不用出门就能游历寓言与传奇的世界。博尔赫斯在他所作的《埃瓦里斯托·卡列戈生平》第二版的序言中提到了这间图书室：

> 多年来，我一直认为自己是在布宜诺斯艾利斯的一个郊区长大的，那里街上不安全，到处显露出衰败气象。事实上，我成长的地方是一个有铁矛似的栏杆围着的花园和藏有无数英文书籍的书房。以匕首和六弦琴为特征的巴勒莫（人们让我确信）就在门外的街角上，但是早上出没在我身边、晚上给我带来愉快的惊吓的是斯蒂文森笔下被马匹踩伤后奄奄一息的瞎眼海盗，把朋友丢在月球上、自己离去的叛徒，从未来摘来一枝凋谢花朵的时间旅行者，在魔瓶里被禁锢了几百年的精灵，波斯乔拉桑的蒙面先知，他那缀着石珠的纱巾后面是一张麻风病人的脸。
>
> 那么，铁矛似的栏杆外面有些什么呢？离我几步之遥，在那乱哄哄的杂货铺里和危险的荒地上，发生了什么本地的暴力事件呢？那个风景如画的巴勒莫曾是，或者可能是什么模样呢？②

博尔赫斯把书本的世界与他很难把握的现实世界作了对比，他提到了那间像宇宙一样无限的图书室和那些激发他幻想的故事情节，同时提到了在那个想象空间之外、现实中的巴勒莫街区。这也许是博尔赫斯后来在幻想小说中把现实世界与虚构世界杂糅在一起，使两者难以分辨的原因之

---

① ［美］埃米尔·莫内加尔：《生活在迷宫——博尔赫斯传》，陈舒、李点译，知识出版社1994年版，第17页。

② ［阿］博尔赫斯：《博尔赫斯全集》（散文卷上），王永年、林之木等译，浙江文艺出版社2006年版，第3页。

一，“博尔赫斯的生活包括他父亲的书室内外两方面；他的想象王国既有英文书里所描绘的世界，又有布宜诺斯艾利斯市郊的真实世界”①。

更值得关注的是博尔赫斯在这间藏书量颇丰的私人图书馆里所读的书。根据博尔赫斯1970年在《自传随笔》中所开列的书单，“我读完的第一本小说是《哈克贝里·费恩历险记》，接下来是《艰苦岁月》和《镀金时代》。我还读过马里亚特上尉的书、威尔斯的《月球上的第一批人》、爱伦·坡、朗费罗诗集、《金银岛》、狄更斯、《堂·吉诃德》《汤姆·布朗的学校生活》《格林童话》、刘易斯·卡罗尔、《弗登特·格林先生历险记》(该书现已为世人所淡忘)、伯顿的《一千零一夜》”②。这个书单十分清晰地说明博尔赫斯阅读的倾向性，首先，英美作家占有十分重要的位置；其次，充满想象力的文学作品占主要地位，现实主义文学处于次要位置。

博尔赫斯喜欢童话，《格林童话》自不必说，那里充满了神奇的想象，《匹诺曹》对他的影响更大，他说：“我阅读《匹诺曹》时我还非常小，也许我应该把我对幻想文学——想象的文学——的兴趣归因于那个变成男孩的木偶。”③ 刘易斯·卡罗尔的《爱丽丝漫游奇境》和《镜中奇遇》在博尔赫斯看来是“濒临梦境”④ 的小说，《堂·吉诃德》对于博尔赫斯来说是“探险和梦幻的源泉”⑤。

他在这个小型图书馆里也读到了神话，博尔赫斯从小就对希腊神话非常着迷，古希腊神话为博尔赫斯提供了想象的材料，埃米尔·莫内加尔认

---

① ［美］埃米尔·莫内加尔：《生活在迷宫——博尔赫斯传》，陈舒、李点译，知识出版社1994年版，第3页。

② 同上书，第86页。

③ Norman Thomas diGiovanni, *The Borges Tradition: Essays by Writers and Scholars*, London: Constable and Company Limited, 1995, p. 91.

④ ［阿］博尔赫斯、索伦蒂诺：《博尔赫斯七席谈》，林一安译，光明日报出版社2000年版，第166页。

⑤ ［美］埃米尔·莫内加尔：《生活在迷宫——博尔赫斯传》，陈舒、李点译，知识出版社1994年版，第90页。

为“在整个希腊神话中，尤其是在有关人牛怪物的神话中，真正吸引博尔赫斯（也许是乔琪）的，显然是根深蒂固的无意识——产生梦魇的温床”①。

他六岁时第一次文学创作的尝试，写的就是关于希腊神话的故事。初次文学创作的篇幅大约有 15 页，讲的是金羊毛、迷宫和他所喜欢的海格立斯的故事，然后是关于诸神的爱情及特洛伊的故事。他的“海格立斯”就没有成功，然而希腊神话却创造了博尔赫斯的文学空间，它是一个神话的空间。博尔赫斯从儿时就喜欢的迷宫成为最具博尔赫斯个人特色的象征物，它代表着人类生活的荒诞和永恒的困惑。在《幻想生命录》中描绘坐在迷宫中心的怪物时，博尔赫斯写道：“希腊神话里的半人半牛怪物很有可能是早期神话的拙劣翻版，是那些更加恐怖的梦幻的影子。”② 神话对于激发幼小的博尔赫斯的想象力，为他日后创作幻想小说深深埋下了一颗种子，一旦时机成熟，它就会破土而出。博尔赫斯多篇幻想小说中的迷宫是象征性的，唯独《阿斯特里昂的家》是以希腊神话中的迷宫形象创作的小说。冉云飞在他的《陷阱里的先锋：博尔赫斯》一书中是这样说明神话的深远影响的：“神话想象中的迷宫，对从六七岁就开始用英语写成一小册古希腊神话集的博尔赫斯，以及对他创作的被后世称为‘幻想文学’的作品来说，随着时间的流逝，我们将从中侦知‘迷宫’久远的意义与深入引领。”③

博尔赫斯认为在古希腊时期人们的思维方式中糅合着抽象的思维和神话，抽象的思维指的是理性，而神话指的是启示，两种思维方式是混合在一起的，古代人不会觉察二者的差别，而现代人却丧失了这种能力，这应该是因为现代人更自信于理性的力量，但是博尔赫斯认为今天的情

① ［美］埃米尔·莫内加尔：《生活在迷宫——博尔赫斯传》，陈舒、李点译，知识出版社 1994 年版，第 111 页。

② 同上。

③ 冉云飞：《陷阱里的先锋：博尔赫斯》，四川人民出版社 1998 年版，第 120 页。

况与古代并没有什么不同，“我们不是生活在理性而是在神话的世界。在睡梦中，心灵会回到神话的世界。但这只是猜想而已，我希望思维的传递和偶然性能帮我们弄清楚”①，于是，博尔赫斯借助幻想的力量来弥合现代人两种思维方式之间的巨大鸿沟，而获取这种力量的途径就是回到睡梦中。

三 文学活动

博尔赫斯1921年从欧洲回到阿根廷后投身于极端主义②文学运动，到现在他仍然被文学史家称为“阿根廷极端主义之父”。但是，极端主义在西班牙很快消亡了，拉普拉塔河岸的作家也已经投身于先锋文学的创作；博尔赫斯与这个文学潮流是合拍的，到20世纪20年代后期，博尔赫斯已经对极端主义感到不满和厌倦。尽管如此，极端主义文学活动对博尔赫斯之后的文学活动产生了极其重要的影响。

1924年2月布宜诺斯艾利斯出版了第一期《马丁·菲耶罗》，该杂志后来成为当时最受欢迎的小型杂志。该杂志的前四期全盘否定了当时的制度、教会、军队和文化传统，但是没有完整的思想体系。“其格调更多的是达达主义的，而不是极端主义的，编辑们似乎更感兴趣于摧毁而不是保护一种新的思维和创作方式。”③ 从第五期开始关心的全部是文化问题。然而博尔赫斯并不是很喜欢《马丁·菲耶罗》的风格，因为它接近法国式的思想，认为文学应该不断更新，并且应该像巴黎一样有沉迷于扬名和斗嘴

---

① 冉云飞：《陷阱里的先锋：博尔赫斯》，四川人民出版社1998年版，第120页。

② 博尔赫斯对极端主义的解释是：极端主义充满了（像未来主义那样）现代派和诡计，极端主义对铁路、螺旋桨、飞机和电风扇无动于衷，但坚持比喻的极端重要性，坚持不要过渡性的和装饰性的形容词，要求写作精美的、高于“此时此地”、摆脱了地方色彩和当时的环境的诗。参见博尔赫斯《博尔赫斯文集》（文论自述卷），高尚、陈众议编，海南国际新闻出版中心1996年版，第117页。

③ ［美］埃米尔·莫内加尔：《生活在迷宫——博尔赫斯传》，陈舒、李点译，知识出版社1994年版，第206页。

的文学派系。虽然博尔赫斯不喜欢《马丁·菲耶罗》，但需要指出的是，这本杂志与当时定期为现行制度的文学喉舌撰写文章的博埃多派划清界限，它有力而幽默地反击了被博埃多派拥立为未来的无产阶级文学的过时的现实主义，在这一点上博尔赫斯与《马丁·菲耶罗》应该是完全一致的。到20世纪20年代后期，博尔赫斯已经成为布宜诺斯艾利斯最重要的青年诗人和先锋派作家的领袖。

博尔赫斯意识到要成功地创造新的风格，他就必须创造一种新的读者。正是在他文学生涯的这一时刻，他开始为《南方》撰写文章，《南方》是维多利亚·奥坎波创办的杂志，是当时拉美最有影响的文学刊物。1925年博尔赫斯就与维多利亚·奥坎波建立起了良好的友谊。在维多利亚·奥坎波的领导下，有一批年轻有为的阿根廷作家先后在该杂志担任编辑，其中包括博尔赫斯。他不仅是《南方》一个相当得力的编辑，同时也是一个忠实的撰稿者。《南方》的意图是既要展示阿根廷乃至整个拉美文化，又要融汇欧洲及北美文化与当地文化。尽管博尔赫斯与维多利亚对于文学与生活、对于文化及杂志的形式有很大分歧，但“这些差异从未阻碍博尔赫斯成为《南方》最踏实的撰稿人，也从未减损维多利亚对这个卓越的异端青年的高度评价”①。

维多利亚·奥坎波并不干涉编辑过程中的细节，但是她对杂志有明确的要求，她对杂志应该办成什么样子有清楚的认识。“奥坎波尤其希望作家很好地创作非现实主义的作品，她喜欢高度想象性的写作，以及‘世界性的’的要素对现代格言的运用。她自己想影响公众的文学品味，奥坎波欣赏博尔赫斯为构建阿根廷公众的阅读习惯所作的努力。他对英语和德语文学的热情和他有能力使用非西方的资源使他成为出版的不可多得的财富

---

① ［美］埃米尔·莫内加尔：《生活在迷宫——博尔赫斯传》，陈舒、李点译，知识出版社1994年版，第243页。

决定了他将成为世界性的。”① 维多利亚所期待的“创作非现实主义的作品”“高度想象性的写作”及对“世界性”的追求与博尔赫斯的文学观念是一致的，因此，维多利亚·奥坎波对博尔赫斯的欣赏给了博尔赫斯一个良好的发展空间，在这里博尔赫斯的想象可以自由无碍地驰骋。此外，根据比安科的回忆，博尔赫斯经常与西尔维亚·奥坎波、比奥伊·卡萨雷斯碰面，他们探讨文学问题，而且在这种讨论中形成了一种气氛，据比安科说，他们制造了“一种气氛，辨不清事物的真假虚实”②，这种难辨虚实的文学氛围，反映了他们对某种文学类型的共识。

维多利亚·奥坎波的妹妹西尔维亚·奥坎波一直以幻想短篇小说作家自居，她与比奥伊·卡萨雷斯和博尔赫斯在 20 世纪 30 年代对创造性写作进行了一次长时间的讨论。正是在这次讨论中，他们萌生了把他们所喜爱的短篇小说汇编成集的想法，这就是 1940 年出版的《幻想文学作品选》，该书的序言就是这次漫长讨论的结晶。在讨论中，他们为已完成幻想文学作品的优点辩护并预测将会产生的新作品。莫内加尔认为这种讨论与《特隆、乌克巴尔、奥比斯·特蒂乌斯》相关，小说的开端提醒读者注意这次文学讨论：“……比奥伊·卡萨雷斯和我共进晚餐，之后我们开始了长时间的争论，关于创作一部用第一人称写的小说，其叙述者会省略或歪曲事实，并醉心于描述各种矛盾，以至于只有少数读者——极个别读者——才能感知一个凶暴或陈腐的现实。”③ 他们都对这种文学形式充满热情，渴望用它战胜现实主义小说，他们三人一起编选了《幻想文学精选》（*The Book of Fantasy*）。而到 1940 年，博尔赫斯的文学生活已形成了一定的模式，这种模式一直持续到 1956 年博尔赫斯眼疾加重之前。这本选集增强了阿根廷

---

① Naomi Lindstrom, *Jorge Luis Borges: A Study of the Short Fiction*, Boston: Twayne Publishers, 1990, p. 9.

② ［美］埃米尔·莫内加尔：《生活在迷宫——博尔赫斯传》，陈舒、李点译，知识出版社 1994 年版，第 327 页。

③ 同上书，第 320 页。

公众对非现实主义文学这种艺术风格的品味。同样重要的是，与这两个朋友一起工作和交流促使博尔赫斯发展了构建幻想小说的观念，也就是抛弃现实主义小说的观念，把非现实性作为自己美学的核心。

四　时代

尽管博尔赫斯有十分明显的反对现实主义和再现美学的倾向，但是仍然可以从时代背景中找到他那些纯粹以美学为目的的幻想作品的现实因素。

20 世纪 30 年代的西方世界可以说是混乱不堪的，法西斯主义、排犹主义、共产主义、民主乱象、极权主义等思想都在那一时期得到发展，这些都让博尔赫斯感到不安。《特隆、乌克巴尔、奥比斯·特蒂乌斯》中的一段描述可以揭露博尔赫斯的态度："十年来，任何貌似秩序井然的和谐——辩证唯物主义、排犹主义、纳粹主义——足以把人们搞得晕头转向了。像特隆这样井然有序、有大量详尽证据的星球，为什么不能接受呢？"① 博尔赫斯的幻想文学可以说是对 20 世纪 30 年代混乱的非理性世界做出的亚里士多德式的反应。"博尔赫斯对理性主义者的想象文学的维护（像他对理性主义者切斯特顿的侦探小说的维护）是对西方文明中摇摇欲坠的非理性世界的创造性的回应。"② 博尔赫斯也许不同意这种对他的作品的阐释方法（他反对现实主义），但这一视角可以为理解他的幻想文学提供一种可能性。博尔赫斯的幻想小说"是一种间接的、迂回的、编码的，对非理性主义（一种博尔赫斯从来没有认同过的哲学观点）的回应"③。

---

① ［阿］博尔赫斯：《博尔赫斯全集》（小说卷），王永年、林之木等译，浙江文艺出版社 2006 年版，第 86 页。

② Beartriz Sarlo, *Jorge Luis Borges: A Writer on the Edge*. ed. John King, London: Verso, 1993, p. 53.

③ Ibid., p. 53.

五　失明

最后，我想谈的是博尔赫斯推崇的幻想文学与身体状况的关系。也许正常人永远都无法理解真正的失明会是怎样的生活状态，但是对于博尔赫斯，失明并非那么悲惨和难以接受，因为对此他早已有了心理准备。他以一种顺天命的态度安然接受。失明之于博尔赫斯是富有诗意的，他说："失明是封闭的状态，但也是解放，是有利于创作的孤寂，是钥匙和代数学。"①

博尔赫斯刚出生时，他的父亲看到婴儿长着一对蓝眼睛，和他母亲眼睛的颜色一样，当时就白白欢喜了一场，"他得救了"，他对妻子说，"他长着你的眼睛"。后来在1971年博尔赫斯的母亲谈起这桩轶事时，说吉列尔莫·博尔赫斯显然还不明白所有的婴儿都有蓝眼睛。和老博尔赫斯一样，博尔赫斯也患上了眼疾，他的大半生在几乎双目失明的状况下度过；在博氏家族中患此疾的，算来他已是第六代了。

博尔赫斯在二十岁左右，视力就开始衰退。大约30岁，博尔赫斯也快要失明了。1927年，博尔赫斯因患白内障而进行第一次手术，自此之后到1955年前后完全失明（据博尔赫斯说他还能看到蓝色和黄色的光），他一共做过八次手术。

博尔赫斯的眼睛并非完全失明，而是极度弱视，他能够看到些许光亮。"完全看不见的人像是囚徒，而我的视力够我上街——无论在坎布里奇或者布宜诺斯艾利斯——让我怀有某种自由的幻想。"② 他可以看到事物的影子或者基本轮廓，而这种模糊的形象恰恰留给了他想象的空间，正如

① ［阿］博尔赫斯：《博尔赫斯全集》（诗歌卷上），王永年、林之木等译，浙江文艺出版社2006年版，第90页。

② 理查德·伯金编：《博尔赫斯谈话录》，王永年译，上海译文出版社2008年版，第55页。

他自己所言：“让我怀有某种自由的幻想。”① 从事幻觉研究的英国心理学家奥利弗·萨克斯认为“当视觉丢失或损害的时候将引起一系列全方位的视觉混乱”，“对正常视觉输入的剥夺反而会刺激内部视觉，产生梦境、生动的想象抑或幻觉”，他还认为“视觉完全丧失并不足以产生幻觉，单一视觉更易导致幻觉”②，这一描述与博尔赫斯的身体状况是非常吻合的。

另外，博尔赫斯失明以后，他只能依赖于旁人的朗读和记录来完成读写任务，这样，他并不能像以前一样去查阅某种词条的精确解释，而只能通过记忆来完成，由于记忆不是那么精确，再加上视力的偏差，这让喜欢引经据典的博尔赫斯常常有意外的收获，在文学上有一些新的创造。“我在一九五五年丧失了视力，我当然不得不依赖别人朗读和年轻的心——年轻的眼睛和年轻时的记忆——因此我依赖已经阅读过的东西。但是，给我安慰的是我的记忆力相当差，当我认为我记起什么的时候，实际上是在扭曲或者发明一些新的东西。”“假如我能核实我的每一点记忆，我就不像现在这么沉湎于空想，不这么有创造力了。”③

六　失眠

博尔赫斯患有严重的失眠症并持续多年，1936 年前后写的一首题为《失眠》的诗描述了他失眠时的纷繁思绪，我们可以从中体会到诗人因失眠而遭受的折磨。博尔赫斯还以失眠为题材创作了小说《博闻强记的富内斯》，主人公是一位拥有非凡记忆力的人。“博尔赫斯当时创作的学者气派的随笔和面具小说就来自那痛苦而无底的折磨。《通向阿尔莫塔辛》和《〈一千零一夜〉的译者们》来源于那一经历：在那些日日夜夜里，博尔赫斯（像富内斯一样）相信自己是‘多样化孤独而清醒的旁观者’。富内斯

① 理查德·伯金编：《博尔赫斯谈话录》，王永年译，上海译文出版社 2008 年版，第 55 页。
② ［英］奥利弗·萨克斯：《幻觉》，高环宇译，中信出版社 2014 年版，第 20 页。
③ 理查德·伯金编：《博尔赫斯谈话录》，王永年译，上海译文出版社 2008 年版，第 113 页。

在出事之后残废了，博尔赫斯也象征性地被失眠致残：被无情的心灵之病牢牢禁锢在床上。”① 小说《扎伊尔》所描述的失眠的痛苦也是现实生活中所经历的苦痛。纵观博尔赫斯的文学创作，我们很难忽略这一点，没有哪一位作家像博尔赫斯一样与夜晚如此胶着地交织在一起。

失眠是一种人在进入睡眠状态之前的半醒半睡的状态，失眠很容易产生一种状态，即“睡前幻觉”。作家纳博科夫在《说吧，记忆》里描述了他睡前引人入胜的听幻觉和视幻觉②。爱伦·坡强调他的睡前影像不仅是陌生的，更是他闻所未闻、见所未见的，它们是“绝对新奇的事物”。由于体会到睡前幻觉可以延伸和丰富清醒时的感受，爱伦·坡想方设法把自己从幻觉中拉出来，在完全清醒的状态下快速记录他看见的奇观，然后写进他的诗歌和短篇小说里。他的译者，杰出的波德莱尔也沉醉于这种独特的视觉体验，尤其是鸦片或大麻引发的幻影。这种幻觉影响了整个19世纪初的一代人［包括柯勒律治（Coleridge）、华兹华斯（Wordsworth）、骚塞（Southey）和德·昆西（De Quincey）］③。这几位作家恰好是博尔赫斯所偏爱的。

七　契机（谵妄）

如果说博尔赫斯受到的教育为他日后创作幻想小说提供了思想基础，早期的文学活动为他创作幻想小说作了漫长而充分的准备，失明为他的幻想提供了某种条件的话，那么一个偶然契机则使博尔赫斯坚定地走向了创作幻想小说之路。

1938年圣诞前夕，博尔赫斯遭遇了一次变故，它在博尔赫斯的文学生

① ［美］埃米尔·莫内加尔：《生活在迷宫——博尔赫斯传》，陈舒、李点译，知识出版社1994年版，第273页。

② 参见［英］奥利弗·萨克斯《幻觉》，高环宇译，中信出版社2014年版，第220页。

③ 同上书，第223页。

涯中具有重要的意义，可以说是他走向文学巅峰的开端。博尔赫斯在上楼时撞到了刚刚漆过的竖铰链窗，虽然积极治疗，伤口仍然发生了感染，得了败血症，博尔赫斯受到高烧和幻觉的折磨，甚至丧失了语言能力，高烧和幻觉大约持续了一周，在做完手术之后，又毫无知觉地在生死之间徘徊了一个月。心理学认为“谵妄最常见的诱因是发烧”①。

博尔赫斯在不同场合多次提到这个事故，他在《自传随笔》中对这件事做了详细的记叙。在《自传随笔》中，他记下的时间是1938年，但是在小说《南方》中博尔赫斯写达尔曼出事的时间是1939年2月，传记《生活在迷宫》的作者莫内加尔认为“博尔赫斯更改了日期，也许是为了避免圣诞节的宗教意义，并暗暗点出他自己病愈的确切时间”②。不管这个事件具体发生在什么时候，这一段时间在博尔赫斯的整个创作生涯中具有里程碑的意义。在受到病魔折磨期间，博尔赫斯担心自己从此失去了阅读和写作能力，他让母亲给他念刘易斯的《来自沉默的行星》这本书，听了一两页后他哭了，因为他庆幸自己还能听懂。

博尔赫斯病愈之后开始尝试一种他未曾写过的文体——幻想小说，博尔赫斯想用写作的方式去证明自己的记忆力、创造力，但是这种“想要证明”的勇气伴随着他天性中的一丝怯懦，于是他选择了另一条“未走过的路”。“如果我此刻去写评论而失败了的话，那我的智力就算完了，但如果试写我从未真正写过的东西而失败了的话，情况还不至于，这样甚至还能为最后的揭示做些准备。”③ 1964年，博尔赫斯的母亲说：“此后，他开始创作幻想小说，以前他从未写过这种东西。……他一回到家里便开始创作一篇幻想小说，那是他的第一篇。……以后，他只写幻想小说了。”④ 第一

① ［英］奥利弗·萨克斯：《幻觉》，高环宇译，中信出版社2014年版，第204页。

② ［美］埃米尔·莫内加尔：《生活在迷宫——博尔赫斯传》，陈舒、李点译，知识出版社1994年版，第307页。

③ 同上书，第310页。

④ ［英］奥利弗·萨克斯：《幻觉》，高环宇译，中信出版社2014年版，第310页。

篇幻想小说就是《〈吉诃德〉的作者皮埃尔·梅纳尔》，发表于期刊《南方》，《〈吉诃德〉的作者皮埃尔·梅纳尔》的发表标志着一个新的博尔赫斯的诞生。几年之后，博尔赫斯写成的著名短篇小说《南方》具有自传的性质，它是对1938年这个事故的影射，他在病中所产生的幻觉与《南方》有密不可分的联系。

综上所述，博尔赫斯的童年教育，心理学和唯心主义强化了博尔赫斯对现实的非现实性的认识；博尔赫斯偏爱阅读具有幻想色彩的文学；博尔赫斯参与的文学活动；他所处的时代环境及自身的身体状况，加之特殊事件的发生，这一系列因素共同将博尔赫斯推向了幻想文学的创作。

第二章　博尔赫斯论现实和梦

第一节　博尔赫斯的现实观及其对创作的影响

现实（reality）是哲学的基本问题，一个作家如何看待现实，对其创作的影响重大，对博尔赫斯而言更是如此。现实和幻想常常被严格区分。如果说直接描述博尔赫斯幻想小说的特征还不足以呈现他的创作特色，那么从另一角度——“现实”入手，去阐释博尔赫斯的文学幻想不失为一条有效途径。博尔赫斯对现实问题有大量论述，通过对这个概念的梳理，我们可以更深入地理解博尔赫斯幻想文学的内涵。

现实是指事物实际存在的状态，而不是可能显现或被想象的状态。较宽泛的定义认为现实包括一切现存和过去存在的事物，无论它是否可以被观察和理解。与现实相对立的范畴是想象、幻觉、存在于精神之中的事物、梦、虚假事物、抽象事物，我们称它们为“非现实”。存在和现实的概念一直都存在争议，一个极端的看法认为它们仅仅是词语，而另一个极端的看法是为它们是更高的真理而不只是抽象概念，对它们的不同意见是哲学普遍问题的基础。

一 唯心主义的现实观

博尔赫斯是一个唯心主义者，他在《乌龟的变形》一文中写道："让我们承认一切唯心主义者所承认的东西：世界具有引起幻觉的特点。让我们来做一件任何唯心主义者都没做过的事：我们来寻找证实这个特点的非现实。"① 博尔赫斯的现实观受到了贝克莱唯心主义哲学的影响，他在《对现实的看法》《时间的新反驳》《不朽》等多篇文章中多次提到了贝克莱的哲学观点。博尔赫斯对贝克莱的学说非常熟悉，在《时间的新反驳》中大量引述了贝克莱的观点，在《特隆、乌克巴尔、奥比斯·特蒂乌斯》这篇小说中，博尔赫斯所幻想的特隆世界也与贝克莱有关，在小说《刀疤》中他也提到了贝克莱。安娜·巴伦尼西亚认为博尔赫斯用来攻击宇宙和人类的稳定性的方式综合了若干精神力量，其中排在第一位的就是贝克莱的唯心主义哲学。② 博尔赫斯甚至认为伏尔泰、莎士比亚的作品终会衰落，而"贝克莱的作品是经久不衰的"③。

（一）物质世界是虚幻的

贝克莱因否定物质的存在而在西方哲学史占有重要地位。贝克莱是一个经验主义者，认为经验到的才是存在的，而人们直接经验到的是他们心灵或意识的内容，所以，贝克莱把二者结合起来得到一个命题："对于'不能思考的物'来讲，它们的存在就在于它们能被感知到。无论是论证

① ［阿］博尔赫斯：《博尔赫斯全集》（散文卷上），王永年、林之木等译，浙江文艺出版社2006年版，第200页。

② Ana María Barrenechea，*Borges*：*The Labyrinth Maker*. ed. &trans. Robert Lima，New York：New York UP.，1965，p. 121. 在这本书第六章《唯心主义和其他非现实的形式》中，巴伦尼西亚认为博尔赫斯用来攻击宇宙和人类的稳定性的思想集合了贝克莱的唯心主义哲学、柏拉图主义、基督信仰、东方信仰、传说等精神力量，她认为最有力的是贝克莱的唯心主义哲学。

③ ［阿］博尔赫斯：《博尔赫斯全集》（散文卷上），王永年、林之木等译，浙江文艺出版社2006年版，第511页。

它，解释它，还是为它辩护，所有的推理思路都要通过这个论题才能得到理解。”[①] 贝克莱认为，没有物质或物质实体这类东西，没有什么我们看不见的颗粒构成宇宙中实在的东西。他主张物质对象由于被感知而存在，这就是他最著名的哲学论断“存在即被感知”。

博尔赫斯同样认为物质世界是虚幻和不真实的，唯一存在的是心灵之内的东西。博尔赫斯说：“我并不认为物质的东西非常真实。”“我倾向于认为万物是虚幻的，我并不反对世界是一个梦的观点。”[②] 对于一个笃信贝克莱学说的唯心主义者来讲，“我们只能知觉到我们自己的观念”[③]，心灵也是由观念或感觉构成的，疼痛、甜、苦都是可感的性质，它们存在于观念之中，它们不是物质（包括身体）的性质。

（二）一切都是现实

博尔赫斯在看待现实问题上深受贝克莱哲学的影响，在他的观念中其实并不存在“现实”与“非现实”这样的区分，而是把它们看作一个整体。

博尔赫斯曾经这样论述过现实：“‘不真实的物’或者‘不真实的事’这类词本身就有矛盾。因为假如你能谈论什么，或者甚至梦到什么，那个‘什么’就是真实的。当然，如果你对‘真实’一词另有解释，那又当别论。但是我不明白事物怎么能是不真实的。”[④] “一切都是现实。推测一个副部长比一场梦更真实是荒唐的……我说过许多次，应该了解一下宇宙是属于现实主义文学呢还是幻想文学。”[⑤]

---

① ［美］布鲁斯·乌姆鲍：《贝克莱》，孟令明译，中华书局2005年版，第4页。

② ［美］威利斯·巴恩斯通编：《博尔赫斯八十忆旧》，西川译，作家出版社2003年版，第203页。

③ ［美］布鲁斯·乌姆鲍：《贝克莱》，孟令明译，中华书局2005年版，第29页。

④ 理查德·伯金编：《博尔赫斯谈话录》，王永年译，上海译文出版社2008年版，第99页。

⑤ 博尔赫斯、萨瓦托：《博尔赫斯与萨瓦托对话》，奥尔兰多·巴罗内整理，赵德明译，云南人民出版社1999年版，第123页。

他将世界看作是观念的集合，而存在是指被感知到的观念，世界对于博尔赫斯可以被划分为“实在之物的观念”和“想象之物的观念”。

首先，博尔赫斯认为并不存在什么“不真实的事物”，他无法理解事物是不真实的情况，只要能被谈论的事物，就是真实的，因为可以被谈论或梦到的前提是感知到了。谈论一个事物的前提，就是感觉到了它，也就肯定了它的真实性。“不真实的物”或者“不真实的事”这类表述本身就已经自相矛盾了，那就像是说你一边谈论一个真实事物，一边又说它是不真实的。换句话说，无论是周围事物如桌椅、板凳还是虚幻事物如梦魇、鬼神、幽灵，都是观念，既然被知觉到就是真实的。

博尔赫斯强调一切可感知的事物都是真实的，即“一切都是现实”，包括那些通常被认为是不真实的事物，如梦境、幻觉、幽灵、想象等。

贝克莱将观念分为两类，其中一些是实在之物的观念，比如，桌子、云彩、书、鞋子、船、虾或大海。它们是由许多观念组合在一起的观念的集合，但它们的本质在于它们能被知觉到。还有那些完全是想象的观念，比如，花园中的独角兽、彩虹末端的金锅或我的一记跳投为本队赢得了NBA冠军。

博尔赫斯的观点与贝克莱是一致的，就如他所言：“我不明白事物怎么能是不真实的。举例说，我看不出有什么理由说哈姆雷特比劳埃德·乔治[①]不真实。”[②] 哈姆雷特是戏剧中的虚构人物，属于“非现实”事物，劳埃德·乔治是历史上真实存在的人，博尔赫斯把他们看作是同样真实的，因为他们都是可以被感觉到的观念，二者同处于心灵之中。

因此，在看待现实的问题上，博尔赫斯是一个一元论者，他并不将世界区分为现实和非现实，而是将一切事物都看作是心灵之中的观念。这样博尔赫斯否认了像“梦”“幽灵”这类事物的非现实性，而将它们置于现

① 劳埃德·乔治（David Lloyd George 1863 - 1945），英国政治家，自由党领袖，1916—1922年任首相。

② 理查德·伯金编：《博尔赫斯谈话录》，王永年译，上海译文出版社2008年版，第99页。

实同一个层面。

由博尔赫斯的现实观我们可以了解他的小说观。小说的根本性质是虚构和想象，也就是说小说是不真实的。这种观念对于博尔赫斯来说显然也是自相矛盾的。对于博尔赫斯而言，没有事物是不真实的，当你在叙述一个想象的事物时，首先是因为它已经被知觉到，被知觉到了就是存在的。因此，博尔赫斯认为文学中的事物和现实中的事物同样真实。这是博尔赫斯对现实的看法十分重要的一点，它与下文将要讨论的博尔赫斯如何看待文学与现实的关系密切相关。

二　超越时空的抽象现实

博尔赫斯将现实视为一种永恒的存在，是人类精神世界的困惑、幻想和情感，这些思想长久存在于人类生活之中，不会随着时间的推移而发生改变，它们超越了时间而存在于永恒之中。例如，人类对宇宙是什么，对于自己是什么（我是谁），对于自己在环境中的位置（我在哪里）存在一种永久的困惑。从某种意义上讲，博尔赫斯的现实具有柏拉图所偏爱的精神的实在性、不变性和永恒性的性质。

我们知道，物质世界是一个不断变化的世界，物质会随时间而衰减、退变、转化甚至消失，因此，物质世界是一个不稳定的世界。柏拉图的理念论认为理念的世界是真实的存在，永恒不变，而人类感官所接触到的这个现实的世界，不过是理念世界微弱的影子，由现象所组成，而每种现象是因时空等因素而表现出暂时变动等特征。由此出发，柏拉图提出了一种理念论和回忆说的认识论，并将它作为其哲学基础。

博尔赫斯认为在虚构小说中如果能表现这些永恒的事物，那么这类小说就是真实的，甚至比现实主义小说更加真实可信。他说：“环境瞬息改变，而象征始终存在。假如我写布宜诺斯艾利斯的一个街角，那个街角说不定会消失。但是，假如我写迷宫，或者镜子，或者夜晚，或者邪恶和恐

惧，那些东西是持久的——我是指它们永远和我们在一起。因此，在某种意义上说，我认为虚构作品的作者所写的东西比报纸上刊登的更真实。因为，当然，报上写的永远只是意外事件或情况。当然，我们都生活在时间之中。我认为我们写虚构作品时，我们想脱离时间，写持久的东西。我指的是我们尽力要待在永恒之中，虽然我们的企图不太可能成功。”①

博尔赫斯认为真实的事物是那些永远伴随着人类的困惑、情感、观念，它们存在于永恒之中。“迷宫”是人类对宇宙的永恒困惑的象征，“镜子”是世界虚幻性的象征，“夜晚”则是恐惧、黑暗和邪恶的象征，它们都是经常出现在博尔赫斯小说中的形象，博尔赫斯认为这些形象所代表的精神是永存的，因而更加真实。

环境不断变化，一般事物（如街角、新闻事件）的真实性随着时间的变化而变化，此时此刻被认定为真实的事物在下一刻也许会变得不真实，原来的真实性将不复存在，因此源于环境的真实在博尔赫斯看来并不真实。能够“代表我的感情或思想的东西”就是那些永恒的哲学困惑。

博尔赫斯所追求的现实是一种精神的现实，是一种永恒的精神状态，这种状态比物质世界更稳定，它并不依靠人的空间感，而是依靠人的时间感。那么这种时间感如何获得呢？这种时间感是由听觉和嗅觉实现的。《倒数第二个对现实的看法》是博尔赫斯论述现实问题的重要文章。这篇散文从时间和空间的观念出发迂回地讨论了现实问题。博尔赫斯提出了自己的观点：人类应用听觉和嗅觉去了解现实，听觉和嗅觉是无法直觉空间的，从而取消通过视觉、触觉和味觉及它们所确定的空间，余下的是感官所体验的更细腻的感觉。这种为听觉和嗅觉所直觉到的现实更接近人类意志本身。脱离了空间的现实，是排除了物质和运动的现实，也就是说是静止不变的现实，是精神的实在，博尔赫斯认为这种现实更为动人和珍贵——“人类将会忘记有空间。生活在其不令人难以忍受的盲目和非物质

① 理查德·伯金编：《博尔赫斯谈话录》，王永年译，上海译文出版社2008年版，第99页。

性中，将会同我们的生活一样动人和珍贵。”①

此外，博尔赫斯还强调现实的神秘性，它既是自然的，也是超自然的；它既属于客观，也属于主观。世界很难被人们所理解和把握，它充满了神秘，“世界本来就是迷宫，没有必要再建一座”②，他还认为如果自己有世界观的话，他把世界看作一个谜，而这个谜之所以美丽就在于它的不可解。他认为《堂·吉诃德》之所以成功，就在于塞万提斯对现实的认识独到——现实是神秘的，它既是自然事物也是超自然的事物，既是主观的也是客观的。

基于这种对现实的抽象看法，博尔赫斯认为文学在反映现实生活时显得无能为力。“不是艺术的无能，而是艺术在表现现实或者生活方面的无能。”③ 因为在博尔赫斯眼中，现实是不可知的，神秘的，偶然、命运等神秘力量都是现实生活的一部分，文学可以十分接近我们通常理解的现实，却忽视了这些原本更真实的现实，它们往往不具备具体的可感知性，而是以一种更深刻的形式存在于人类生活之中。

三　文学是现实的一部分

文学与现实的关系，从古至今，各个流派各执一词，占主导地位的看法是现实要高于文学，文学是现实生活的反映，如“自然和生活胜过艺术”，“艺术的第一目的是再现现实”④，这种观点本质上将文学和现实看成是一种二元对立的结构。

博尔赫斯的看法与此完全不同，他关于现实的第二个重要观点是文学

① ［阿］博尔赫斯：《博尔赫斯全集》（散文卷上），王永年、林之木等译，浙江文艺出版社2006年版，第124页。

② 同上书，第276页。

③ 同上书，第12页。

④ ［俄］车尔尼雪夫斯基：《艺术与现实的审美关系》，周扬译，人民文学出版社1979年版，第81页。

是现实的组成部分。他把文学看作现实的一部分，消解了文学与现实的二元对立关系。这就好比我们把文学看作是反映生活的镜子，而这生活本身的一部分就是文学，那么文学这面镜子也反映了镜子。博尔赫斯并不认为文学因充满了虚构和想象就应把它与现实区分开来。他把文学与现实世界中的其他部分相并列。

博尔赫斯说："我一向对那些把现实和文学分开来谈的人感到恼火，仿佛文学不是现实的一部分。"[①] 他在理解事物之前，总是先从文学中获得关于它们的经验，这些虚构或想象的观念影响了博尔赫斯对世界的看法。"我对事物的理解，总是书本先于实际。"[②] 我们应该注意到二者的顺序，先从文学中获得经验，然后从现实世界获得经验。博尔赫斯在许多文学作品中都表现了这种顺序。

这一观念与博尔赫斯的生命历程有着密切关系，是非常个人化的观点。博尔赫斯的个人生活经验很大一部分是由文学构成的，他的一生几乎完全浸泡在文学世界中。文学或者书籍之于博尔赫斯远甚于它们对于普通人的意义，博尔赫斯对书籍有一种着魔般的崇拜。他的一生从来没有离开过文学，从来没有离开过书籍，他的整个一生都是在书籍的陪伴中度过的。从小他的父亲就希望他成为作家，他六岁时就意识到自己将会成为一个作家并向父亲表明了这种意愿，成为作家是他命中注定的事。"我早就明白我的归宿或命运是文学，不是吗？我从来未将自己看成是另一种人。"[③] 后来他成了图书管理员，再后来他一直从事写作，到 1955 年他完全失明，他又被任命为阿根廷国家图书馆馆长，在其后的口述写作过程中，他仍然继续着他的文学活动。可以说，文学、书籍对于博尔赫斯比对

① 理查德·伯金编：《博尔赫斯谈话录》，王永年译，上海译文出版社 2008 年版，第 13 页。

② ［阿］博尔赫斯：《博尔赫斯自传》，转引自陈众议《博尔赫斯》，华夏出版社 2001 年版，第 33 页。

③ ［美］埃米尔·莫内加尔：《生活在迷宫——博尔赫斯传》，陈舒、李点译，知识出版社 1994 年版，第 94 页。

其他作家来说有着更深刻的意义，他的生命就是文学，文学就是他的生命。普通人的生活可能更关注的是吃穿住行，我们可以说这些是围绕着我们的现实，而博尔赫斯更关注的是文学，围绕着他的现实是文学世界。有的作家必须在日常生活中寻找创作素材，但是博尔赫斯却不必如此，因为他所获得的素材都是从虚构世界中来。“我的一部分生命曾从事文学，我以为阅读书籍是一种幸福。其次是写诗，或我们所说的创作，这实际上是我们读书之后遗忘和回忆的混合产物。”① 这就是为什么博尔赫斯的作品中有那么多是关于“文学”的原因，理查德·伯金认为博尔赫斯把他的整个文学建立在文学自身之上，博尔赫斯完全赞同这种说法。从这个角度来看，博尔赫斯把文学理解为现实的一部分，而不是把它看作与现实相对的虚构世界，是完全可以理解的。

博尔赫斯的生活“世界”就是一个充满了文学的世界，这个世界与文学存在包含关系，博尔赫斯的作品所要模仿的是“包含着艺术品的世界”。这是一种与之前的作家非常不同的现实观。既然文学是现实的一部分，博尔赫斯的文学也可以文学本身作为模仿对象。“从一方面来说，许多人容易想到真实的生活，那意味着牙痛、头痛、旅行等等，从另一方面来说，有虚构的生活和幻想，那就意味着艺术。但是我认为那种辨别方法是行不通的。我认为任何事都是生活的组成部分。”② 文学是真实生活的组成部分，就像那些更清晰、实在、触手可及的事物之于生活一样。

还要注意的是，博尔赫斯青睐的那部分文学就是指充满了“神祇、巫师，妖怪和柏拉图的理念”的文学，是最理想主义的一派，而不是常识世界及由此产生的现实主义文学。因此，他要模仿的现实包含着最具想象力的文学，从而使自己的文学成了对想象世界的模仿，所以他的文学也更具虚幻特征。

---

① ［阿］博尔赫斯：《博尔赫斯全集》（散文卷 下），王永年、林之木等译，浙江文艺出版社 2006 年版，第 11 页。

② 理查德·伯金编：《博尔赫斯谈话录》，王永年译，上海译文出版社 2008 年版，第 19 页。

从以上的论述可以看出，博尔赫斯的文学观与其现实观“一切都是现实”是统一的，“任何事”都是书写对象，虚构事物也是现实。对于他来说，从文学中来的文学和从生活中来的文学没有区别，它们都是对“世界”的模仿。

四　力避现实的文学策略

博尔赫斯的现实观直接影响到他的文学观念和文学创作。接下来让我们看看博尔赫斯对现实主义文学持有怎样的观点。

由于博尔赫斯否定了物质世界的真实性，把一切都看作真实，从而把梦、幻觉、想象的事物都纳入现实的范畴，加上明显的哲学化、抽象化倾向，因此，博尔赫斯反对现实主义，对再现美学颇有微词，经常对俄国现实主义、法国现实主义、自然主义和心理现实主义文学提出批评。

从博尔赫斯的言论可以了解到他喜欢的作家有塞万提斯、柯勒律治、亨利·詹姆斯、斯蒂文森、切斯特顿、霍桑、爱伦·坡、德·昆西、卡夫卡、刘易斯·卡罗尔，柏拉图、斯宾诺莎、叔本华，也被他归于作家之列，他喜欢的作品有《一千零一夜》《红楼梦》等。他明确表示不太喜欢的作家包括大多数俄国现实主义作家，其中包括陀思妥耶夫斯基、契诃夫、托尔斯泰，而且他称自己最不能理解的就是陀思妥耶夫斯基，他认为俄国作家创作出的最好作品是普希金的《黑桃皇后》；在博尔赫斯旁征博引的文字中很少见到他提及像巴尔扎克、乔治·艾略特这些19世纪现实主义作家。稍作对比，就能看出博尔赫斯偏爱的是那些更善于幻想和做梦的作家。

在《对现实的看法》一文中，博尔赫斯首先列举了两种表达现实的方法，一种是浪漫主义，另一种是古典主义。博尔赫斯对浪漫主义和古典主义的划分并没有遵照传统文学史上的划分方法，他还把现实主义文学与浪漫主义并称，将它们视为古典主义的对立面。因为，古典主义是模糊的表

现现实，而浪漫主义试图把现实的所有特性都转化成文字，“浪漫派总想不停地表达自己，但是通常运气不佳”①，倾向于包容所有不必要的细节而摧毁现实。博尔赫斯认为浪漫主义者所表达的现实具有强制性，他们常常使用强调语势、装腔作势，所表达的现实大多不可信。而古典主义作家回避完整地表现现实，因而他们比浪漫主义作家（或现实主义作家）更接近于现实，比较而言，古典主义更容易被接受，或更加可信。莫内加尔评价说：“在博尔赫斯看来（虽然他并没有那么说），现实主义在这一点上显然也是‘浪漫主义的’。”② 博尔赫斯更关心的是确立某种“逼真”的概念，他认为逼真不同于符合事实，也不是某一文学阶段或某种文学风格所声称的真实。逼真是使某一作品具有更多感情或表达更多现实。逼真与某一文化里用来描绘现实的传统手法之间的关系比它与现实本身的关系更加密切。

博尔赫斯怎样在文学中避免表现现实世界，而追求永恒的、脱离时空的“真实”呢？博尔赫斯为什么不写长篇小说，为什么主张幻想文学，为什么很少书写历史、政治的题材，为什么不写心理小说，这都不仅是文学形式的选择问题，而与其现实观有着紧密的联系。

博尔赫斯不采用现实主义文学的方式，在创作中力图避免自传性因素，因为他认为自传是现实主义的一部分；为了让读者不要总是想从人物的身上找到现实中的对应，想证实故事是否真实。在写作行为中作家的个体性消失了，取而代之的是不具形体的精神。博尔赫斯认为那些声称自己正在描述现实世界的作家只是带有自传性质地描述他们自己。现实主义作家仅仅是复制他们自己而不是创造新的事物。在博尔赫斯看来，现实主义文学是没有意义的。

---

① ［阿］博尔赫斯：《博尔赫斯全集》（散文卷上），王永年、林之木等译，浙江文艺出版社 2006 年版，第 143 页。

② ［美］埃米尔·莫内加尔：《生活在迷宫——博尔赫斯传》，陈舒、李点译，知识出版社 1994 年版，第 250 页。

现实主义文学在文学中的地位十分重要，在文学“经典”中占有很大的比重。现实主义文学也被认为是“最适合严肃主题”的文学类型。相反，当谈及幻想文学时，人们或多或少会觉得“虚幻”“不切实际”“虚无缥缈”，不能用于书写重大严肃的主题。现实主义文学相对于幻想文学似乎具有某种先天优越性，它的优势就在于最接近“真实”。

“模仿”一词意味着在小说与世界之间是一种对自然和人类行为的再现关系。但是，即便是现实主义文学与专家也会提醒我们，比起幻想文学和真实的关系，现实主义文学与真实之间的关系并不比幻想文学更紧密。正如利里安·R. 费斯特所言：“现实主义作家坚持把真实等同于幻想（虚构）意味着他们仅仅是在伪装的层面可以达到目标，通过劝导读者接受他们论点的有效性和毫无保留地相信他们创造的虚构世界的真实性。他们在这方面取得了显著的成功，因为他们能够最大限度地掩藏他们的活动的文学性（literariness），因此，从某种意义讲，现实主义文学可以被视为惊人的掩饰。”①

现实主义小说的机制完全建立在以上这个基础之上，作家十分清楚地知道自己正在虚构故事，但是努力让读者相信他们所虚构的故事是真实的。这种特征其实带有“欺骗性”，博尔赫斯完全摒弃了现实主义小说的这种内在的欺骗性，即伪装用一面镜子去反映外部世界。“把小说的人工加工痕迹掩盖起来没有任何意义，他相信——一个故事就是一个自给自足的想象世界，只要作者能够说服读者对其保持一定的‘文学忠诚’，他就可以任意地发挥自己的想象力。”②

博尔赫斯的创作较少涉及社会政治题材，尽管博尔赫斯生活的时代是一个国际政治动荡的时代，他经常参与政治活动，并时常公开表达自己的政治观点，例如他在多个场合批评庇隆政府；但是在博尔赫斯的文学中，

① Lilian R. Furst. *All Is True*. Duke University Press，1995，p. 15.

② ［英］埃德温·威廉斯：《博尔赫斯大传》，邓中良、华菁译，华东师范大学出版社 2014 年版，第 2 页。

几乎找不到政治题材的作品，只有《巴比伦彩票》和《通天塔图书馆》能被看作是对社会政治的隐喻，这类极其含蓄的社会政治的隐喻在博尔赫斯的作品中只占有很小的比例。他说："作家永远也不应该试图去涉足当代的题材，也不要去营造与现实丝丝入扣的环境氛围。"①

对历史题材的回避也是博尔赫斯回避现实主义的手段，他对写作历史题材的小说没有任何兴趣。这并不是说博尔赫斯的作品中不包含历史因素，相反，他的小说中经常出现历史学家对一段"史实"的讲述，或者设置一个非常精确的历史背景，但这只是博尔赫斯试图把历史转化为美学目的的手段，借助他们之口讲述历史的目的是让虚构的故事变得真实可信，这是博尔赫斯的一个重要叙述策略。

博尔赫斯也很少采取心理小说的手法，他更擅长在设定的情境中写人物的行动，其原因还是在于他认为心理小说总是把每一无关紧要的精确之处都拿来证明它的逼真，这实际上还是一种伪装，仍然是现实主义的路线。"'心理'小说并没有放弃成为'现实主义'小说的企图：'心理'小说家因此避而不谈语言的假设性特征，而极力赋予了含混（极度的含混）以精确性和可信性。"② 在《叙述的艺术和魔幻》一文中，他批评了19世纪中期的小说，他认为在这类小说中占统治地位的是"人物性格的拖沓"，这是一种"自然的，指不可控制的和数不清运动产生的不停歇的结果"③，博尔赫斯把这一类过程归结为"心理歪曲"。这种态度使他几乎完全回避了心理主题和对人物的心理分析。很少在博尔赫斯的小说中看到的人物的心理活动。1940年11月14日，比奥伊·卡萨雷斯的小说《莫洛的发明》出版，博尔赫斯为其作序。"豪尔赫·路易斯·博尔赫斯为小说所写的序

① ［阿］博尔赫斯、索伦蒂诺：《博尔赫斯七席谈》，光明日报出版社2000年版，第5页。

② ［阿］比奥伊·卡萨雷斯：《莫雷尔的发明》，"序"，陈众议译，花城出版社1992年版，第2页。

③ ［阿］博尔赫斯：《博尔赫斯全集》（散文卷上），王永年、林之木等译，浙江文艺出版社2006年版，第163页。

言成为幻想文学的宣言书。”[①] 在序言中博尔赫斯表明了反对心理小说的态度，而且谈到杰出的意识流小说家普鲁斯特时，他甚至认为普鲁斯特的作品很乏味，“简直令人难以忍受，看到那些地方，就好比回味平日里无所事事的无聊”[②]。心理的逼真并不是博尔赫斯想追求的效果，他想要达到的逼真效果是在形而上学意义上对世界本质的认识，而不是像镜子一样去反映或者像计时器一样去记录。

博尔赫斯只采用短篇小说这种艺术形式，也是因为他认为长篇小说总是包含了太多现实，无法达到他所追求的纯粹的形而上学，一种精神层面的实在。博尔赫斯只写短篇小说是与他的“现实观”联系在一起的，是形式与内容的统一。“他讨厌现实主义的倾向，因为长篇小说这个种类，尽管有詹姆斯·乔伊斯和其他一些优秀作家是例外，但它似乎终归注定要与人类的体验——思想和本能、个人和社会、生活和梦想——掺合在一起，长篇小说总不肯在纯粹思辨和艺术的天地里就范。长篇小说这一先天性的缺陷——依附人类污泥的特性——是为博尔赫斯所不容的。”[③]

博尔赫斯最首要的文学主张是写幻想小说。在幻想文学中，博尔赫斯可以完全独立于现实，不受现实世界的干扰，“幻想小说提供了假设的世界，它基于无拘无束的想象的力量，不受再现美学的约束”[④]。《虚构集》《杜撰集》这两个文集的名字充分说明了博尔赫斯的态度：当时受到阿根廷官方称赞的现实主义路线，和斯大林主义左派所奉行的更为陈腐的社会主义现实主义路线，他拒不接受与遵循。他正是以这两个题目宣告了他的文学理念：文学就是文学，它是不把自己伪装成任何别的东西的虚构故

① ［美］埃米尔·莫内加尔：《生活在迷宫——博尔赫斯传》，陈舒、李点译，知识出版1994年版，第335页。

② ［阿］比奥伊·卡萨雷斯：《莫雷尔的发明》，“序”，陈众议译，花城出版社1992年版，第2页。

③ ［秘］略萨：《博尔赫斯的虚构》，《世界文学》1997年第6期。

④ Sarlo, Beartriz. *Jorge Luis Borges*: *A Writer on the Edge*. ed. John King. London: Verso, 1993, p. 52.

事。博尔赫斯声称：艺术——永远——永远需要可见的非现实[①]。

博尔赫斯认为，应该创造“情境”去表现现实，而不是去反映现实，复制现实，这是达到他观念中的那种真实的最有效但也是最有难度的一条途径。

博尔赫斯最推崇的古典主义对待现实的准则是创造情境。他提出“文学中的不准确是可以容忍的或可信的。因为在现实中，我们也有这种倾向”[②]。文学与现实具有相同的“不准确”性，这种不准确性指的应该是生活本身所具有的模糊性、暧昧性的特点。博尔赫斯认为“创造情境是所有方法中最难但也是最有效的”[③]。创造情境去表达现实才能够使文学最接近现实本身。创造情境的方式就是将故事于一个不确定的环境之中，按照博尔赫斯的说法，“艺术是一种创造，而不是反映；此外，创造出来的现实比之作为根据的现实更为长久和强烈。荷马生活的希腊已经荡然无存或者几乎荡然无存了。而荷马史诗比希腊城邦的寿命要长得多”[④]。“作家永远也不应该试图去涉足当代的题材，也不要去营造与现实丝丝入扣的环境氛围。……我总喜欢在我的短篇小说里营造不很确定的地点，而且故事总是发生在许多年前。……在时间和空间上保持一定的距离是适宜的。……我认为，想象的自由要求我们在时间和空间里寻找久远的题材；否则，就会像现在撰写科学幻想小说的人那样，在别的星球处世行事了。因为，如果不那样的话，我们多少就会被现实束缚住手脚，而文学也就太像新闻报道了。”[⑤] 因此，博尔赫斯奉行的是古典主义作家的路线，并不力争重现人物的每一种心态、每一种感情、每一个思想；他承认文学（如同现实生活）

---

① 参见博尔赫斯《博尔赫斯全集》（散文卷上），王永年、林之木等译，浙江文艺出版社2006年版，第199页。

② 同上书，第145页。

③ 同上书，第147页。

④ 博尔赫斯、萨瓦托：《博尔赫斯与萨瓦托的对话》，奥尔兰多·巴罗内整理，赵德明译，云南人民出版社1999年版，第92页。

⑤ ［阿］博尔赫斯、索伦蒂诺：《博尔赫斯七席谈》，光明日报出版社2000年版，第6页。

并非总是精确无误的，并且相信，在文学里，模糊的表现比试图把现实的所有特性都转化成文字的浪漫主义手法更能被接受，或更加可信。在博尔赫斯看来（虽然他并没有那么说），现实主义在这一点上显然也是“浪漫主义的”①。

博尔赫斯并非真的要抛弃原有的各种文学传统，他更关心的是确定某种“逼真”的概念。他认为逼真不同于符合事实，它也不是某一文学阶段或某种文学风格所声称的真实。逼真是使作品表达更多理念的真实。逼真与某一文化里用来描绘现实的传统手法之间的关系比它与现实本身的关系更加密切。博尔赫斯的文学主张是创造情境去表达他心中永恒的真实，一种精神的实在。

综上所述，博尔赫斯秉持唯心主义的现实观，将世界看成是观念的集合，从而将虚幻事物与实在之物并置在一起，成为文学的书写对象；他所理解的现实具有形而上学的抽象色彩，是人类精神世界中永恒的哲学困惑；文学是现实的一部分。这三点对现实的独特认知，使其在文学创作中反对现实主义文学传统，力避对社会、历史、政治、心理的书写，而采用短篇幻想小说的形式来表达他内心的真实。他的幻想文学是思与诗的高度结合。

第二节　博尔赫斯论“梦”

梦，尤其是噩梦，是博尔赫斯创作观念中的一个关键词，反复出现在他的文学论述之中；它是博尔赫斯小说中的重要意象，也是博尔赫斯用以表达形而上学思考的载体。分析梦这一概念，对于理解博尔赫斯的文学观十分重要。博尔赫斯说：“我知道我命中注定要阅读，做梦，哦，也许还

① 参见埃米尔·莫内加尔《生活在迷宫——博尔赫斯传》，陈舒、李点译，知识出版社1994年版，第250页。

有写作。……我总是把乐园想象为一座图书馆，而不是一座花园，这意味着我始终在做梦。”[①] 博尔赫斯的梦为文学提供了一种新的想象途径，深入分析博尔赫斯的梦的含义，对理解博尔赫斯的幻想文学观念具有十分重要的意义。

一 博尔赫斯的梦的含义

梦是博尔赫斯小说中的重要意象，是他创作幻想小说的重要手段，是他篡改现实的主要手法。博尔赫斯在一次关于幻想文学的演讲中提到过幻想小说的四种手法，其中一个手法就是“现实与梦幻的混淆”。以梦境篡改现实，是文学幻想最古老的手法之一。博尔赫斯的幻想小说中出现了大量梦境，可以说他的小说是由一个个的梦构成的。

在前文中我们谈到了域限幻想，它是指一种处于临界状态的幻想，在真实与非真实之间维持着高度平衡。博尔赫斯维持高度平衡的主要手段就是“梦”，因为它“似乎是介乎睡眠和苏醒之间的一种情境”[②]，这一点是非常关键的。博尔赫斯对梦的认识有以下几层含义。

第一，博尔赫斯认为作家创作的状态与做梦时的状态是一样的，这与弗洛伊德在《作家与白日梦》那篇文章与阐明的观点并无二致，尽管在一些场合博尔赫斯对弗洛伊德的评价毫不留情面，但他们在这一问题上有共识。梦作为文学作品的表现对象是非常普遍的，它在不同作家的笔下呈现出不同的色彩，但是博尔赫斯所说的梦与我们通常所说的梦不尽相同。博尔赫斯认为梦是一种存在状态，这种状态在人们醒着的时候也可能存在，并不一定在睡眠之中。博尔赫斯说：“（梦）不一定非得在睡觉的时候，在你构思出一首诗时，睡与醒没有多大的区别，不对吗？因此它们的意思是

---

① ［美］威利斯·巴恩斯通编：《博尔赫斯八十忆旧》，西川译，作家出版社 2003 年版，第 144 页。

② ［奥］弗洛伊德：《精神分析引论》，高觉敷译，商务印书馆 2014 年版，第 62 页。

一样的。如果你在思考，如果你在创造，或者如果你在做梦，那么梦大概就与幻想或睡眠相一致了，没什么不同。”① 博尔赫斯的梦与想象、幻想时的状态是相同的。

第二，博尔赫斯强调梦与个体生命经验是紧密联系在一起的，这种经验只属于自己，是独一无二的，与外在世界无关。“说到梦，你知道梦中的一切都来自你自己，而说到醒时的经验，则许多与你有关的东西并非由你而产生，除非你相信唯我论。如果你相信的话，那么无论你是醒着还是睡着，你便始终是个做梦的人。我不相信唯我论，我想没有什么人是真正的唯我论者。醒时的经验与睡时的或梦中的经验有本质的不同，其不同之处一定在于，梦中所经验到的东西由你产生，由你创造，由你推演而来。”② 这一段话所谈及的梦中的“经验”和清醒时的经验截然不同，其不同之处就在于梦中所经验到的东西与“我”的关系非常密切，与外在世界的其他事物无关。

第三，博尔赫斯还把梦与噩梦区分开来，噩梦比梦的范围要小，“梦是属，梦魇是种”③。博尔赫斯强调梦魇带来的恐惧感是文学性之一，噩梦对于文学来说更有意义。专门从事幻觉研究的心理学家也把噩梦与普通的梦相区别，把噩梦归于幻觉的范畴。

噩梦不同于其他的梦，它与我们通常所说的梦相比有另一种意味。它们的不同在于“噩梦”是一种存在状态，是对自我存在的痛苦的隐喻。博尔赫斯所说的噩梦带来特殊的恐惧，它是与我们所了解到的恐惧完全不同的恐惧，一种不可知的恐惧。下面这段文字是博尔赫斯关于噩梦的经典论述：

---

① ［美］威利斯·巴恩斯通编：《博尔赫斯八十忆旧》，西川译，作家出版社 2003 年版，第 39 页。

② 同上书，第 39 页。

③ ［阿］博尔赫斯：《博尔赫斯全集》（散文卷 下），王永年、林之木等译，浙江文艺出版社 2006 年版，第 77 页。

> 噩梦不同于其他任何梦。我读过许多解梦的书和心理学著作，但我从未发现什么噩梦的有趣论述。然而噩梦不同于其他梦。“噩梦”这种叫法就挺有意思。我想从词源学上讲噩梦有两个含义。噩梦或许是夜的寓言，德语词 Märchen 与此意相近。……我想在日常的不幸与噩梦之间，最大的区别就在于噩梦有着另一种味道。……噩梦是地狱存在的证明。在噩梦中我们感受到一种十分特殊的恐惧，它完全不同于我们所知的任何一种恐惧。不幸的是我太了解噩梦了，而它们对文学相当有用。我记得那些辉煌的噩梦——它们到底是梦呢还是创造，反正都一样——那些德·昆西在他的《英国瘾君子自白》中所描写的辉煌的噩梦。埃德加·爱伦·坡的许多故事也是如此。你也许会发现这句话或那句话写得不好，或者我们不喜欢这个或那个隐喻，但它们的确是噩梦。当然，在卡夫卡的著作中你也能找到噩梦。所以说到地狱，它也许真的存在。也许在某地有一个国度，那儿的一切都是噩梦。但愿这是空话，因为我们已经尝够了噩梦，它就像切肤之痛一样真切，一样不可忍受。①

博尔赫斯认为梦的形象性、情节性，是梦魇的另一个重要的文学性，但它不是最重要的，重要的是梦魇所带来的恐惧感。他认为我们的生命中充满了可怕的时刻，现实的压抑、亲人的离去，这都令人悲伤和绝望，但是这些具体的理由并不出现在梦中。梦魇中的恐惧感更加特别，特别之处在于它可以通过任何一个故事表现出来。

把梦与噩梦区分对待的不只博尔赫斯一人，欧内斯特·琼斯（Ernest Jones）在他的专著《论噩梦》（*On the Nightmare*）里强调噩梦完全不同于平常的梦，它们总是带来惊悚（有时压迫胸口）、呼吸对自己彻底瘫痪的意识。“噩梦”（nightmare）现在常被用来形容不好的梦或让人焦虑的梦，

① ［美］威利斯·巴恩斯通编：《博尔赫斯八十忆旧》，西川译，作家出版社 2003 年版，第 10 页。

和真正夜晚的梦魇（night－mare）所引发的畏惧大相径庭。切恩就形容它是“不祥的超凡”。他建议最好在夜晚（night）和梦魇（mare）之间加上连字符，现在这已经成为该领域约定俗成的惯例。另外，谢莉·阿德勒（Shelly Adler）在《睡眠性麻痹：夜晚的梦魇、反安慰剂与身心相连》（*Sleep Paralysis*：*Night－mares*，*Nocebos*，*and the Mind－body Connection*）中也强调“夜晚的梦魇与梦不同，它出现在醒着的时候——一种半醒或游离的状态”①。

博尔赫斯强调的是噩梦的本质特征，它带来的幻觉更加生动逼真、细致入微、变化多端和恐怖吓人，它可能给经历者带来更加强烈的冲击。这些幻觉也许来自内心、听觉、触觉和视觉，总是伴随着一种窒息感或胸口的压迫感、对厄运的预感和痛彻心扉的绝望和恐怖。

第四，博尔赫斯认为梦就是文学，其中一层意思指的是作家“白日梦”的创作状态；还有一层意思是就梦的内容而言，它本身所包含的故事情节、它的戏剧性对创作而言十分有用。他认为梦本身就是美学作品，尤其是噩梦具有相当的创造力，它对文学创作十分有用，“梦是一种创造”②，“梦乃美学作品，也许是最古老的美学表现”③，“人在做梦时，思维活动采取的是戏剧形式。……晚上，做梦的时候，咱们就是演员、剧作者、观众和剧院，包罗万象”④。梦给博尔赫斯的文学创作提供了素材，他说噩梦“也许是一个礼物。噩梦赋予我小说的情节，我对它们再熟悉不过。它们时常出现，总是以相同的形式。我常做迷宫的噩梦”⑤。威利斯·巴恩斯通

① ［英］奥利弗·萨克斯：《幻觉》，高环宇译，中信出版社2014年版，第12页。

② ［美］威利斯·巴恩斯通编：《博尔赫斯八十忆旧》，西川译，作家出版社2003年版，第39页。

③ ［阿］博尔赫斯：《博尔赫斯全集》（散文卷 下），王永年、林之木等译，浙江文艺出版社2006年版，第89页。

④ 博尔赫斯、萨瓦托：《博尔赫斯与萨瓦托对话》，奥尔兰多·巴罗内整理，赵德明译，云南人民出版社1999年版，第94页。

⑤ ［美］威利斯·巴恩斯通编：《博尔赫斯八十忆旧》，西川译，作家出版社2003年版，第182页。

说梦是博尔赫斯收集材料的地方，博尔赫斯表示认同。

文学就是有引导的梦，把梦的内容、情感进行再加工，赋予它更复杂的形式和内容，“我并不反对世界是一个梦的观点。正相反。但我知道在写作时我必须丰富这个梦。我必须把某些东西添加到这个梦中去。姑且说，我必须赋予梦以形式”，而作家“就是一个不断做梦的人”①。“就像我们习惯于延续不断的生活一样，我们会给我们的梦以叙事的形式；然而我们的梦是多重的，是同时发生的。”②“说到头，文学无非是有引导的梦罢了。”③

博尔赫斯1980年在麻省理工学院与肯尼恩·布莱切尔交谈时说过，有一次他在美国的东兰辛做过一个梦，醒来时梦的内容都忘了，只记得一个句子“我要把莎士比亚的记忆卖给你”，玛丽亚·儿玉（博尔赫斯晚年的妻子）对他说也许这句话暗示着一篇小说，后来博尔赫斯真的写成了一篇小说，名为《莎士比亚的记忆》。当然，除了《莎士比亚的记忆》，绝大多数博尔赫斯的短篇小说都蕴含着瑰丽多彩的梦。

博尔赫斯把生命、世界、文学视为一体，它们三者并没有本质的区别，就像他经常说到的那样“我并不反对世界是一个梦的观点”④。他在梦中梦到生命和世界，他所要写的是世界，同时也是梦。“依我看生命、世界，是一个噩梦，但我无法逃避它，我依然梦着它。……我已经八十多岁了，我看不见，经常感到孤独。除了继续做梦，然后写作……”⑤ 博尔赫斯理解这三者的方式建立在他唯心主义世界观的基础之上。

---

① ［美］威利斯·巴恩斯通编：《博尔赫斯八十忆旧》，西川译，作家出版社2003年版，第203页。

② ［阿］博尔赫斯：《博尔赫斯全集》（散文卷 下），王永年、林之木等译，浙江文艺出版社2006年版，第79页。

③ ［阿］博尔赫斯：《博尔赫斯全集》（小说卷），王永年、林之木等译，浙江文艺出版社2006年版，第316页。

④ ［美］威利斯·巴恩斯通编：《博尔赫斯八十忆旧》，西川译，作家出版社2003年版，第203页。

⑤ 同上书，第100页。

二 博尔赫斯对梦的分类

博尔赫斯是一个经常做梦的人，他每隔一夜就会做一个噩梦。他更是一个善于把这些梦记下来并且转化为文学的人。梦在博尔赫斯的文本世界中随处可见，最集中地体现在他那些被称为幻想小说的作品中，《虚构集》《阿莱夫》中大部分作品都体现了博尔赫斯关于“梦”的文学思想。《博闻强识的富内斯》是对失眠这个噩梦的隐喻；《环形废墟》写的是魔法师的梦；《秘密的奇迹》中是一个即将行刑的人的梦；《南方》则是达尔曼在病入膏肓时产生的“梦”；《等待》的主人公把“梦”当作现实而不作任何反抗；《阿莱夫》是一个关于大千世界、关于无限的梦。博尔赫斯善于把诡谲多变的梦境转化为文学，但他又认为他的梦总是似相同的形式出现，总的来说，可以把他的“梦”分为三类。

博尔赫斯常做的梦有三种：迷宫、镜子和写作。“有两三个噩梦是我常做的。我现在可以说，迷宫是我常做的梦，此外还有一个，与我的失明有关。这是一个我想读书而又读不成的噩梦：我会梦见那些文字全活了，我会梦见每一个字母都变成了别的字母。”① 他又说：“我想我有三个基本的噩梦：迷宫、写作和镜子。别的噩梦就多少和大家的差不多了，而那三个是我常做的噩梦，我几乎每夜都做，在我醒来它们不会马上结束。有时在我还没有完全入睡之前我就已经身在其中了。很多人在沉睡之前就开始做梦，醒来后还要再做一会儿。他们是在半道上的小客栈里做梦，不是吗？在醒与眠之间。”② 博尔赫斯便是在这个小客栈里做梦的人，在梦里为写作收集素材。但需要指出的是，博尔赫斯更强调噩梦带来的感觉，而意象则是由感觉所赋予的，这是来自柯勒律治的观点，要写好噩梦首先依赖

① ［美］威利斯·巴恩斯通编：《博尔赫斯八十忆旧》，西川译，作家出版社2003年版，第29页。

② 同上书，第30页。

于意象所呼应的感觉，其次是依赖感觉所赋予的形象。“写梦魇的难处在于梦魇的感觉不是来自形象，而是像柯勒律治所说的，感觉产生形象。”①

关于迷宫的梦魇。博尔赫斯多次提到他所做的奇怪的梦，在这个梦中他发现自己在一座巨大的建筑物里，建筑物里有很多房间。于是，他从一个房间进入另一个房间，但好像都没有门。他总是不自觉走进院子，然后又在楼梯上爬上爬下，他呼喊也没有人回应。有时他会在醒来时意识到这是个关于迷宫的噩梦。② 迷宫的梦魇也与博尔赫斯儿童时期的经历有关，他之所以总是梦到迷宫，一个重要原因是他小时候在一本文法书中见过一幅钢版画。“这幅版画画有世界奇迹，其中包括克里特岛的迷宫。一个非常高大的竞技场。……我小时候认为，如果我能有一个足够强大的放大镜，我就可以透过版画上的一个裂口，看到那迷宫中央可怖的半人半牛怪物。”③

迷宫的梦是最具博尔赫斯个人特色的象征。迷宫首先是一种奇特的建筑，结构复杂，里面有很多通道和无数尽头，走进迷宫的人会产生一种担忧，担心自己找不到出路，但是再复杂的迷宫都存在可以走出来的通道。迷宫所具有特性就是世界的性质，它也是博尔赫斯持久保持着热情的形而上学的迷思，形而上学的每一个问题都有着迷一般的特点。这个反复出现在博尔赫斯文学中的意象象征着世界的复杂性、不可知性，以及由此带来的困惑甚至恐惧之感。

在《通天塔图书馆》《永生》《死于自己迷宫的阿本哈坎－艾尔－波哈里》中，我们可以看到一个个各不相同的迷宫，它们都是博尔赫斯梦中迷宫的变形。

《通天塔图书馆》中，博尔赫斯构想了一个图书馆，它由无数个六边

---

① 理查德·伯金编：《博尔赫斯谈话录》，王永年译，上海译文出版社 2008 年版，第 241 页。

② 关于迷宫的梦的描述，博尔赫斯在不同的地方谈到过多次，表述不一，但内容大致相似。参见威利斯·巴恩斯通《博尔赫斯八十忆旧》，西川译，作家出版社 2003 年版，第 29、87、182 页。

③ ［阿］博尔赫斯：《博尔赫斯全集》（散文卷 下），王永年、林之木等译，浙江文艺出版社 2006 年版，第 83 页。

形的回廊组成，从任何一个六边形都可以看到上层和下层，六边形有四个边各放置五个书架，一共二十个。没有放书架的一边是一个小门厅，通向另一个一模一样的六角形。门厅左右有两个小间，一个供人站着睡觉，另一个供人大小便。边上的螺旋形楼梯上穷碧落，下通无底深渊。这个图书馆有无限大，具有宇宙的性质。

《永生》描述了“我”的一次旅程。起点是底比斯的一座花园，目的地是一座永生者的城市，它坐落在一条可以使人们超脱死亡的秘密河流的岸边。我们从阿尔西诺埃城动身，进入炙热的沙漠。经过了那些食蛇为生、没有语言的穴居人的国度，又经过群婚共妻、捕食狮子的加拉曼塔人和只崇拜地狱的奥其拉人集居的地方。穿过黑沙沙漠，又经历了种种磨难，我看到一座小型迷宫。接下来我来到一个椭圆形的墓穴，位于山坡上。山脚下有一条小溪，岸边就是永生者的城市。我涉水渡过沙洲阻滞的小溪，朝城市走去。城市建筑在一块岩石的台地上。台地像是悬崖绝壁，和城墙一样难于攀登。由于酷热，我躲进一个洞里，洞底有口干井，井里有梯级通向深不可测的黑暗。我顺着梯级下去，经过一串巷道，来到一个圆形大房间，它有九扇门，八扇通向一个骗人的迷宫，最终仍回到原来的房间，第九扇（经过另一个迷宫）通向第二个圆形房间，这个房间和第一个一模一样。这种情况不断重复。我在巷道尽头的墙上登上了金属梯级，来到了永生者的城市。这座城市是一座更加令人眼花缭乱的迷宫。“到处是此路不通的走廊、高不可及的窗户、通向斗室或者枯井的华丽的门户、梯级和扶手朝下反装的难以置信的楼梯。另一些梯级凌空装在壮观的墙上，在穹隆迷蒙的顶端转了两三圈之后突然中断，不通向任何地方。我不知道我举的这些例子是不是夸张；只知道多年来它们经常在我噩梦中出现；我已经记不清哪一个特点确有其物，哪一个是夜间乱梦的记忆。”①

---

① ［阿］博尔赫斯：《博尔赫斯全集》（小说卷），王永年、林之木等译，浙江文艺出版社2006年版，第200页。

这些令人眼花缭乱的迷宫遍布博尔赫斯的幻想小说。《死于自己迷宫的阿本哈坎-艾尔-波哈里》，博尔赫斯借人物昂温之口说出了迷宫的隐喻意义："世界本来就是迷宫，没有必要再造一座。"

关于镜子的梦。博尔赫斯经常梦到镜子，它和迷宫一样与博尔赫斯的童年生活有关。博尔赫斯喜欢和妹妹诺拉一起玩追捕游戏，有一天，他们兄妹俩及埃丝特在游戏中达到了高潮："整个夏天他们都处于想象出来的恐惧之中，游戏编得非常逼真，有一次午睡时，他们三人竟从衣橱上一面可怕的镜子里看到了杀手。据诺拉说，那家伙形象模糊，是绿色的（胡拉多，1964）。"① 莫内加尔在《生活在迷宫——博尔赫斯传》中较为详细地分析了博尔赫斯与镜子之间的关系，他借用了拉康的镜像理论和弗洛伊德关于镜子的学说，说明博尔赫斯对镜子感到害怕和恐惧的原因②。陈众议在《博尔赫斯》一书中认为"博尔赫斯对镜子的迷恋显然是在有意识地挽留和恢复童心，并借助这种挽留和恢复弹拨读者也许早已麻木沉睡的'第一感觉'"③，这种"第一感觉"则是指艺术创造。

镜子和迷宫一样，是博尔赫斯作品里反复出现的意象。镜子有一种性质，反映在其中的事物虽然与事物的形象非常一致，看似十分真实，但它终究只是影像，本质是不真实的。镜子可以复制事物的形象，但它不创造现实。镜子的这种特性符合博尔赫斯把世界看作是虚幻的观点，这是博尔赫斯不断梦到镜子并书写镜子的原因。"我认为人类的形象和镜子中的形象同样不真实又同样真实。镜子与交媾是一回事。它们都创造形象，而不

---

① ［美］埃米尔·莫内加尔：《生活在迷宫——博尔赫斯传》，陈舒、李点译，知识出版社1994年版，第34页。

② 根据雅克·拉康的观点，儿童从镜子中发现了自我的完整形象，从而确立自我，这一发现为儿童带来快乐，并预想自己将来能够控制自身。莫内加尔认为镜子的映象对于博尔赫斯来说只不过确定了一个事实，即他的身体已被从母亲的身体里分离开来了。这一发现加剧了他的痛苦——对另一个自我的无法忍受的感知。也就是说，他看到的不是他意愿中的自我，而是实际中的另一个自我，这可能就是他产生无法摆脱的困惑的根源，而博尔赫斯的两种语言能力加强了这种现象。而根据弗洛伊德的观点，孩子总是无意中通过镜面的折射而发现父母的性生活，莫内加尔认为这一点暗示了博尔赫斯对镜子恐惧的原因。

③ 陈众议：《博尔赫斯》，华夏出版社2001年版，第30页。

创造现实。”① 镜子的形象比较频繁地出现在博尔赫斯的诗歌中，如《创造者·被蒙的镜子》《镜子》《深沉的玫瑰》《夜晚的故事》等，在其小说中，镜子意象俯拾即是，《永生》《通天塔图书馆》等小说中都出现了镜子，《特隆、乌克巴尔、奥比斯·特蒂乌斯》中的镜子最为著名。

以上是博尔赫斯根据梦的内容对梦所进行的分类，还有一种分类方式是根据梦与现实的关系所做的分类：一类是完全虚假的梦，另一类是预言性质的梦。完全虚假的梦是指梦的内容在现实世界中是完全无法实现的，它是超自然的，例如你在梦中梦见鬼魂、神佛、外星生物；预言性质的梦是指梦中的内容后来在现实中得到了印证，它具有预示的作用，是虚幻事物对现实世界的侵入，例如我们通常所说的“美梦成真”。梦所具有的这种双重属性是博尔赫斯如此重视梦的重要原因。

三　博尔赫斯对“梦”的文学传统的发掘

“伟大的作家创造自己的先驱。”博尔赫斯以实际行动践行了他的这句名言。博尔赫斯认为“梦的文学”有一个传统，于是他努力重建了这个传统。他不断从前代写梦的作家的作品中去发掘和阐释，然后创造自己的梦，博尔赫斯的文学中包含许多伟大作家的梦，他对它们进行戏仿、改写、引用……博尔赫斯的“梦”的文学传统中有这些伟大的作家和作品：但丁、塞万提斯、莎士比亚、德·昆西、华兹华斯、柯勒律治、爱伦·坡、威尔斯、卡夫卡、刘易斯·卡罗尔、《一千零一夜》《红楼梦》等。博尔赫斯选编的《幻想文学精选》是他对世界文学史中有关梦的文学的一次梳理。

博尔赫斯把但丁关于地狱和炼狱的描写看成是梦，“当但丁做他的地

---

① ［美］埃米尔·莫内加尔：《生活在迷宫——博尔赫斯传》，陈舒、李点译，知识出版社1994年版，第206页。

狱之梦、炼狱之梦时，他在想象事物”①；他说如果只让他挑选一部莎士比亚的悲剧，他会挑选《麦克白》，这显然也和麦克白的噩梦和那句名言有关，“人生有如痴人说梦，充满了喧哗与骚动，却毫无意义”；博尔赫斯认为威尔斯的作品是世界上最好的科幻小说，它们是威尔斯“编织的噩梦”②，他称德·昆西的《瘾君子自白》和阿拉伯民间故事《一千零一夜》中的梦是辉煌灿烂的，而“在卡夫卡的著作中你也能找到噩梦”③。

在对“梦”的文学传统的发掘和梳理中，有一个梦为博尔赫斯所推崇，他认为这个梦是文学上最精彩的梦魇之一。内容是华兹华斯正在读《堂·吉诃德》时做了一个梦，梦中他身处于黑色沙漠的中心，他正想如何从沙漠逃走，突然看到一个贝督因人手持石头和号角，说要来拯救艺术和科学，预言洪水将摧毁地球。石头和号角分别是两本书，石头是科学之书，号角是艺术之书，其中包含了华兹华斯的诗。突然，洪水来袭，贝督因人转身离开，华兹华斯看到他也是堂·吉诃德，正在此时，洪水已经追上他了，他一声尖叫，醒了。

博尔赫斯为何会认为这是最完美的梦魇？因为它具备梦魇的两大成分，其一是遭受追赶而引起的肉体难受这类故事情节；其二是超乎自然的恐惧，它是由双重性引起的。这里的双重性是指故事中的石头既是石头又是书，号角也是一样，贝督因人既是贝督因人又是堂·吉诃德。

还有两个梦备受博尔赫斯关注。第一个梦是：

> 如果一个人在睡梦中穿越天堂，别人给了他一朵花作为他到过那里的证明，而他醒来时发现那花在他手中……那么，会怎么样呢？

---

① ［美］威利斯·巴恩斯通编：《博尔赫斯八十忆旧》，西川译，作家出版社2003年版，第113页。

② 同上书，第128页。

③ 同上书，第11页。

不知道我的读者对这一想象有何见解，笔者认为十分完美，要用它来作为基础顺利地进行其他创作，还没动手就觉得不可能；因为它具有一个终点的完整性和统一性。① （《柯勒律治之花》）

第二个梦是：

大约在二十四世纪以前，庄子梦见自己是一只蝴蝶，醒来后他不知道自己是一个曾经做梦变成一只蝴蝶的人，还是一只此刻梦想变成一个人的蝴蝶。② （《时间的新反驳》）

第一段话被博尔赫斯称为完美，第二段话引发了他对哲学问题的讨论。这两段话的共同点是都有“梦”，都是虚构的情境与真实的情境交织在一起。无论是穿越天堂、获赠花朵，还是变成蝴蝶，都不可能是现实生活中发生的事情，而在梦境中却是可能的，但是梦并没有在醒来时结束，而是延续到现实生活之中，对人们的现实生活产生影响。在第一个梦中，当他从梦中醒来时发现花在他手中，他会怎么样呢？第二个梦中，庄子在醒来时，他思考的是自己曾经是做梦的人还是蝴蝶？使人们感到困惑。尽管这两个梦是被博尔赫斯引用来说明其他问题，但是它们所共有的、为博尔赫斯所偏爱的内在模式对理解博尔赫斯的小说很有帮助。

博尔赫斯说，要用柯勒律治的梦作为基础进行其他创作，还没动手就觉得不可能，但博尔赫斯许多小说和这个梦有着相同的模式。在梦中梦到的事物继续对现实发生影响，或者是在醒来时找到了梦中的事物，或者梦中的事物侵入现实。博尔赫斯曾经做过一个梦，在梦里他梦到自己找到一本17世纪的英文书，他想如果找到这个版本的话那就太好了，于是他想出

---

① ［阿］博尔赫斯：《博尔赫斯全集》（散文卷 上），王永年、林之木等译，浙江文艺出版社2006年版，第343页。

② 同上书，第504页。

一个好主意，把这本书放在一个保险的地方，这样，醒来的时候就肯定可以找到。萨瓦托听了博尔赫斯的陈述之后说“这是博尔赫斯式的梦”①。这种模式的确是博尔赫斯式的，博尔赫斯的很多小说中都有这种模式的影子，例如早期的小说《双梦记及其他》《特隆、乌克巴尔、奥比斯·特蒂乌斯》《等待》等，都具有梦“侵入”现实的模式。

四　《环形废墟》中的梦

这里将以刘易斯·卡罗尔的《爱丽丝漫游奇境》和《镜中奇遇》为例，说明博尔赫斯是如何把其他作家的梦转化为自己的文学。博尔赫斯在童年时期最先阅读的作品是《格林童话》，接下来才阅读了《爱丽丝漫游奇境》和《镜中奇遇》，这两篇小说是英国数学家、逻辑学家刘易斯·卡罗尔以童话形式写成的作品，其中蕴含了丰富的哲理，形象生动有趣，更重要的是它所叙述的故事更像是一个梦，它是以小女孩爱丽丝的睡梦开始的，整个故事都发生在一个昏沉的午后的梦中。博尔赫斯十分喜欢这两本书并时常重读它们。“至于《爱丽斯漫游奇境》，我认为则是一本令人佩服的书，而更为重要的是，是一本令人喜爱的书。不过，我不知道作者到了什么地方才觉察出这本书带有梦幻的色彩的，尽管看样子不可能不意识到。也许，这种梦幻的色彩由于作者原先并不打算描绘梦境这一情况，而显得更为强烈。我认为，他原来打算给孩子们写个童话，写得深沉一些，写得笔意驰骋，淋漓尽致；但最终虽然没有写成梦境，却也接近或濒临一种梦境。我认为，这是这部作品以及他的另一部作品《镜中世界》的特色。”②

---

① 参见博尔赫斯、萨瓦托《博尔赫斯与萨瓦托对话》，奥尔兰多·巴罗内整理，赵德明译，云南人民出版社1999年版，第173页。

② ［阿］博尔赫斯、索伦蒂诺：《博尔赫斯七席谈》，林一安译，光明日报出版社2000年版，第166页。

博尔赫斯引用了《镜中奇遇》中的一句话“假如他不再梦到你”作为《环形废墟》的题注。《环形废墟》是一个关于梦的故事，这个梦带有神秘主义和形而上学的色彩，在小说中，博尔赫斯模糊了现实与梦幻之间的界线：一个人梦见了另一个人，但最终却发现他自己也是别人的梦中幻影。

《环形废墟》是博尔赫斯的小说名篇之一。小说情节大致如下：魔法师来到环形废墟，在梦中造人，历经数月，一个梦中的少年从梦中走到现实中，魔法师像对待儿子一样呵护他、教育他，并努力不让少年知道自己只是一个梦。神示说只有火才能让少年知道自己的真实身份。一天，倦怠的魔法师走向了燃烧的大火，了此残生，但他没有感到疼痛，这时他才发现自己不过也是他人的梦。故事的叙述很注重技巧，直到文章的最后，魔法师作为他人的梦的身份、作为一个虚构的形象才得以揭示。魔法师的身份被揭示之前，魔法师给读者的印象乃是一个现实中的人。

《环形废墟》即是他关于“梦”的文学思想的一次完美实践，梦在小说中承担了形而上学思考的载体。故事一直在把读者引向直接面对非现实性的状态。理解这一点非常重要。整篇小说是虚构的。但是在虚构层面上，我们最初会把魔法师看作是真实的，他的创造物是一位少年，一个幻影，不真实的。然而当读者自以为能清晰地辨认虚构故事中的真实层面与虚构层面时，一个突然事件（魔法师走向大火）揭示了魔法师的属性，其实他也是一个幻影。故事戛然而止，博尔赫斯巧妙地把个人的虚构本质与他的另一个主题“无限”完美地结合在了一起，因为梦到魔法师的人也可能是另一个人的梦，另一个人也可能是另一个人的梦，而少年成人之后，他也会梦中造人，如此推导直至无限。小说结尾带给读者的启示是一种始料未及的惊奇，作为正在阅读虚构作品《环形废墟》的读者和确切地认为自己是真实存在的读者很容易联想到自我，我们自己是否也是虚无的，或是被后现代主义所谓的种种建构起来的幻影呢？博尔赫斯的目的达到了。小说巧妙地编织了非现实的情节和现实主义的情节，在真实和虚幻的转换过程中揭示了主题。

《环形废墟》这篇幻想小说的主题可以解释为自我虚幻的本质。博尔赫斯许多作品的主题就是表现自我的虚幻。博尔赫斯说过："我想证明个体性（personality）是推理和习俗所承认的一个梦，但是没有任何形而上学的基础或实质的现实性。此外，我想运用文学的影响从这些前提出发，并在它们之上建立一种美学，它反对过去的世纪传给我们的心理主义，它是一种倾向于古典主义的美学，它也使与我们今天最迥然不同的倾向得到发展。"[①] 这就是博尔赫斯的梦所能达到的深度，博尔赫斯在文学中把梦发展到了一种没有人可以超越的极致，它不仅是个梦，而且是具有高度美学形式的梦，是一个探索某种哲学思想的文学可能性的梦。

综上所述，博尔赫斯的梦具有丰富的美学思想和多变的美学形式，博尔赫斯在他的文学实践中不断变换着它的形式，使它们呈现出多姿多彩的形态，为我们编织了一个又一个绮丽的梦。这些梦除了具有高度的美学价值外，还是博尔赫斯深邃的形而上学思想的载体，正是因为这些梦，那抽象而深奥的哲思才与精妙的形式水乳交融在一起。

① Didier T. Jaén, *Borges' Esoteric Library*: *Metaphysics to Metafiction*, Maryland: University Press of America, 1992, p. 50.

第三章　博尔赫斯的幻想小说与形而上学

博尔赫斯最重要的成就是他的幻想小说，他的幻想文学之所以被打上了博尔赫斯的烙印，其深层原因在于他把幻想与形而上学（metaphysics）水乳交融地紧密结合在一起。如果排除形而上学的因素，博尔赫斯的幻想小说将失去重要的独特性。波萨特认为“把博尔赫斯和同时代作家相区别的，是他对哲学的喜爱，尤其是对形而上学的喜爱”①。《特隆、乌克巴尔、奥比斯·特蒂乌斯》是博尔赫斯的幻想小说中最具形而上学色彩的一篇，也是打开博尔赫斯幻想小说大门的密钥，他在小说中写道：“玄学是幻想文学的一个分支。”② 可见，博尔赫斯是将形而上学看作文学的组成部分。

第一节　博尔赫斯与形而上学的关系

博尔赫斯的文学常被称作迷宫，既因为叙事的复杂性，又因为它蕴含着令人费解的哲思。形而上学的主题使他的作品似乎云遮雾绕，高深莫

---

① W. H. Bossart, *Borges and Philosophy: Self, Time, and Metaphysics*, New York: Peter Lang Publishing House, 2003, p. 1.

② ［阿］博尔赫斯：《博尔赫斯全集》（小说卷），王永年、林之木等译，浙江文艺出版社2006年版，第79页。

测，但是拨开重重迷雾，我们可以看到另一个博尔赫斯，他的文学理想是对整饬秩序的追求，是对理念世界的再现。因此，他的写作表现出高度的控制力和精确性，有如象棋大师的布局一般。他的小说是诗与思的高度结合。

博尔赫斯文学思想的基础是以幻想美学的形式把形而上学（metaphysics）和宗教的神秘主义表现出来。他的幻想小说的形而上学主题主要包括：人类如同幻影般地存在；物质世界的虚幻本质；所有理性知识都不可避免的专断；无限和无限的可能性；最微小的事物包含整个宇宙的思想；我们可以想象的每件事物都将或已经发生；每个人都是另一个人或所有的人等。博尔赫斯是一个把自己对形而上学的困惑转化成文学的作家，他曾这样表达这种困惑，“我梦见我从另一个（有众多灾难和混乱）的梦中出来，在一间回忆不起来的房间里醒来。……我害怕地想，我在哪儿？我明白我不知道。我想我是谁？可以我不认识自己，这种毫无目的的不眠之夜将是我的永存。于是我真的醒了：颤抖不已”①。我在哪儿、我是谁，是最古老的哲学命题，也是哲学的基本问题。博尔赫斯的哲学思考还涉及形而上学的其他问题。他的小说是以美学手段创造形而上学思考的空间，他的追求是把文学幻想与形而上学完美地结合在一起，这一美学目的成就了博尔赫斯的独特性。

波萨特这样评论博尔赫斯的幻想文学与形而上学的关系：

> 把博尔赫斯与他最具有的现代性相区别的一个方面是他对哲学的喜爱，尤其是对形而上学的喜爱。博尔赫斯确有一个明显的思想上的哲学转变，也就是他可以欣赏并构想出严格的哲学上的论辩。……但是，使博尔赫斯独一无二的是他富于想象力地使用比喻和象征来表现最为抽象的思想的能力。他也展示了对形而上学游戏的持久兴趣，始

① ［阿］博尔赫斯：《博尔赫斯全集》（散文卷上），王永年、林之木等译，浙江文艺出版社2006年版，第171页。

> 终希望这些游戏中的一个最终可以成为一种对现实的相对精确的描述。在这些他最喜欢的现代哲学家中，罗素是他最喜爱的，他兼具对形而上学的持久的爱和一种深刻的怀疑气质。像罗素一样，博尔赫斯漫游于卓越的大师之间以求寻找一个他无法找到的牢固支点。因此他表现出了对形而上学的怀旧之情，因为他在他的迷宫中失去了自我。①

形而上学和认识论是哲学发展史上的两大主题。形而上学指的是对世界实在性，或者说最根本问题的追问和探求，它是哲学的基本理论。威廉·詹姆士将形而上学定义为“不过是为了明确地进行思考所作的非常顽强的努力而已”。比如追问世界的本原是什么，就是典型的本体论问题，“本体论”问题通常被认为是“形而上学”问题的一部分，讨论这样的问题也就是讨论形而上学。

我们通常使用的形而上学概念可以追溯到德国古典哲学的集大成者黑格尔，马克思、恩格斯都接受了黑格尔辩证法最核心的逻辑——对立统一和否定之否定。在我们的语境中，接受了辩证法的哲学家认为之前的形而上学是没有运动和变化的，是静止、片面、孤立的，具有贬义色彩。形而上学（metaphysics）最早的源头可以追溯到亚里士多德，他留下的许多著作中有一部分没有命名，后来被安排在《物理学》的后面，于是便有了metaphysics一说。形而上学的意思可以简单概括为对世界实在的追问，是对什么存在，什么不存在，以及存在的形式的探究。或者说，是关于存在和它的本质的知识。形而上学还涉及一些更复杂的问题，如自我及同一性、自由与决定论、命运、空间和时间、时间与永恒、因果关系、上帝等。这些都是困扰着博尔赫斯一生的问题。博尔赫斯的形而上学概念是指没有接受黑格尔辩证法之前的形而上学。

---

① W. H. Bossart, *Borges and Philosophy*: *Self*, *Time*, *and Metaphysics*, New York: Peter Lang Publishing House, 2003, p. 1.

一　博尔赫斯的形而上学思想来源

博尔赫斯的父亲吉列尔莫·博尔赫斯的阅读兴趣主要有两个，一是形而上学和心理学，二是文学及东方的书籍。两个方面都直接影响了博尔赫斯。父亲通过富有启发性的方式传授童年的博尔赫斯哲学知识，其中最重要的一部分是唯心主义。这些知识对博尔赫斯的一生产生了深远影响，影响了博尔赫斯看待世界的方式，是博尔赫斯文学的思想根源。

父亲吉列尔莫·博尔赫斯与小博尔赫斯下棋时总会用棋盘向他解释芝诺的悖论，如阿喀琉斯与乌龟赛跑、飞矢不动，还以十分巧妙的方式传授他哲学知识。博尔赫斯曾回忆说：

> 记得还在我儿时，我父亲就向我提问哲学的根本之谜、基本问题，而不用任何专门术语，也不提时间年代。比如，他会利用棋盘作为工具，把阿皮亚，前苏格拉底哲学家的诡辩论讲给我听，却又对它们不予置评。我记得有一天晚上他没出门。吃饭的时候他拿起一只橘子问我："这只橘子是什么颜色？"我就说："哦，我想它是橘黄色。"但我发现这还不够，就补充说："我们可以说它介乎红色和黄色之间。"他说："对，但如果我把灯关上或者你闭上眼睛……"于是我便盯着他。另一个晚上他会问我："这橘子什么味？"我说："嗯，橘子味。"他又会问："你真相信橘子会整天整夜地品尝它自己的味道？"我说："哦，我不想钻这个牛角尖。"然后他又会问："这橘子有多重？"一边问他还会在手里将橘子掂来掂去。所以我是在不知不觉中滑入唯心主义的。我被引导着，不是去理解而是去感受，去感觉芝诺的诡辩术，而我父亲却从未提及这类东西。而后来，他给了我一本书，一本刘易斯写的《哲学史人物传》。他是个犹太人，是乔治·艾略特的朋友。我家里至今还保存着这本书。在这本书中，我发现了那

所有的笑话，我父亲所讲的所有的难题。唯心主义、前苏格拉底哲学等等一切在这本书中找到。是我父亲引导着我读这本书，他知道怎样教别人。他是位心理学教授，他根本不相信心理学。但他开导我的方式很合适，问我简单的问题。他用橘子和棋盘来教我哲学，然后我便自己去感受那些问题。有时我睁眼躺着问我自己，我是谁？或者甚至问，我是什么？在做什么？我觉得时间在流动。[①]

父亲和他的对话俨然是贝克莱《人类知识原理》中海拉司和费罗诺斯的对话的翻版，贝克莱否定物质的言论发表在该书开头的几段和《海拉司和费罗诺斯的对话》之中，但是他从来不提贝克莱的名字。对话中的两个人物海拉司代表受过科学教育的常识，费罗诺斯代表贝克莱。费罗诺斯认为“可感物的实在性就在于被感知”，海拉司则认为“存在是一回事，被感知是另一回事”。费罗诺斯认为“除各种可感性质而外没有任何可感的东西，而可感物无非是一些可感性质，或者是种种可感性质的组合罢了”。他通过详细考查各种感觉来证明这一点，他从冷热、滋味谈到声音、颜色来说服海拉司。“菲洛诺斯……没有比不同的人在同一食物中品尝到不同的滋味更平常的事了，一些人喜欢，而另一些则厌恶。如果味道真的是在食物当中，怎么会是这样呢？”[②] 吉列尔莫·博尔赫斯关于橘子的问题正是为了告诉博尔赫斯橘子的存在只是在于对它的感知，除了这些被感知的性质之外，没有其他的东西。如果没有看到、嗅到、摸到、品尝到橘子的性质，橘子就是不存在的。

这段话里面还有一层意思非常重要，那就是博尔赫斯是在“不知不觉中滑入唯心主义的”，他完全不必刻意去理解什么叫“存在即被感知”或“心外无物”此类抽象的概念，而只需要感受和体会那些直观和生动的形象。这种依赖感受而不是抽象思维的方式，为日后用文学的方式表达和思

---

① ［美］威利斯·巴恩斯通编：《博尔赫斯八十忆旧》，西川译，作家出版社 2004 年版，第 194 页。

② ［美］布鲁斯·乌姆鲍：《贝克莱》，孟令明译，中华书局 2005 年版，第 32 页。

考哲学问题做好了准备。

他自小时候从父亲那里领略了一些哲学概念之后就一直坚持读哲学书。“他最喜欢的资料读物是法尼茨·茅特纳的字典，这是一本‘非常好的包容万象的论文集，涉及灵魂、世界、大脑和意识等主题’。”①

博尔赫斯曾说过：“我曾经编选过虚构文学的一个集子②……我也得承认错误地略去虚构文学不可争辩的和伟大的大师：巴门尼德、柏拉图、约翰·斯科托斯·埃里金纳、阿尔贝托·玛格诺、斯宾诺莎、莱布尼茨、康德、弗朗西斯·布拉德利。”③ 我们还可以给它加入一个长长的哲学家的名单，例如，叔本华、尼采、贝克莱主教、休谟、罗素等。博尔赫斯一遍一遍地读叔本华，谈到叔本华时他说：“如果宇宙这个谜可以用语言表达出来的话，我觉得这些语言应该存在于写作中。”总的来看，建构博尔赫斯的形而上学思想的哲学家包括两个永恒的反对派：一个是巴门尼德、柏拉图、斯宾诺莎、康德、弗朗西斯·布拉德利；另一派是赫拉克利特、亚里士多德、洛克、休谟、威廉·詹姆斯。在小说《德意志安魂曲》中，博尔赫斯写道：“据说人们生下来不是亚里士多德式，便是柏拉图式。这等于说，任何抽象性质的争辩都是亚里士多德和柏拉图论争的一个片断。”④

对博尔赫斯的思想产生影响的还有马切多里奥，他是博尔赫斯遇到的一个边缘人物。马切多里奥“否认了空间和时间的现实性，甚至还否认了自我的现实性，他把自我看成是稍纵即逝的一种精神状态，而这些精神状态之间又没有任何联系。他坚信世界是不可知的，个性只是一种幻想”⑤，

---

① ［英］埃德温·威廉斯：《博尔赫斯大传》，邓中良、华菁译，华东师大出版社2014年版，第65页。

② 指《幻想文学精选》。

③ ［阿］博尔赫斯：《博尔赫斯全集》（散文卷 上），王永年、林之木等译，浙江文艺出版社2006年版，第228页。

④ ［阿］博尔赫斯：《博尔赫斯全集》（小说卷），王永年、林之木等译，浙江文艺出版社2006年版，第252页。

⑤ ［英］埃德温·威廉斯：《博尔赫斯大传》，邓中良、华菁译，华东师大出版社2014年版，第109页。

这些思想在日后博尔赫斯的文学创作中一一显现了出来。“尤其是影响了他直到20世纪40年代才渐趋成熟的两大基本主题——物质世界的‘非现实性’和不存在的‘我’或个人主体。”①

形而上学对于博尔赫斯而言绝不仅仅是作为一种学说存在，而是融入其生命中，成为他看待世界、思考世界的基本方式，它是一套完整、系统的世界观和人生观。

二　发现哲学潜在的文学价值

博尔赫斯说：“我不是思想家也不是道德家，仅仅是一个懂得语言，并把自己的困惑，和那些令人生畏的、困惑的、我们称之为哲学的体系转变成文学。”② 这种困惑是一种形而上学层面的困惑，各种相互矛盾的思想体系相互攻讦所形成的莫衷一是的思维困境。

博尔赫斯在其小说和散文中引用了大量形而上学的学说，这些引文出处明确，引证贴切，他还写了不少纯粹形而上学思辨的文章，从中可以看出他对形而上学历史的熟稔。

博尔赫斯的文学与哲学的关系在以下这段文字中被揭示出来：

> 我是个文人，我尽可能利用哲学里的潜在文学价值。我本身不是哲学家，只不过我对世界和我自己的生命感到莫大的困惑。举例说，当人们问我是否真正相信宇宙过程会一再重复，永无休止，我觉得我同那种事情毫无关系。我试图把灵魂嬗变或者第四维度的美学潜在价值运用到文学上面，想看会产生什么结果。可是我确实没有把自己当

---

① ［英］埃德温·威廉斯：《博尔赫斯大传》，邓中良、华菁译，华东师范大学出版社2014年版，第110页。

② Ronald J. Christ, *The Narrow Act*: *Borges' Art of Allusion*, New York: New York UP., 1969, p. ix.

成思想家或者哲学家。①

值得关注的是，他提出的“哲学里的潜在文学价值”这一独特文学理念。通常我们认为文学可以表达哲学思想，哲学能够被文学以形象化的方式表现出来，例如20世纪的存在主义文学。文学具有哲学性，但文学不是哲学，也不是哲学的替代品，它有自己的评判标准。博尔赫斯观点的新颖之处在于，他强调的是哲学本身所具有的文学价值。博尔赫斯说：“人们以为我专心致志于唯心主义、唯我主义或者犹太教神秘哲学，因为我在小说中引用了它们。其实，我只想看看它们能派什么用处。另一方面，有人认为，如果我派了它们什么用处，那是因为我受它们的吸引。当然，这没有错。但事实上我的思想混乱得很，不知道身在何处——不知道自己是不是唯心主义者。我只是个文人，我利用那些题材尽可能写点东西而已。”②博尔赫斯在不同场合强调自己首先是一个文学家，说明他把作品的艺术价值和审美性放在第一位。博尔赫斯对宇宙、人生感到困惑，这些困惑激发了他持久的思考热情，然而，这些形而上学的问题是没有绝对正确答案的，因此，博尔赫斯认为自己思想混乱。

柏拉图在《会饮篇》中提出：有两个世界，一个是人们身在其中，可以感知的、不完美的世界，即现实世界；另一个是理念（或称“相”）世界，它是人们往往没意识到而又存在于人心灵之中的。柏拉图也讲过他的创世学说，认为“理念”是由智性（Intellect）产生的。在理念中，“一”开始具有意识。这些理念是世界的灵魂，也在人的灵魂中表现出来，使人成为有生命的物质。

柏拉图强调绝对理性，反对感性的文学。亚里士多德肯定了感性的文学，但他是以文学具有哲学性来为文学争取应有地位的。亚里士多德实际上沿用了柏拉图理性主义的逻辑。西方文学从希腊到中世纪一直存在各有

① ［阿］博尔赫斯：《博尔赫斯谈话录》，王永年译，上海译文出版社2008年版，第10页。
② 同上书，第101页。

偏倚的两派，一个倾向于柏拉图，强调理性；另一个倾向于亚里士多德，强调感性。博尔赫斯的文学体现了对本质的理念世界的探求。他的文学主张看似更接近柏拉图一派，强调文学的理性主义。但是，他又认为哲学本身具有潜在的文学价值，这样，博尔赫斯尝试把文学和哲学自古希腊、罗马以来就存在的裂缝弥合了起来。博尔赫斯将部分哲学家归于“虚构文学的大师”的观点，也能证明博尔赫斯认为哲学具有潜在的文学可能性。他在文学和哲学这两种完全不同的知识体系中寻找相通性的努力十分明显。然而，博尔赫斯的文学并非从观念出发，先有一个哲学观念，然后用文学的形式表达它，或是把文学作为哲学思想的形式外壳；在他的作品中，哲学与文学是水乳交融的，这是博尔赫斯文学最显著的成就。

1941 年《小径分岔的花园》出版以后，比奥伊·卡萨雷斯在杂志上发表评论强调“博尔赫斯发现了‘哲学中的文学可能性’，并且把这些可能性和侦探小说中内在的对‘理想’——也即在构建叙述过程中使用的‘创造性’、‘严密性’和‘优雅性’——的追求结合起来，从而创造了一种新文体”①。比奥伊的“哲学中的文学可能性”这一说法十分准确，它不是把文学作为哲学的“传声筒”，而是发现哲学本身所蕴含的文学价值，并且用文学的方式加以表达。

博尔赫斯要利用的是哲学本身所具有的文学价值，有以下几点。

第一，哲学是对世界终极意义的解释，使我们在更深更广的层面认识所面对的事物，了解世界，使世界在我们的意识中合理化，从而为我们提供心灵的慰藉，这本身是具有诗意的。哲学以逻辑推理的方式寻求真理，真的事物就是美的。维特根斯坦就认为帕斯卡尔欣赏数理的美就像欣赏大自然的美一样，在维特根斯坦眼中，哲理的研究与美学的研究是极其相似的。

---

① ［英］埃德温·威廉斯：《博尔赫斯大传》，邓中良、华菁译，华东师范大学出版社 2014 年版，第 302 页。

第二，形而上学的一个重要特点就是它总是在一个角度上呈现出完全正确的状态，但与此同时，总有一种与之对立的理论存在，并同样具有理论上的完满性。“形而上学思考并不提供知识，而是理解。形而上学的问题有答案可寻，而在许多相互对立的答案中，肯定并不是所有答案都能成为正确的答案。然而人们几乎无法证明、也无法得知哪一种是正确的。理解——有时是相当深刻的理解——产生于这样的情况：有些观点，从其他一些角度看来，往往显得完全正确，但有人却发现了其中存在着无法解释的问题。”①

在博尔赫斯的幻想小说中，两种相互矛盾的观点可以得到讨论，它们同时存在小说之中，没有一方可以完全说服另一方，在同一篇小说中，不同的哲学观念处于一种平等的对话关系。正如贝斯埃尔（Irene Bessiere）在《幻想小说》（*Le Recit Fantastique*）一书中提到的那样，幻想文学的关键是通过同时表现相互矛盾的两个观点制造一种不确定性，幻想文学不是源自这两种秩序的游移，而是源自它们矛盾和交互的、不明确地对对方的否定；博尔赫斯在《特隆》中也写道：“哲学性质的作品毫无例外的含有命题和反命题，对一个理论的严格支持和反对。一本不含对立的书籍被认为是不完整的。”② 而在博尔赫斯看来，玄学性质的小说又是幻想小说的一个分支。我们发现在博尔赫斯的幻想与他所思考的形而上学问题之间存在着同构性，它们都处于不确定的状态之中。

形而上学的历史也证明了这一点，一个观点被提出，就有多个观点反驳它，然而谁也无法完全说服谁。在《阿喀琉斯和乌龟永恒的赛跑》一文中，博尔赫斯首先称赞了这个不朽的悖论，接下来他罗列了历史上对这个悖论的反驳，涉及斯图亚特·穆勒、亨利·伯格森、罗素，每一种驳论都能自圆其说。在《时间的新反驳》中，博尔赫斯采取了同样的方式讨论了

---

① ［美］理查德·泰勒：《形而上学》，晓杉译，上海译文出版社 1974 年版，第 4 页。

② ［阿］博尔赫斯：《博尔赫斯全集》（小说卷），王永年、林之木等译，浙江文艺出版社 2006 年版，第 82 页。

时间问题。

第三，形而上学还有一个特点，即它所提供的知识具有超自然的属性。这一点霍布斯在《利维坦》中指出过，他说："经院学派则把它们当成超自然哲学的各卷书，因为形而上学是可以具有这两种意义的。的确，这里面所写的东西绝大部分是没法理解，而且和自然理性也十分冲突以至使任何人要是认为可以根据它来理解任何东西，就必然会认为是超自然的。"① 形而上学的这一属性，与博尔赫斯在幻想文学中表现出的"超自然"（域限幻想）有一定的共通性。

第四，一些哲学家对哲学问题的论述是通过形象的方式来完成的，另一些哲学家的论述文采斐然，还有一些哲学家以对话的形式来展示哲学的思辨过程，具有戏剧性。另外，哲学论述的逻辑性对于博尔赫斯来说也具有美学意义。

从以上几点来看，形而上学本身具有文学性，用幻想的形式来表现形而上学，不失为一种"合式"。幻想文学与形而上学具有相似的结构。

下面我以两个故事——《奥斯莫的生平》与《双梦记》为例来说明"哲学具有的潜在文学性"。

我们先看一则由一位哲学学者在讨论形而上学问题时所讲述的故事——"奥斯莫故事"。故事情节如下：第一部分，上帝向一个特选的书记员启示了一系列事件，书记员把这些事件记录了下来，这些记录是关于一个名叫奥斯莫的极其普通的人的生活。所有人包括这位书记员都完全不知道奥斯莫是谁，当启示的内容达到相当丰富的程度并近乎完成的时候，书记员就把它们按年月顺序汇编成书。他起初为该书取名《奥斯莫的生平——来自上帝的启示》②，但是书记员想到人们可能会认为这是在开玩笑，便删去了关于来自上帝的想法，这本书被收藏在各个图书馆里；第

① ［英］霍布斯：《利维坦》，黎思复、黎廷弼译，商务印书馆2016年版，第546页。

② 以下简称《奥斯莫的生平》。

二部分，一个名字也叫奥斯莫的印第安纳州中学老师，在书架上看到了这本书。开篇的第一句话使他大吃一惊：“奥斯莫1942年6月6日生于印第安纳州奥本慈善医院。双亲是荷兰人。五岁时得了一场肺炎，几乎丧生。此后便进入奥本的圣詹姆士学校。”奥斯莫读到这里激动不安，想知道此书是出自谁之手，但一无所获。他开始仔细阅读，书中对事件的叙述都是新闻报道式的现在时态，正文清楚地说明了各种事件发生的大致时间，因为一切事件都按年月顺序叙述，主人公一生中的每一年，都构成独立的一章，都用这样的标题——“奥斯莫的第七年”“奥斯莫的第八年”，如此贯穿全书。书中记叙的许多事件唤醒了他的记忆。例如一只小猫，他几乎连小猫的名字都忘了。而在“奥斯莫的第七年”中却是这样描述的：“奥斯莫一边呜咽着，一边捧着死去的弗啦菲走进花园，把它埋葬在玫瑰花丛边。”书中还记述了他第一次吸烟的那一天、他父亲去世时的感受等。这时奥斯莫把书翻到第二十六章，他惊呆了，那里所说的一切全是真实的！他迅速往下读，突然看到这样一个句子：“奥斯莫坐在图书馆对面的咖啡馆里读着一本书，汗津津地，完全忘记了他本应在四点钟去理发店接他的妻子。”反正太迟了，他又接着往下看到第二十九章，这本书的最后一章。他感到不安和沮丧，因为后几章讲述了很多不好的事。这本书以极其凄凉的语调结束：“奥斯莫搭乘了从奥黑尔出发飞往西北部的569次班机。该机在韦恩堡的机场跑道上坠毁，致使奥斯莫死于非命。同机丧生的还有许多人。这场悲剧还给奥斯莫一家带来了一个损失：奥斯莫没有在他的人寿保险宽限期结束之前办理续期。”看到这里奥斯莫想，他完全可以不乘那架飞机。故事最后附有这样一段话“（大约在三年以后，我们的主人公搭乘了一架飞往圣保罗的飞机。当驾驶员宣布飞机将改在韦恩堡着陆时，我们的主人公勃然大怒。按照一个女乘务员的说法，他企图劫持飞机，使它改变航向，驶往另一个机场。民航局声明，由此造成的破坏，是飞机试图着陆时坠毁

的一个因素)”①。

这则故事写在里查德·泰勒的《形而上学》第六章，泰勒讲述这则故事的目的是讨论一个形而上学问题——宿命论和决定论。它很容易使人们想起博尔赫斯的早期小说《双梦记及其他》。《双梦记及其他》收录于小说集《恶棍列传》(1935)，由五个小故事组成。其中《双梦记》的情节和叙述模式与《奥斯莫的生平》非常相似。《双梦记》由阿拉伯历史学家艾尔-伊萨基叙说，小说由两部分组成：第一部分，开罗人家资巨万，但仗义疏财，散尽家资，以做苦力为生。一日梦中得到神示说他的好运在伊斯法罕，让他去找。第二部分，他去了伊斯法罕，晚上被巡逻兵队长当作强盗打了一顿，问他为何来此，他如实回答。队长大笑说他鲁莽轻信，队长还说自己常常梦见开罗城中一所房子后有个日晷，其后有颗无花树，树后有个喷泉，泉下埋有宝藏。开罗人回到自己国家，在自家院子的喷泉底下挖出了宝藏。

两则故事在叙述结构上基本相同，第一个故事中主人公的命运被上帝托人写于书中，主人公过去的生活被记录，未来的生活被一一应验。第二个故事是主人公得到神的启示，神示最终得以实现。出现在《形而上学》中的这则故事完全可以被看作是一篇博尔赫斯式的幻想小说。《奥斯莫的生平》中一个书记员把上帝关于奥斯莫的生命的启示记录下来，这和《双梦记》中的主人公在梦中被神告知他的好运在伊斯法罕一样让人感到荒诞不经，一个处于现实中的人——我们中的大多数是不会相信这些是真实的。当《奥斯莫的生平》中的奥斯莫坐在那里读着关于他一生中那些还未经历过的生活的真实描述时，如果告诉他，在他未来的生活中仍有选择的可能，那是无效的，因为他过去的经验告诉他书中的叙述是真的并正在成为真的。当《双梦记》的主人公在伊斯法罕被打时，如果你告诉他梦中的

① 这则故事出自理查德·泰勒《形而上学》，晓杉译，上海译文出版社1984年版，第84页。情节有所精简。

神示仍然是真的，那也是无效的，因为他过去的生活中并没有证明神示是真的灵验。主人公都会产生怀疑，奥斯莫的怀疑对他未来生活的预测是否为真，而开罗人则怀疑那个梦是否为真。奥斯莫后来真的死于空难，而开罗人则真的找到了财富。虚构、非现实的事物、疑惑、现实，幻想小说的基本要素都具备了。

《双梦记》和《奥斯莫的生平》都具有形而上学的主题和目的，它们的不同之处在于《奥斯莫的生平》是直接用来说明形而上学问题的（泰勒用它来说明宿命论），但它具有一定的文学性和美学价值；而《双梦记》是文学作品，它的首要目的是美学的，但它同时具有形而上学的意义。这两个故事都包含了对“命运”这一形而上学主题的探讨。

尽管《奥斯莫的生平》与《双梦记》的情节不尽相同，但它们之间的相似性足以说明博尔赫斯小说的主题与形而上学的密切关系，而且前者作为哲学论述具有文学性，后者作为文学文本又充满了哲理性。下文将分析博尔赫斯幻想小说的形而上学主题。

第二节　博尔赫斯幻想小说的哲学主题

博尔赫斯的文学作品涉及的形而上学问题有现实、时间和空间、时间与永恒、命运、自我及其同一性等，这些都是形而上学的基本问题，其中，对世界本质的探讨和对个体本质的思索，是最重要的两个主题。“到20世纪40年代才渐趋成熟的两大基本主题——物质世界的‘非现实性’和不存在的‘我’或个人主体。博尔赫斯把后者又进一步发展成为他最有震撼力的一大主题——个人身份的任意性。”① 这些哲学主题有时各自独立

① ［英］埃德温·威廉斯：《博尔赫斯大传》，邓中良、华菁译，华东师范大学出版社2014年版，第110页。

出现在文本中，有时又是彼此交织在一起的。由于什么是实在的问题在前文中已有充分论述，因此下文将对自我及同一性和时间这两个主题进行分析。

一　自我及同一性

每个人在一生中的某个时刻都会思考一个问题，即我是什么？这个问题看似简单，实际上是最复杂、最重要的问题。一个人可以对许多复杂事物做出解释，因为人类的知识已经足够丰富，但当人类面对自我是什么的问题时，可能会迷惑不解，必定会求助于哲学理论。

这个问题同样困扰着博尔赫斯，“我花了大半辈子的时间思考时间，时间问题，当然还有我的个性。至少我认为这些事物是一起存在的，因为我认为时间是组成我的物质。说实在的，我没有特殊的有关理论。我只是感觉而已”①。他谈到幻想问题时同样也是首先强调自我问题，他说：“我们首先要知道我们自己是否真实。过去两三千年来，哲学家们为此争吵不休，那不是我能解决的问题。”②

博尔赫斯的作品中对自我问题的思索和探讨是贯穿始终的，他说：“在我的作品中，贯穿着一种对同一性，有时对它的不一致和二重性的关心，如《神学家》《塔德奥·伊西多罗·克鲁斯》和我新近出版的诗集《另一个人，本人》的书名本身。”③

《神学家》的主人公奥雷利亚诺与帕诺尼亚是两位神学家，他们二人是论敌，奥雷利亚诺决定要战胜帕诺尼亚以平息怨恨，因为帕诺尼亚篡夺了他的研究领域。几个月之后，他们参加一个宗教会议，奥雷利亚诺和帕诺尼亚站在同一阵营，向共同的敌人“单调派”（也称“环形派”）开战

---

① ［阿］博尔赫斯：《博尔赫斯谈话录》，王永年译，上海译文出版社2008年版，第11页。

② 同上书，第99页。

③ ［阿］博尔赫斯：《作家们的作家》，倪华迪译，云南人民出版社1995年版，第206页。

并获胜，但奥雷利亚诺写的每一个字都带有胜过帕诺尼亚的目的。他们的斗争是无形的。奥雷利亚诺最终胜出，他引用的是帕诺尼亚的话来说明他是异端，而这句话是他们原先处于同一阵营时反驳共同敌人的，帕诺尼亚被判处火刑。帕诺尼亚死后，奥雷利亚诺怅然若失。他四处漫游，反复思考对帕诺尼亚的指控，无数次为他辩解。一天一道闪电点燃了他周围的树林，他像帕诺尼亚那样被烧死了。在天国里，奥雷利亚诺领悟到，对于深不可测的神来说，他和帕诺尼亚（正统和异端，憎恨者和被憎恨者，告发者和受害者）构成了同一个人。

这篇小说里包含了大量互相攻讦的神学思想，它的主题是一个人的身份是由他的思想所确定的，然而一种思想常常包含互相矛盾的两方面，人可以有立场，但是立场只是一种态度或倾向。实际上，一种思想与它的对立面（正统和异端，憎恨者和被憎恨者，告发者和受害者）共同构成一个人，每个人都具有双重身份。这一主题在小说《塔德奥·伊西多罗·克鲁斯小传》同样得到表现。

《塔德奥·伊西多罗·克鲁斯小传》的题记摘自叶芝的诗《扭曲的星》，“我寻找自己的真实面貌，世界形成之前它已形成”，神秘的哲学思想是叶芝后期诗歌的显著特点。这个题记揭示了小说的形而上学主题是“自我”问题。主人公克鲁斯 1849 年同一批赶牲口的伙计去布宜诺斯艾利斯市，一路上有个人没完没了地取笑他，克鲁斯一直没有还嘴，一天晚上，他一刀把那人捅死，于是只得逃亡。他一路同警察拼搏，最终还是缴械投降，被罚充军。他在各种战争中表现英勇，但他只是在打仗，完全没有价值立场，有时候为家乡而战，有时候又为敌方而战。1868 年他结婚生子，还买了块土地，那一时期“他也许觉得很幸福，尽管内心深处并不如此。（一个至关紧要、光彩夺目的夜晚在冥冥中等着他：那一晚断送了他的前程；说得更确切一些，不是一晚，而是那一晚的一个片刻、一个行动，因为行动是我们的象征）任何命运，不论如何漫长复杂，实际上只反映于一个瞬间：人们大彻大悟自己究竟是谁的瞬间”——1870 年他奉命追

杀一个害了两条人命的逃兵马丁·菲耶罗。一夜，他和同行士兵们逼近逃兵准备突袭，逃犯从藏身之处跳出来拼命。克鲁斯由于一种奇特的幻觉突然改变了主意，说他绝不允许以众敌寡，杀掉一个勇敢的人，他转而和逃兵马丁·菲耶罗一起，同自己的士兵打了起来。

克鲁斯最终在一个顿悟的时刻发现了自我。也就是说，在之前若干年的生活中，他虽然生活着，但他并不是自己，他曾经做过很多种人，拥有过很多种身份，高乔人、乡下人、杀人犯、逃犯、士兵、巡警……但是这些身份并不等同于自我，他只是一个人在人群中的样子，被身份、职业所规定的样子，“他也许觉得很幸福，尽管内心深处并不如此”。

与上一篇《神学家》不同的是，《小传》强调的是自我是一种非常感性的生命体验，而前者强调自我是理性思维的结果。

克鲁斯一直以克鲁斯这个名字生活着，但是一个人的希望、向往、信仰并不完全与“自我”相等同。如果一个人生活着，但不是按照自己的意愿生活，或者他根本不知道自己的意愿是什么，而是随波逐流、麻木不仁地生活，那么他就是一个缺乏自我的人。克鲁斯在那一夜之前，也许从来没有思考过这个问题，或者不经意中感受（并非思考）到这个问题。他一直过着一种随遇而安的生活，按照别人给他安排的身份而生活，为“臂章和制服”所赋予的职责而生活，没有希望和信念，他只是一个缺乏自我的人。但是在那个顿悟的时刻，他终于感到“命运没有好坏之分，但是人们应该遵照内心的呼唤行事。他明白臂章和制服如今对他已是束缚。他明白自己的本性应是独来独往的狼，而不是合群的狗；他明白对方就是自己”①。

小说中有一个情节值得注意，克鲁斯带领士兵包围逃犯时，有一段这样的描写：“一只察哈鸟叫了起来；塔德奥·伊西多罗·克鲁斯觉得他早

---

①［阿］博尔赫斯：《博尔赫斯全集》（小说卷），王永年、林之木等译，浙江文艺出版社2006年版，第230页。

已经历过这种情景。”[①] 这与他当年杀人后逃亡时的情景非常相似，“几天之后的一个晚上，察哈鸟的惊叫使他明白警察包围了他”。但是两次行动的身份却完全不同，第一次是因为他杀人而被追捕，而这一次是他以警察的身份去追捕别人。他最后领悟到的“自己的本性应是独来独往的狼，而不是合群的狗；他明白对方就是他自己”，他真正的“自我”就是那个孤独、英勇、顽强灵魂，就是当年逃亡时与警察搏斗时所展现的那样——“他宁愿拼搏，不愿束手就缚。他前臂、肩膀和左手多处受伤；但也重伤了那帮警察当中最勇敢的人。”他并非想做逃犯，而是对真正的自我的向往，这种品质恰恰是他在杀人逃亡之后的生活中渐渐失去的。这一细节说明“自我”并非“身份”，而是他潜意识（本我）中最向往的某种品格。小说揭示出生命的意义产生于大彻大悟“我是谁”的瞬间，人应该遵照内心的呼唤生活。

小说还包含一个象征性的主题，即一个人在某一时刻可能是所有的人。在小说中博尔赫斯这样描述克鲁斯的个人经历：“他的事迹已经载入一部皇皇名著；也就是说，一部包罗万象、适合所有人的书（《哥林多前书》，第九章第二十二节），因为它的内容经得起几乎无穷无尽的重复、解释和歪曲。”[②]《圣经・新约》中《哥林多前书》中这样写道：“向软弱的人，我就作软弱的人，为要得软弱的人。向什么样的人，我就作什么样的人。无论如何总要救些人。”克鲁斯与使徒的事迹本来毫不相干，博尔赫斯做此类比，实际上把克鲁斯的个体经验与所有人的经验联系起来。也许我们每一个人在领悟自我之前都和《哥林多前书》中的“我”是一样的，我们在人群中以他人的面目展示自己，因而也是缺乏自我的人。

包含自我主题的小说还有《环形废墟》《刀疤》《叛徒和英雄的主题》《南方》《另一个人》《结局》等。

---

① ［阿］博尔赫斯：《博尔赫斯全集》（小说卷），王永年、林之木等译，浙江文艺出版社2006年版，第230页。

② 同上书，第228页。

在《南方》中博尔赫斯探讨了自我是什么的问题，尤其是自我的同一性这个形而上学的命题。这一哲学主题在“明天早晨我就在庄园里醒来了，他想到，他有一身而为二的感觉”这句话中得到暗示。

如果我们把小说当作一篇幻想小说来读，那么主人公达尔曼去南方的经历都是主人公在病痛的折磨中所产生的濒死幻觉。我们可以清晰地辨别这些经历并非发生在现实世界之中，它们是虚幻的，然而产生幻觉的主体完全不会这样认为，他所感受到的这一切都是完全来自客观现实的。心理学认为幻觉具有两个特征：第一，幻觉是一种感受，由于缺乏相应的现实刺激，所以客观检验结果证明这种感受是虚幻的，但就患者自身体验而言，却并不感到虚幻；第二，虽然幻觉源于主观体验，没有客观现实根源，但某些患者坚信其感受来自客观现实。

那个去南方疗养的达尔曼的经历是那样真切，可是在那一段时间中，他的身体却躺在病床上奄奄一息，受病痛的折磨。那么，到底哪一个才是真正的“我”（达尔曼）呢？自我（达尔曼）到底是谁？

我们可以对许多东西，甚至是一些很复杂的东西，提出它们是什么这个问题，比如可以问：一棵树或一滴水或一台机器是什么？他的答案是给它们一个定义，这个定义有可能并不完整，但不会全错。但是，当一个人问他自己是什么，从他最内在的本性来看他是什么，他密切关注的那个“我”是什么时，他就会茫然无解。

每个人都有一个身体，他可能是从经验中知道这一点，也可能不是从经验中得知的；但是不管怎样，这是他确实知道的事情。对于自我和身体之间的关系，则可能只有一个模糊的概念；不过每个人对自己和身体的实在性，都不会有所怀疑。

那么一个人和他的身体这两者之间有什么联系呢？关于自我与身体的关系在西方哲学中一共有三种理论。第一种是唯物论，第二种是二元论，第三种是唯心论。其中唯物论和唯心论都是一元论。

（一）唯物论对同一性的思考

唯物论认为我有一个身体，虽然它是某种高度复杂的东西，但它是一个有机生物体，是物质的东西。事实上，要是不承认它完全是物质的，那就没有理由把它叫作我的身体，因为没有什么非物质的东西可能成为身体的一部分。假如我有一个身体仅仅是指我自己和我的身体的同一，那么就可以说我是身体，并且仅此而已。确认我自己同我的身体的同一，与说我有一个身体毫不矛盾，因为我们在表示同一关系时经常是这样说的。

唯物论者说“同一”，必定意味着自我与身体的严格的、完全的同一，分毫不差。可以同样用于我和我的身体而不发生谬误的命题非常多。例如，可以说我出生于某个时间某个地方，这里的我就是指我的身体。

如果我们把自我与身体的关系看作是同一的，那么达尔曼此时此刻正躺在医院做垂死挣扎，这种解读充分体现了唯物主义的优势，它处理自我与身体的关系时简单明了，然而它也存在一些理论上难以克服的困难。

这种把“我”等同于身体的观点受到其他一些形而上学观点的强烈质疑。因为有些命题对我为真而对我的身体非真。譬如，说达尔曼平庸、怯懦，这样说在某一时刻可能是正确的，但我们却不能在完全相同的意义上，说达尔曼的身体或身体的某一部分是平庸、怯懦的。道德评价用于物质对象的“身体”，是相称的吗？或者，说达尔曼怀有一种深切地想回到南方的希望、愿望或想法，但如果断言他的身体或某个部分希望置身别处，那至少听起来令人感到奇怪。一种纯物质对象的纯物质状态怎能存有如此的愿望和思想呢？特别是在这个意义上，纯粹生理状态又如何可能向往或想到某种并不真实的东西呢？又如，达尔曼是个崇拜祖先，向往英勇生涯的人，但是说他的身体或某些部分如脚或脖子崇尚荣誉，岂不荒谬？能不能说，他对荣誉的热望，仅仅是指他的身体处于某种状态或以某种方式在行动？假如我们声言我与我的身体同一，我们就必须发表所有这些奇谈怪论；也就是说，凡是我谈到达尔曼的一切事情，我都必须准备用来谈

论达尔曼的身体或其某些部分。

如果按照唯物论的看法，我们就完全无法解释达尔曼去南方的经历及他的感受、思考、信念、希望，因为它们是那么生动、强烈，而且它们不是身体这一物质所具有的特性。心理学家也只能把它简单地解释为幻觉，而并不能从达尔曼的角度来思考幻觉与自我的关系。

（二）柏拉图式的二元论对同一性的思考

从唯物论的角度来思考“自我”问题，很难自圆其说。因此，形而上学家和神学家总是把自我与身体根本分开，把完全不同于身体特性的那些特性归之于心灵；身体不可能拥有那些特性，因为它生来是一种物质的东西。这形成了对自我同一性问题的二元论观点。二元论的某些形式之所以成为必要，是因为唯物论在形而上学、伦理学和认识论方面存在困难，这些困难的确是难以克服的。

最简单、激进的二元论，把心灵与身体区分开来，并宣称它与身体的关系只是一种偶然的占有、拥有或使用的关系。柏拉图及其前后的许多神秘主义哲学家认为，身体对于灵魂是个十足的牢笼，灵魂有朝一日将欣然逃离粗俗的肉体，从而独立地、自由自在地生存，就像鸟儿逃出笼子。被这样设想的人，乃是一种非物质的实体，也就是从最严格的意义上说的精神，他与肉体的关系就如拥有者与被拥有物、居住者与住所、使用者与被使用物之间的关系一样。人有一个身体，但他始终是与身体完全不同的某种东西，或许，他的命运与迟早要毁灭的肉体的悲惨命运也全然不同。

这种心身二元论一向为许多人所坚信，部分原因在于每个人都希望自己生于世上不仅仅是多了一种物质。

从这个观点我们来思考达尔曼，我们会认为达尔曼由两部分组成，一部分是身体，一部分是心灵。身体在病床上受到病魔的折磨，而心灵逃出了身体去往南方。

但是，无论这种简单的二元论可能解决什么困难，它同样会引起其他

一些严重的困难。它绝不是表面看来那么简单。无论持这种观点的人怎样强调心灵或灵魂的单纯性，一个人毕竟是由两个根本不同的东西组成的，即一个心灵和一个身体，彼此几乎毫无共同之处，只有微乎其微的联系。一旦人们确实感到了这一困难，通常总是用以下解释来消除：即设想一个人真正的自我仅仅是心灵，并且把人的身体说成是附属于这个真正自我的某种东西，它实际上根本不是这个人的一部分，而只是这个人所偶然拥有、使用的肉体的东西之一，几乎跟他的生活中所拥有和使用的其他各种东西一样。诚然，在这些东西中，身体确实占有优越的地位，因为没有身体的话，他就完全无依无靠了，但是身体与世界上任何物质的东西一样，不能成为真正自我或人的一部分，也不能成为其整体。

根据这种观点，我们可以说达尔曼真正的“自我”是心灵，是那个即使身体失去了知觉和行动力仍然可以去南方疗养、观看路上风景、与高乔人决斗的人。而躺在医院里的那个身体也确实存在，但他仅仅是附属于这个真正的心灵的“自我”的某种东西。

这种看法显然也是有疑问的。达尔曼毕竟是由两个根本不同的东西组成的，即一个心灵和一个身体，彼此几乎毫无共同之处，只有微乎其微的联系。

心灵与身体究竟有着怎样的关系，我们迄今尚未得到任何线索。把身体和心灵当作两种不同的东西区分开来，会产生巨大的难题，以致任何荒诞不经的理论，只要提供某些可能消除这类难题的希望，就会显得有理。纵观哲学史，确实就身心二元论提出过大量的理论，如相互作用论、副现象论、双重形态论、平行论等。

（三）唯心论对同一性的思考

唯物主义认定达尔曼的“自我”自始至终都是身体；二元论者认为达尔曼是心灵，身体是附属于心灵的某种东西；那么，博尔赫斯的观点倾向于哪一种呢？以上两种解释都不是，他更倾向于纯粹的唯心主义的观点。

唯心主义认定事物自始至终都是心灵直觉到的观念，身体也属于物质。与唯物论者为排除心灵和身体的必然联系而干脆否认心灵的存在一样，唯心论者干脆否认物质的存在，他们坚持说，包括自己身体在内的一切身体，只不过是存在心灵之中的“观念”。身体是否存在完全取决于它是否能被知觉到。

我们可以从博尔赫斯对“庄周梦蝶”的哲学讨论中找到答案。

> 大约在二十四世纪以前，庄子梦见自己是一只蝴蝶，醒来后他不知道自己是一个曾经做梦变成一只蝴蝶的人，还是一只此刻梦想变成一个人的蝴蝶（《时间的新反驳》）。①

他利用贝克莱和休谟的观点展开讨论：“根据贝克莱的观点，在那个时刻不存在庄子的身体，也不存在他做梦的黑暗的卧房，除非作为神圣思维中的感知。休谟把上述事件更加简化。照他所说，在那个时刻不存在庄子的精神；只存在梦的色彩和成为一只蝴蝶的确切信念。”

博尔赫斯想说明的是，在做梦的那段时间中，现实就是庄子所感知到的一切。做梦的卧房是不存在的，甚至连他的精神也是不存在的，而只存在蝴蝶的形状、颜色。具体到庄子，他就是蝴蝶，他的身体是不存在的。

显然博尔赫斯并不赞成笛卡儿的观点，用经验的活跃程度的不同来区分现实与梦幻在博尔赫斯看来是行不通的。他在小说中描述的达尔曼的梦境非常生动、鲜明、强烈，令我们在读到它的时候，怀疑这到底是不是梦境，是否真的发生过。《南方》中的达尔曼之梦与庄子之梦在结构上具有相似性。达尔曼在病床上的一系列幻觉，在幻觉中经验到的一切，就是实在。“……唯心论判定有一次做梦，一次感知，但却没有一个做梦者，甚至没有一个梦；还断言谈论客体和主体就会陷入一种混杂的神话。现在，

---

① ［阿］博尔赫斯：《博尔赫斯全集》（散文卷 上），王永年、林之木等译，浙江文艺出版社2006年版，第504页。

如果每种心理状态都充足有效，如果把它同一种境况或一个‘我’联系起来，是一种不合情理的、多余的补充，那么我们有何权利在其后把一个地点强加到时间中呢？庄子梦见自己是一只蝴蝶，在那个梦中他不是庄子，而是一只蝴蝶。”

引文中博尔赫斯所指的“混杂的神话”，即指二元论，它们为身心关系提供了多种解释，显然博尔赫斯并不认同。博尔赫斯的观点和贝克莱的唯心论是一致的。“自我”只是被知觉到的观念，观念是指可感知的性质。身体只有在被感知到的时候，才能进入观念。达尔曼在幻觉之中感知到的那个梦中人，就是真正的“自我”。

那个睡在手术台上的达尔曼的身体此时并没有被知觉到，因而它与此时的“自我”毫不相干。博尔赫斯又给自我加上了一个时间上的限定。达尔曼在产生幻觉的那段时间，他就是指他所知觉到的人——去南方漫游的人。

从形而上学的角度来思考达尔曼的“自我”可以发现，在同一个故事形态中，博尔赫斯把对“自我”的几种理解方式同时展现出来：第一种是唯物主义的观点，达尔曼出院去往南方，他的身体与他的心灵是同一的，可是我们很难说那些鲜明的感受、意愿、梦想属于那个快要死去的身体；第二种是身心二元论的观点，此时的达尔曼既是心灵也是身体，心灵经历了南方的一切，身体却躺在手术台上。我们很难说拥有切身感受的那个去往南方的达尔曼（自我）是躺在医院的病床上奄奄一息的身体，同样，我们也很难否认达尔曼确实有这样一个身体。第三种是唯心主义的观点，达尔曼彼时就是幻觉中所感知的去往南方的“达尔曼”观念的集合，病床上的身体不在观念之中。

博尔赫斯创作《南方》的目的也许不是给这一古老的哲学问题一个明确的答案，他的成就在于用形象的方式来探讨哲学问题，正如波萨特所言：“使博尔赫斯独一无二的是他用隐喻和象征这种想象的方式表达最抽

象的思想的能力。”[①] 博尔赫斯站在怀疑论的立场上，同时展现几种哲学观念，并让它们彼此之间平等对话。

二　第四维度的美学——时间及永恒

博尔赫斯对时间问题的思考保持了持久的热情，他的散文和小说中可以体现他对时间问题的思考的篇目很多，例如：《博尔赫斯口述·时间》《乌龟的变形》《阿喀琉斯和乌龟的永恒的赛跑》《循环时间》《时间与J. W. 邓恩》，小说《环形废墟》《秘密的奇迹》《小径分岔的花园》，《博闻强记的富内斯》《门槛旁边的人》等。他说：“我思考的东西一向是时间，不是空间。我听到‘时间’和‘空间’这类词放在一起使用时，感觉就像尼采听到人们谈论歌德和席勒时的感觉一样——近乎亵渎。我认为形而上学（我们不妨把它称作思想）的中心之谜，中心问题，是时间，不是空间。空间是时间范畴内众多事物之一——比如说，你所看到的颜色、形状、尺寸或者感觉。但是我认为真正的问题，我们必须努力解决的问题，当然也是我们永远找不到答案的问题，那就是时间的问题，连续的时间，以及作为时间问题一部分的个人特性问题。”[②] 他还说：“我试图把灵魂嬗变或者第四维度的美学潜在价值运用到文学上面，想看会产生什么结果。”[③] 第四维度的美学即时间的美学。

（一）形而上学对时间的基本看法

时间问题是一个异常迷惑人乃至无法理解的、深奥的思辨问题。使时间成为谜的原因，无疑是人们把它当作某种运动着的事物。

---

① W. H. Bossart, *Borges and Philosophy*: *Self*, *Time*, *and Metaphysics*, New York: Peter Lang Publishing House, 2003, p. 1.

② 理查德·伯金编：《博尔赫斯谈话录》，王永年译，上海译文出版社2008年版，第164页。

③ 同上书，第10页。

未来的事物先是接近现实，然后变成现实，而在结束存在后，它就不停顿地后退，成为越来越远的过去。这种直线性质的运动或推移，几乎是实际事物的一种基本的乃至必然的特性，也始终是使哲学家大惑不解的问题。因为一旦人们开始对它作理性的思考，它便显得异常荒谬。在某些思想家看来，这种特性是那样怪诞，竟至索性宣称它是不真实的。更有甚者，因为离开了推移的特性似乎无法思考时间问题，所以许多形而上学家最终认为，时间本身是不真实的，事物通过时间所经历的变迁乃是一种幻觉。柏拉图即持这种观点。他认为，时间不过是永恒的一种运动图像，永恒属于现实的领域，在这个领域中，没有变化，亦没有产生和衰亡。这种观点几乎已成为自古以来所有形而上学家的共同特征。对于上帝这样永恒且不变的存在者来说，永恒是世界的时间尺度。按照这种尺度，事物没有产生和灭亡的历史，它仅仅是存在着。没有发展或变化，当然也没有衰退，至于整个宇宙和它所包括的一切，我们只能说，它们存在着。除此以外，人们不能说，它们正在经历时间，也不能说，时间对它们置之不理。①

除了时间的运动性以外，空间和时间在许多方面都有相似之处。首先，有许多相同的词语既能说明空间关系，又能说明时间关系。在某一位置，这一说法，既可指空间，又可以指时间，甚至可以兼指二者。例如，某物存在于中国北京，这里指的是它所在的空间，如果说该物存在于2000年，指它所处时间中的位置。把两者结合起来，可以简称在时空中的位置。由此推论，距离和间隔的概念，也都可以用来说明时间和空间。一切有时间长度或绵延的事物，都能划分成若干部分。一个物体的空间的各部分有时非常相像。物理对象的概念既包括空间关系，又包括时间关系，因为这类对象都是既有时空的长度，又含有两类属性的各个部分。

空间关系和时间关系的差别并非如我们想象的那么大。空间和时间在涉及事物的可变性的有关方式中，有其最显著的差别。这就是说，时间总

① 参见［美］理查德·泰勒《形而上学》，晓杉译，上海译文出版社1984年版，第108页。

是被当作事物运动和变化的主要因素，当作事物产生和灭亡、兴盛和衰落的主要因素，而空间看来并没有相类似的特性。因此，在人们看来，变化和时间似乎是不可分的，而空间的概念却似乎没有包括这样的含义。

博尔赫斯对时空关系的观点与此是这一致的。“我认为把互不对抗的时间和空间对峙起来是骗人的。我明白这个错误的渊源来自大人物，在这些大人物中有斯宾诺莎这个响亮的名字，他赋予他无关紧要的神明——上帝服从自然——以思想（即感觉到的时间）和范围（即空间）。我想对合适的唯心主义而言，空间不过是包含着填满时间流动的方式之一。这是时间的片断之一，与非形而上学学者一致同意的相反，空间就在时间中，而不是相反。也就是说：空间关系——更上面、左面、右面——同其他关系一样是一种确指关系，不是持续关系。”

通常人们思考运动和变化时，所考虑的都是时间的过程。同样地，他们把事物的产生和灭亡看作是发生在时间中的事件，因此对它们的描述总是伴随着适当的时态。但是，这种思考和表达方式并没有排除空间也有这种非常类似性质的可能性，而且当有人试图对这类空间变化作一番描述时，就会发现，这样做并不十分困难。人们一般认为，说某物在运动，是指它于某时占据着一个地点，于另一时间占据着另一地点。显然，这无异于说，它在一处占据了一个时间，在另一处占据了另一个时间。这类运动在亚里士多德的哲学中称作局部的运动，它既是时间的运动，也是空间的运动。

空间位置或时间位置的固定性。古人们普遍设想的时间和空间关系截然不同的另一个方面，在传统的看法中是这样表达的，即事物的空间位置可以改变，而时间位置却不能改变。时间位置一经给定，就永远不变。这就是所谓时间不可逆的论点，至于空间，则似乎没有这类特性。

空间位置和时间位置的转换。不过，一旦人们摆脱这种习惯来看问题，这种观察事物的方式实际上就显得没有什么价值了。首先应看到，事物所以能转换其空间位置，只是由于时间的推移，因为当它从一处移至另

一处时耗费了时间。这个事实是如此明显，以致经常被人们忽略，其实它是十分重要的。一个物体要改变其空间位置，绝对需要一段时间的间隔，即必须有两个给定的时间，而该物必须存在于这两个时间中。由此可见，这两种情形是完全一致的。

上述对空间关系和时间关系的比较显得很复杂。除一切空间关系被时间关系取代、一切时间关系被空间关系取代这一差别外，人们只需要使上述两种场合的描述完全一致就行了。但是有一点必须记住，如果我们在一种描述中，允许有时间的流逝，那么在另一种描述中，就必须允许有空间的延伸。比如，倘若两个物体在空间中变换位置需要一段时间，那么，它们在时间中变换位置当然也需要一段空间。

（二）博尔赫斯对时间问题的论述

博尔赫斯说："我花了大半辈子的时间思考时间，时间问题，当然还有我的个性。至少我认为这些事物是一起存在的，因为我认为时间是组成我的物质。说实在的，我没有特殊的有关理论。我只是感觉而已。"① 因为时间本身是个很复杂的概念，博尔赫斯对其产生了持久的兴趣，毕生花费了大量的时间和精力在思考这个问题。他还说："时间是个根本问题。我想说我们无法回避时间。"② 这样的表述反复出现在他的言论之中，"我想时间是一个根本之谜。其他东西也许是神秘的。空间并不重要。你可以想象一个没有空间的宇宙，比如，一个音乐的宇宙"③。博尔赫斯说过自己的思想很混乱，又说自己对于这些形而上学问题的思索只是感觉而已，这说明博尔赫斯对形而上学的根本问题不持有某种立场，这恰恰说明博尔赫斯

① 理查德·伯金编：《博尔赫斯谈话录》，王永年译，上海译文出版社 2008 年版，第 11 页。

② ［阿］博尔赫斯：《博尔赫斯全集》（散文卷 下），王永年、林之木等译，浙江文艺出版社 2006 年版，第 48 页。

③ ［美］威利斯·巴恩斯通编：《博尔赫斯八十忆旧》，西川译，作家出版社 2004 年版，第 134 页。

是一个合格的"形而上学"家，因为"一个对各种形而上学观点不急于下结论的人，却能成为出色的形而上学家。这样的人能够理解形而上学独断论者所理解的一切，能够找到一切理由来确定别人怀着这种独断的信心所断言的东西"①。

博尔赫斯对时间的论述大多存在于他的散文之中，例如《博尔赫斯口述·时间》《乌龟的变形》《倒数第二个对现实的看法》《阿喀琉斯和乌龟的永恒的赛跑》《永恒史》《循环时间》《轮回学说》《时间与 J. W. 邓恩》《时间的新反驳》等。

博尔赫斯尤其重视时间与自我的关系。"我认为，谁都没有像圣奥古斯丁那样深刻地思考过时间问题，思考过那个时间的疑窦。圣奥古斯丁说，他的灵魂在燃烧；灵魂在燃烧是因为他很想知道时间是什么。他祈求上帝晓谕他时间是什么。这不是为了毫无意义的好奇，而是因为他不解其意便无法活下去。"② "我记得圣奥古斯丁还说过：'何谓时间？若无人问我，我知之，若有人问我，我则愚而无所知，"③ 博尔赫斯之所以这么认为，是因为奥古斯丁把对时间问题的思考与对自我（灵魂）的思考联系在了一起。"时间问题成了比其他形而上学与我们关系更加密切的问题，因为其他问题都是抽象的，而时间问题则是我们自己的问题。我是谁？我们每一个人是谁？我们是谁？也许我们有时知道，也许不知道。"④ 同样的表述还有"我想时间问题是一个真正的问题。时间问题把自我问题包含在其中，因为说到底，何谓自我？自我即过去，现在，还有对于将来临的时间、对于未来的预期。所以这两个不解之谜，正是哲学的基本内容，而我

---

① ［美］理查德·泰勒：《形而上学》，上海译文出版社 1984 年版，第 2 页。

② ［阿］博尔赫斯：《博尔赫斯全集》（散文卷 下），王永年、林之木等译，浙江文艺出版社 2006 年版，第 50 页。

③ ［美］威利斯·巴恩斯通编：《博尔赫斯八十忆旧》，西川译，作家出版社 2004 年版，第 134 页。

④ ［阿］博尔赫斯：《博尔赫斯全集》（散文卷下），王永年、林之木等译，浙江文艺出版社 2006 年版，第 56 页。

们很高兴它们永无解开之时，因此我们就能永远解下去”①。博尔赫斯把时间问题和自我问题看作是同一个问题，因为自我认同是在某一个时间之中的感觉，这一看法是非常具有博尔赫斯个性的。

但是，最终博尔赫斯并没有形成一种确定的理论，对自己探索的结果也不甚满意，他对时间的认识用他自己的话来说“只是感觉而已”，因此，博尔赫斯在小说中所表现出的时间观念呈现出多样化的特征，除了线性时间观念之外，“博尔赫斯对时间的思考至少涉及三种时间观”②，在侦探小说《小径分岔的花园》中，博尔赫斯借艾伯特之口表达了自己的时间观：“您的祖先和牛顿、叔本华不同的地方是他认为时间没有同一性和绝对性。他认为时间有无数系列，背离的、汇合的和平行的时间织成一张不断增长、错综复杂的网。由互相靠拢、分歧、交错或者永远互不干扰的时间织成的网络包含了可能性。”③ 博尔赫斯对循环时间、平行时间、永恒，以及心理时间表现出了持久的探索热情。

1. 循环时间

前面我们谈到了时间的“纯变化”性质。这种关于时间推移或变化的概念是如此奇特，以至思考这一概念的人们往往感到不得不这样对待它：或者全盘否定它的存在，或者寻求其他表达方法。循环时间是对这种时间观念的反驳。

博尔赫斯说：“我常常永恒地回复到永恒回复中去。”在《循环时间》中，博尔赫斯引用了叔本华《关于自然信仰的对话》中的观点，“我们不要把物质想象成无限的，就像伊壁鸠鲁做过的那样。我们把它想象成有限的。有限数量的粒子并不是可以进行无限移位的。在一种永恒的持续里，所有可

① ［美］威利斯·巴恩斯通编：《博尔赫斯八十忆旧》，西川译，作家出版社 2004 年版，第 134 页。

② W. H. Bossart, *Borges and Philosophy*, New York: Washington, D. C. Peter Lang Publishing, 2003. p. 97.

③ ［阿］博尔赫斯：《博尔赫斯全集》（小说卷），王永年、林之木等译，浙江文艺出版社 2006 年版，第 132 页。

能的顺序和位置都将无限次地发生。这个世界，包括其各种细小的东西，甚至包括最微小的东西，都被制作和消灭，而且还将被制作和消灭；无限地”。

罗素是博尔赫斯青睐的哲学家之一。在一次采访中，博尔赫斯被问到这样一个问题，假设他漂流到一个荒岛，如果他可以带一本书他会带什么，博尔赫斯说《大英百科全书》，如果找不到这套书，那么罗素的《西方哲学史》也行，由此可见博尔赫斯对罗素的喜爱程度。罗素怀有深刻的怀疑主义气质，对形而上学也有着持久的热情。他在很多大师的思想中寻找牢固的支点，但是都没有找到。博尔赫斯和罗素一样，最后在他自己的迷宫中迷失了自己，同时在文学中表达了对形而上学的怀念。

罗素认为：很多作家认为历史是循环的，今天状态的世界，包括其最微小的细节，迟早都会重现。他们是怎样提出这个假设的呢？我们可以说以后的状态在数值上与前一个状态一致。我们不能说那种状态出现两次，因为这需要有它的年代体系——世界有了日期体系以后，而假设不让我们有这个体系。这种情况就相当于人在走了一圈：他不说出发点和抵达点是两个不同但是很相像的地方，而是说是同一个地方。历史循环说的假设可以这样解释：我们将某个特定情况的所有当代情况组成一个整体，在某些情况下，这个整体也是自己的前身①。

在博尔赫斯的小说中最能直观地体现这种时间观念的莫过于《环形废墟》。魔法师以梦创造了一个少年之后，对生命感到厌倦，走向燃烧的倾圮寺庙，在走进大火的一刻他发现自己也是一个幻影。小说虽然就此结束，却给读者留下了一个想象的空间，即如果魔法师是一个幻影，必有一个梦到他的大魔法师，直至无限；他梦中的少年在长大成为魔法师之后，也将会抟梦造人，创造别的幻影……直至无限。故事在时间上其实是可以向过去和未来无限延伸的。这篇小说在结构上类似于中国的民间故事：“从前山上有个庙，庙里有个和尚，小和尚要大和尚讲故事，大和尚说，‘从前山上有个庙，庙

① 参见［英］罗素《意义与真理的探究》，商务印书馆2009年版，第102页。

里有个和尚，小和尚要大和尚讲故事，大和尚说……’”只是中国民间故事在时间上只能向未来延伸，而《环形废墟》可以向过去和未来两端延伸。由于我们无法确认魔法师处在一个链条的什么位置，因此可以把他们看作一个圆上的任意一段。这就像在圆周上标明一个点一样，它既是起点也是终点。故此小说题目中的“环形”二字就不难理解了。

2. 平行时间

在小说《门槛旁边的人》中“我”受上司指派寻找一个名叫格兰凯恩的独裁者，遍寻不着，直到一天下午，有人给我一个地址。我按地址到了贫民区，在一个几进院落最里面一进院子里正在举行穆斯林庆典，“我脚下有个老态龙钟的男人蜷缩在门槛上，一动不动，仿佛一堆什么东西”，我向他打听司法长官格兰凯恩的下落。老人只听到“司法长官”四个字，讲了一个他小时候的故事。故事内容是愤怒的人群绑架了司法长官，审判了十九天，最后被处死。故事发生的地点和现在“我”所处的位置相同。老人讲完以后，我看到许多人，他们在最里面的院子里亲吻一个男人，因为他刚刚处死了格兰凯恩。

小说中的老人是个神秘人物，似乎处于时间之外，像一个巫师。他讲述发生在他小时候的故事，可他讲述故事的同时，相同的事件正在类似的地点发生。只不过人物的名称不一样，但名字并没有什么紧要，正如小说开头叙述者就表明给格兰凯恩取名字是很随意的。这一点又暗示了作者的意图，忽略具体问题，小说主题是时间。

老人讲述的故事的时间与格兰凯恩被处死的时间是平行的。老人讲述的故事本应该是过去的事情，事实上正在发生。老人所讲述的故事的时间（过去）、叙述时间和现实时间（现在）这三者处于一种奇妙的关系之中。在《博尔赫斯论博尔赫斯》一书中，博尔赫斯指出这篇小说是一篇玩弄诡计的故事和时间的游戏。

3. 永恒

永恒是思考时间的另一种方式。在一些思想家看来，时间的推移性显

得十分怪诞，竟至索性宣称它是不真实的。还有一些哲学家，离开了时间的推移性就无法思考时间问题，所以许多形而上学家最终认为，时间本身是不真实的，事物通过时间所经历的变迁是一种幻觉。柏拉图即采用了这一观点，他认为时间不过是永恒的一种运动图像，永恒属于现实的领域，在这个领域中，没有变化，没有产生和衰亡。永恒是世界的时间尺度，事物没有产生和灭亡的历史，它仅仅是存在着；事物也没有发展和变化，当然也没有衰退，至于整个宇宙和它所包括的一切，我们只能说，它们存在着。除此以外，人们不能说，它们正在经历时间，也不能说，时间对它们置之不理。

小说《阿莱夫》中的阿莱夫是一个直径只有三四厘米的玻璃球，通过它可以看到世界万物，所有的场面都汇集在这个小玻璃球中，小说描述道:“我看到几百万愉快的或者骇人的场面；最使我吃惊的是，所有场面在同一个地点，没有重叠，也不透明，我眼睛看到事是同时发生的：我记叙下来的却有先后顺序，因为语言有先有后顺序。”①

“我”看到的是一个共时的场景，所有的事件同时发生。这种时间观念与形而上学对永恒的思考是一致的。宇宙万物散居在不变的空间和时间之中，每一个物体都有一个空间位置，这是由它和其他事物的空间关系所决定的，还有一个时间位置，这是由它和其他事物的时间关系所决定的。所谓事物在空间中的运动，意思就是说，它于某时在一处，于另一时在另一处，但是空间本身并不在运动着。同理，所谓事物在时间中的运动，意思就是说，它在某地是某时，在另一地是在另一时，但也不能把时间本身描绘成运动着的。小说的题词中博尔赫斯引用了《利维坦》中的一段话：“永恒是目前的静止，也就是哲学学派所说的时间凝固。”②

《永生者》探讨了如果时间是无限的，人可以不死，那么人将会以怎

---

① ［阿］博尔赫斯:《博尔赫斯全集》(小说卷)，王永年、林之木等译，浙江文艺出版社2006年版，第306页。

② 同上书，第296页。

样的方式看待世界，将以怎样的方式生存于世。这种幻想是非常有趣的，它假想了一种特殊的存在。如果一个人可以永生，那么他可以在时间中成为一切。“一个永生的人能成为所有的人。”① 永生者普遍受到因果报应的世界观的影响，这种世界观使他们失去了怜悯之心，他们对自己的命运也不关心。永生者不懂什么是死亡，而死亡本来可以使人变得聪明而忧伤，但是对于永生者而言，“每一个举动（以及每一个思想）都是在遥远的过去已经发生过的举动和思想的回声，或者是将在未来屡屡重复的举动和思想的准确的预兆。经过无数面镜子的反照，事物的映象不会消失。任何事情不可能只发生一次，不可能令人惋惜地转瞬即逝。对于永生者来说，没有挽歌式的、庄严隆重的东西”②。

4. 心理时间

柏格森提出了空间时间和心理时间的概念，他把传统的时间称为空间时间或客观时间，这是用空间的固定概念来说明时间，它按照过去、现在和将来依次延伸，是表示宽度和数量的概念。心理时间称为主观时间，它是过去、现在和将来的互相渗透，是表示强度和质量的概念；他认为人越是进入意识深处，空间时间越不适用，只有心理时间才有意义，在心理深处从来没有过去、现在和将来的界线。

影响时间弹性的因素主要有三点。第一，心理预期，即你希望时间变快或变慢的想法。大多数时候，心理预期与时间的实际变化相反。也就是说，当你有了希望时间变快的想法之后，时间却往往会变慢。同时，心理预期越强烈，实际的变化就越大，即你越希望时间变快，它就越是慢。第二，心理状态。一般来说（特殊状态下的心理不在考虑之列），积极的心理状态（如高兴、快乐）会让单位时间变快。反之则慢。第三，注意力。高度集中的注意力会让单位时间变快，但也会使单位时间变慢。而散漫的

---

① ［阿］博尔赫斯：《博尔赫斯全集》（小说卷），王永年、林之木等译，浙江文艺出版社2006年版，204页。

② 同上书，205页。

注意力（比如无所事事）只会让单位时间变慢。

博尔赫斯对柏格森的理论是有理论自觉的，他说：“我相信柏格森说过：时间是形而上学的首要问题。这个问题解决好了，一切都迎刃而解。”①

博尔赫斯在小说《秘密的奇迹》中表现了心理时间这个主题。《秘密的奇迹》是一篇幻想小说。主人公赫拉迪克 1939 年 3 月 14 日在公寓里做了一个下棋的梦。3 月 19 日赫拉迪克被捕，他无法否认盖世太保对他的指控而被判处死刑，执行日期为 3 月 29 日。时间不可挽回地向生命的终点流逝，28 日傍晚，他想到自己未完成的剧本《仇敌》，他一直希望《仇敌》可以改变自己的文学声誉。但他很快就要死了，他在黑暗中祈求上帝赐给他一年时间以完成剧本。他做了一个梦，梦中上帝批准了他要求的工作时间。就在这时赫拉迪克惊醒，两个士兵带他去行刑。一滴雨水落到他的太阳穴。行刑的命令下达时，物质世界凝固了。他在上帝恩准的一年时间里完成了他的杰作，当他找到最后一个词语时，雨滴从他面颊流了下来，四颗子弹将他打死。赫拉迪克死于 3 月 29 日上午 9 时零 2 分。

需要注意的是，小说最后标明的日期 3 月 29 日并没有说明年份，它既有可能是 1939 年 3 月 29 日，也有可能是 1940 年 3 月 29 日，这给小说提供了多种阐释的可能。

如果这个 3 月 29 日是 1940 年 3 月 29 日，那么上帝恩准他一年的时间变成了现实，从“物质世界凝固了”这一句开始到他完成剧本的最后一个词语，是在被恩准的一年时间内发生的事情。按这种方法解释，这篇小说就是一则“神话”，因为小说中出现了明显的超自然现象。这则神话中的时间是客观时间，它是我们在前文中所提到的线性时间。整个故事的时间是按照正常的时序进行的，这就是柏格森所说的空间时间，也即客观时间。

① ［阿］博尔赫斯：《博尔赫斯全集》（散文卷 下），王永年、林之木等译，浙江文艺出版社 2006 年版，第 48 页。

对小说中的时间还可作另一种解释：如果小说末尾标明的 3 月 29 日是他被裁定执行死刑的 1939 年，那么被裁定执行死刑的时间上午 9 点与上午 9 点零 2 分之间就只相差两分钟，这种偏差现实世界中是有可能发生的。那么为什么赫拉迪克可以在短短两分钟之内完成两幕剧的写作呢？这实在是很可疑的事，唯一可能发生的事情是赫拉迪克产生了幻觉或做了个梦。我们可以用心理时间来解释它。

幻觉或梦境发生的时间有可能是从他在行刑前一晚做完祈祷之后开始的。“那是最后一晚，最难熬的一晚，但是十分钟以后，梦像黑水一样把他淹没了。”他在祷告完成之后睡着了，在睡梦中他梦到了上帝恩准了他的请求，在梦中他度过了一年时间，第二天早晨死刑仍然是按时执行。还有一种可能是他从监狱被带走时是 8 点 40 分，要等到 9 点整才能行刑，这中间有 20 分钟的时间。在这 20 分钟里“他试图想象那个象征尤利亚·德魏登纳夫的女人是什么模样，可是想不起来”。尤利亚是他剧本中的人物。

前文提到柏格森影响心理时间长度的因素的第三点认为，高度集中的注意力会让单位时间变快，但也会使单位时间变慢。而散漫的注意力（比如无所事事）只会让单位时间变慢。可以想象赫拉迪克在临死前是极度紧张的，而且他想要完成剧本的渴望是如此强烈，在这种状态下，赫拉迪克产生了幻觉，在幻觉之中创作活动变得飞快，幻觉让他在极短的时间内完成了创作活动。这是一篇有关时间主题的幻想故事，它表现了客观时间与心理时间之间的相互作用。

第四章　中国文学和哲学对博尔赫斯的影响

博尔赫斯与中国文学的关系，在中外比较文学史上是一个特殊的范例。一方面，博尔赫斯从中国古典文学和哲学中汲取了养料，它不仅仅局限于文学形象，而是博尔赫斯的幻想文学观念与中国传统文学产生了共振；另一方面，博尔赫斯的文学又反过来对中国当代文学产生了巨大的影响。但是，博尔赫斯从中国文学中接受的影响与他对中国当代文学所产生的影响发生在两个非常不同的领域，这形成了博尔赫斯与中国文学关系的特殊性。

就第一点而言，中国研究者大多比较关注博尔赫斯文学中中国形象，但是，单纯地发掘博尔赫斯文学中中国形象的意义非常有限，而且通常得出的结论是博尔赫斯站在他者的立场，带有文化偏见地对中国文学产生了误读，他所创造的中国形象是神秘化的、凝滞的，更有甚者给博尔赫斯加上了“后殖民主义”的帽子。事实上，博尔赫斯与中国文学和哲学的关系是内在的，发掘这种内在联系，探究它们对博尔赫斯文学创作的影响更有意义。就第二点而言，博尔赫斯从中国文学和哲学中获取的资源，并不是中国先锋作家从博尔赫斯那儿学习和借鉴的对象。中国当代作家十分关注博尔赫斯的文学理念，但是博尔赫斯的影响更多地发生在叙述层面。因此，博尔赫斯与中国文学的关系是一种双向影响关系，而且这个双向影响的过程比较复杂，探讨它的复杂性将是十分有意义的。

博尔赫斯读过并熟知许多中国典籍，如《易经》《庄子》《红楼梦》

《水浒传》《西游记》《聊斋志异》《中国民间故事》（德国地理学家、探险家威廉·菲尔希纳编写）、在《中国神话故事与民间故事》（沃尔弗拉姆·埃伯哈特译）中读到过许多中国民间故事，如《参商》《西王母》《定伯卖鬼》等，在《海盗史》（菲利普·戈斯编写）中读到中国南海的海盗故事，还有翟思理编的《中国文学史》（1901）和《古代中国的三种思想方式》（阿瑟·韦利）等。博尔赫斯还从中寻找那些可以佐证和支撑自己的幻想文学理论和哲学思想的因素。他的小说中出现中国形象的小说有《女海盗金寡妇》《小径分岔的花园》《阿威罗伊的探索》《关于宫殿的寓言》。另外，还有许多中国形象、哲学、典故、逸事散见于他的散文中，如，“庄周梦蝶”“中国古代动物分类”（《天朝仁学广览》的中国百科全书）、“中国梁代君王权杖”“帝阳”（鸟，《关于译制》）等。博尔赫斯 47 岁之后在南美各国演讲，主题涉及中国佛教。①

第一节　博尔赫斯文学中的中国形象

博尔赫斯最早的小说集《恶棍列传》中有一篇以中国人物为中心创作的故事，这篇小说题为《女海盗金寡妇》。《恶棍列传》的末尾附有一个清单，说明了此小说集的故事来源，其中《女海盗金寡妇》来源于 1911 年伦敦剑桥出版社出版的菲利普·戈斯编写的《海盗史》。《女海盗金寡妇》的故事源自清代道光年间袁永纶的《靖海氛记》。《靖海氛记》中记载：

> 清乾隆末年，越南内乱，巨盗郑七拥众行越南沿岸，并组盗帮联盟，嘉庆初年，郑七败亡，其弟郑一领其众，继为盗帮首领，其众号红旗帮，张保仔为其头目。

① 参见［英］埃德温·威廉斯《博尔赫斯大传》，邓中良、华菁译，华东师范大学出版社 2014 年版，第 344 页。

嘉庆十二年（1807），郑一死，其妻石杨（众号郑一嫂）领其众，以张保仔对其恭顺，遂加重用，以一军（一队盗船）交其指挥。其后三年，其部众横行珠江三角洲一带，其名亦超越郑一嫂，且被误传为红旗帮盗首。

嘉庆十四年（1809）间，沿海村庄守卫日严，巡海官军势力日增，因致红保等粮食补给日短，加以盗帮向政府投诚，红旗帮渐觉势孤，翌年二月，郑一嫂率张保仔等向政府投诚。嘉庆年间越南艇盗之患告终。①

从小说集的另外几篇故事来看，它们确实是早已存在的历史故事。例如《无礼的掌礼官上野介》来源于 A. B. 米特福德编著的《日本古代故事》（伦敦，1912）。这篇故事所叙述的内容是日本著名民间故事《四十七士》的内容，本尼迪克特在文化人类学著作《菊与刀》中也详细地叙述了这个故事。

《女海盗金寡妇》是博尔赫斯对所看到的历史故事的改编，历史是真实可信的，因此它不是纯粹虚构的故事。正如小说集的序言所言："当年我少不更事，不敢写短篇小说，只以篡改和歪曲（有时并不出于美学考虑）别人的故事作为消遣。"② 这部小说集的整体风格是巴洛克的，巴洛克文学追求奇特的形式，博尔赫斯说："有些写作方法可能不对头：列举的事实不一致、连贯性突然中断、一个人的生平压缩到两三个场景。它们不是，也无意成为心理分析小说。" 1954 年序言的末尾最能说明这个问题："书里有绞刑架和海盗，标题上有'恶棍'当道，但是混乱之下空无一物。它只是外表，形象的外表；正因为这一点，也许给人以欢乐。"③ 这正好可

---

① （清）袁永纶：《靖海氛记》，萧国健、蔔永坚笺注，《田野与文献：华南研究资料中心通讯》，季刊第 46 期，2007 年 1 月 15 日。

② ［阿］博尔赫斯：《博尔赫斯全集》（小说卷），王永年、林之木等译，浙江文艺出版社 2006 年版，第 5 页。

③ 同上书，第 6 页。

以说明，写作这些小说的目的是为了追求形式感。

与博尔赫斯后来所创作的幻想小说相比，这篇小说明显缺少后期小说中反复出现、努力表达的哲学主题。中国故事《靖海氛记》为《女海盗金寡妇》的创作提供了素材和灵感，它是博尔赫斯在尝试写作小说的初期有意进行的叙事上的自我训练。至于读者对于这些小说所作的五花八门的阐释，博尔赫斯也说："好读者比好作者是更隐秘、更独特的诗人。"文本是开放的，读者完全可以根据各自的期待视野对作品进行自由的阐释。

《小径分岔的花园》这篇小说因其题材包含了中国背景，因而在中国的传播十分广泛，也是学者最热衷的研究对象。在 1941 年的序言中，博尔赫斯首先就以"第七篇《小径分岔的花园》是侦探小说"而将其与同一文集中的另外六篇故事的文体区分开来，另外六篇小说是幻想小说。

故事的主人公"我"余准是青岛大学前英语教师，在第一世界大战期间成为德国间谍，任务是向德国通报英国即将轰炸的小城的名字，被英国特工追杀。最后"我"杀死了一个叫艾伯特的汉学博士斯蒂芬·艾伯特，以这种特殊的方式把小城的名字告知了柏林。

值得关注的是叙述主人公对文学和迷宫的思考。对文学与迷宫问题的思考占据了"我杀死艾伯特"之前的漫长叙述，它与整篇小说的侦探故事的结构之间的联系何在？

余准的曾祖父彭㝡曾花了 13 年时间想写一部比《红楼梦》更复杂的小说，建造一座谁都走不出来的迷宫。彭㝡后来被人刺杀，他的小说像天书，迷宫也无人发现。

"我"一直以为小说和迷宫是两回事，而汉学家指出并不存在一座真实的迷宫，所谓迷宫，就是指彭㝡留下的小说。"谁都没有想到书和迷宫是一件东西。"① 书就是迷宫。

---

① ［阿］博尔赫斯：《博尔赫斯全集》（小说卷），王永年、林之木等译，浙江文艺出版社 2006 年版，第 129 页。

这篇小说的主题是博尔赫斯借用侦探小说的形式表达自己的文学观念，他认为小说应该具备三个特征，在小说中他借汉学家艾伯特之口说出：第一，小说是无限的，它的首尾是相同的，循环不已，周而复始（如同博尔赫斯最著名的小说《环形废墟》中所做到的那样）；第二，小说中存在错综复杂的情节，一个故事，可以同时衍生出几个故事（如同博尔赫斯最著名的小说《南方》中所做到的那样）；第三，小说中包含玄学和形而上学，而这个哲学问题的核心是时间（博尔赫斯的大多数幻想小说都有一个形而上学主题）。小说与迷宫具有以上三点共性。

由此我们可以看出，尽管博尔赫斯的许多小说都以“时间”这个形而上学的问题作为主题，但在这篇小说中只是将它看作是小说表达的主题之一，时间问题并不能涵盖整篇小说的内容。

在《小径分岔的花园》中博尔赫斯提到了小说《红楼梦》，并假想了一个可以创造出理想文学的中国人，把自己的文学理念通过中国人物来表达，说明博尔赫斯对中国文学青睐有加，而且对中国文学的认识具有理想主义的色彩。

《宫殿的寓言》中博尔赫斯也讲述了一个中国古代的故事，这则故事与《女海盗金寡妇》完全不同，它纯粹是虚构的。故事讲述得十分精练，其中有许多与中国古代相关的物象。如“宫殿”“堂榭”“庭院”“书楼”“六角形的漏刻阁”“石人”“溪流”“檀木小舟”“塔”“龙”等。

故事发生在黄帝的宫殿中，黄帝与诗人同游花园，一个不经意地转换，他们进入梦中同游，现实变成了梦中景象，但也有可能是梦境变成了现实，这一转换很难察觉。诗人后来写了一首诗，诗中描述了现实中黄帝所拥有的宫殿中的一切细节，这首诗很短，甚至只有一个字。黄帝一怒之下把他杀了，理由是诗人掠走了他的宫殿。

博尔赫斯用中国形象讲述了一个完全属于自己风格的故事：它至少具有幻想小说的两个要素：第一，梦与现实的转换十分微妙，几乎难以发现转换的关键点，故事发生在现实与梦的临界点；第二，文学与现实的混

淆，诗人的诗中包含了黄帝所拥有的宫殿中的一切，黄帝却将文学看作是现实，认为这首诗掠走了的宫殿。这也是博尔赫斯的文学思想之一，文学就是现实；第三，一即是多，博尔赫斯一直梦想写一篇可以包罗宇宙万象的书，小说中诗人的诗短得甚至只有一字，却包含了黄帝宫殿里的一切。

在博尔赫斯的其他作品中零星出现了一些中国的意象，比如在《通往阿尔穆塔辛》中描述了鸟王思摩夫把自己绚丽的羽毛掉落在中国，然后鸟儿们决定把羽毛都找回来。在《关于译制》中提到中国动物学家创造的"帝阳"——一种超自然的橙黄色鸟，有六条腿和四副翅膀，但是没有脸和眼睛。它们都是在文章中一笔带过，并不太具有形象学的意义，它们都充分说明了博尔赫斯对中国文学的兴趣。

从以上几篇博尔赫斯作品中的中国形象来看，博尔赫斯对中国文学的推崇不言而喻。但需要注意的是，无论是余琛还是黄帝和诗人，他们都不是丰满的人物形象，连他们具有怎样的性格我们都无法说清，因此它们更像是一种文化符号。

第二节　博尔赫斯对中国文学的论述

从博尔赫斯对中国文学的评述中可以发现，博尔赫斯不遗余力地在中国文学中寻找与自己的幻想文学观念相契合的地方。

在博尔赫斯涉及《红楼梦》的文章中，除了《小径分岔的花园》之外，还有一篇名为《曹雪芹的〈红楼梦〉》的短文，收集在《文稿拾零》(1986）中。另外，他十分珍视的《幻想文学精选》也编选的《红楼梦》的章节，该书选编了两篇《红楼梦》的章节，"宝玉的梦"和"风月宝鉴"，这两篇入选篇目分别对应的是《红楼梦》第五回《贾宝玉神游太虚境　警幻仙曲演红楼梦》和第十二回《王熙凤毒设相思局　贾天祥正照风月鉴》。博尔赫斯在《曹雪芹的〈红楼梦〉》第一段说："这是优于我们近

三千年的文学中最有名的一部小说。”[①] 可见《红楼梦》在他心目中的地位十分崇高。他在介绍了《红楼梦》的章节之后评价道：“小说稍不负责或平淡无奇地向前发展，对次要人物的活动，我们弄不清谁是谁。我们好像在一幢具有许多院子的房子里迷了路。”[②]《红楼梦》出场人物之多，人物关系之复杂即使对中国读者而言也是有难度的，西方人面对这种复杂的家庭关系更如步入迷宫，博尔赫斯的评论恰好说明《红楼梦》具有他所追求的小说特征之一，即迷宫的属性。正是因为以《红楼梦》为代表的中国文学具有这种特性，博尔赫斯才在《小径分岔的花园》中设置了一个中国背景，并借人物之口表达了自己的文学理想。

最为博尔赫斯称道的是第六章“初试云雨情”和第十章“贾瑞误照风月镜”。他的是评价是：“梦境很多，更显精彩，因为作者没有告诉我们这是在做梦，而且直到做梦人醒来，我们都认为它们是现实。有大量幻想：中国文学不了解‘幻想文学’，因为所有的文学，在一定的时间内，都是幻想的。”[③]

博尔赫斯在中国文学中寻找幻想文学因素的意图十分明显，他之所以认为《红楼梦》中存在幻想，主要是出于以下几个原因：第一，《红楼梦》中存在许多精彩的梦境；第二，曹雪芹对梦的叙述是不动声色的，没有明确告诉读者这就是梦，在做梦者醒来之前读者会认为这些梦是现实；第三，梦境在不断地预示着现实，宝玉在秦可卿的闺房中做的梦——关于十二钗的命运后来不断在现实中被印证。可以说《红楼梦》中现实中交织着梦境，以至于读者无法分辨作品中的哪一部分是现实，哪一部分是梦，而第二点和第三点与博尔赫斯创作观念之间的联系尤其密切，因为这也是博尔赫斯最喜欢的技巧。

---

① ［阿］博尔赫斯：《博尔赫斯全集》（散文卷 下），王永年、林之木等译，浙江文艺出版社2006年版，第375页。

② 同上书，第376页。

③ 同上。

中国传统文学中的确不存在“幻想文学”一说，《红楼梦》在中国一直被视为现实主义的杰作，博尔赫斯所关注的是其中具有幻想的部分，这正是博尔赫斯的侧重点。他说：“它（中国）所产生的现实主义的长篇巨著——如《红楼梦》，我们将谈到它——都有大量的怪诞成分，而正因为它们是现实主义的，人们并不认为那怪诞是不可能与不可信的。”①

他十分明确《红楼梦》是现实主义小说，但正因为它是现实主义小说，所以存在于其中的梦幻并不让人们觉得离奇；相反，整部小说的现实主义风格加强了非现实性因素的可信度。另外，博尔赫斯的幻想与读者反应也是密切联系在一起的。一部作品是否存在“幻想”与它所产生的文化氛围相关，可能对一种文化的读者是超自然现象，对另一种文化的读者而言就是真实可信的。

博尔赫斯欣赏《红楼梦》的原因是它与自己“幻想文学”的理念和创作幻想小说的方法不谋而合：制造梦境效果时应该是不动声色的，主人公进入梦境的状态时，自己和读者都无从知晓，他在梦中所经历的一切读者也信以为真。托多洛夫幻想文学的理论也强调了读者与主人公的关系，即幻想文学的读者会把自己的身份委托给小说中的人物，与其共同经历某种疑惑感。现实主义的成分在小说中起到的作用就像是“烟幕弹”，使读者产生一种“一切都是真的”想法和心理上的惯性，这一心理作用在幻想因素出现在文本中时，读者也会将它看作是真实的。这种效果类似于喊狼来了喊了许多次，真正狼来的时候也就没人相信了。在博尔赫斯的小说中，总体上的现实主义风格相当于“喊狼来了”，而幻想的出现则相当于“真正的狼来了”。

博尔赫斯对《红楼梦》的关注主要集中在小说中的现实主义成分与梦境的转换过程，他对《聊斋志异》的论述则突出了幻想文学的读者反应。

《聊斋志异》中的一篇名为《赵城虎》（*The Tiger of Chao – ch’êng*）

---

① ［阿］博尔赫斯：《博尔赫斯文集》（文论自述卷），王永年等译，海南国际新闻出版中心1996年版，第91页。

的故事也被选入《幻想文学精选》。博尔赫斯写过一篇《〈聊斋〉序》，在序言中对蒲松龄的简洁、客观和讽刺意图赞赏有加，但是博尔赫斯更欣赏的是它“强大的想象力，用极普通的素材——准备应试的学子，山间的野餐，自我陶醉的冒失鬼——毫不费力地编织情节，其跌宕起伏如流水，千姿百态如行云。这是梦幻的王国，或者更确切地说，是梦魇的画廊和迷宫。死者复活；拜访我们的陌生人顷刻间变成一只老虎；颇为可爱的姑娘竟是一张青面魔鬼的画皮。一架梯子在天空消失，另一架在井中沉没，因为那里是刽子手，可恶的法官以及师爷们的居室”①。博尔赫斯欣赏的是《聊斋志异》中的“强大的想象力”“梦幻的王国”“梦魇的画廊和迷宫”，但又不是指“超自然因素”。

博尔赫斯对《聊斋志异》的论述有一点十分关键，即他对幻想文学的读者反应的高度重视。博尔赫斯站在中国读者的角度看待《聊斋志异》中的超自然因素，他认为中国古代文化十分迷信，“由于其迷信的性格，中国人是把这些故事当作真实事件来阅读的，因为对他们的想象力来说，按照占卜者的说法，上界是下界的一面镜子”②。因此，博尔赫斯强调的不是《聊斋志异》中妖魔鬼怪的神奇，而是它多彩的想象力及它所制造的审美效果——“信以为真”。据此我们也能看出，博尔赫斯在幻想文学中追求亦真亦幻的审美目标时，充分考虑了读者的心理反应。在《〈聊斋〉序》的末尾，博尔赫斯还把《红楼梦》与刘易斯·卡罗尔做了比较，博尔赫斯十分欣赏卡罗尔的童话《爱丽丝漫游奇境记》，把二者联系起来的是“梦”。

博尔赫斯还读过一本《中国民间故事》，这本书是由德国地理学家、探险家威廉·菲尔希纳编写的，他曾多次来中国考察。后来，博尔赫斯又在另一本《中国神话故事与民间故事》，读到过许多中国民间故事，如《参商》《西王母》《定伯卖鬼》等。在“沃尔弗拉姆·埃伯哈特译《中国

---

① ［阿］博尔赫斯：《博尔赫斯文集》（文论自述卷），王永年等译，海南国际新闻出版中心1996年版，第92页。

② 同上。

神话故事与民间故事》”一文中，博尔赫斯比较了欧洲和阿拉伯神话与中国神话，对后者十分欣赏。他认为前者的神话故事是公式化的，对称的，“而中国神话故事是不规则的。读者开始是认为它无内在联系，以为有很多未了的结局，情节也不连贯。于是，他领悟到，无论是含糊不清，还是前后不连贯，都表明叙述者完全相信他的叙述的故事的真实性。现实生活也不是对称的，也没有形成画面”①。

博尔赫斯在此强调的是，中国古代的世界观决定了叙述者把幻想当作真实来讲述，读者也把它当作真实的故事来读，这一点也与博尔赫斯的幻想理论不谋而合，即做到“信以为真”。而且，中国神话故事的不对称性和非公式化，更符合现实生活本身的不对称性，与自己主张的小说的“迷宫”特性也是一致的。幻想文学与文化背景有密切关系，一些现象对一种文化的读者而言是幻想的，但对于另一种文化的读者而言则是现实的。譬如，《百年孤独》中的许多故事情节对于异质文化的读者而言是超自然现象，离奇的，但是马尔克斯多次强调，如果你生活在拉丁美洲环加勒比海地区，你就会发现那一切就是拉美的现实。

博尔赫斯还读过弗兰茨·库恩博士用德语翻译的《水浒传》，他读过的《红楼梦》译本也是库恩翻译的。在《施耐庵的梁山泊好汉》一文中，博尔赫斯将《水浒传》称为 13 世纪的“流浪汉小说”，我们知道“流浪汉小说”产生于 17 世纪的西班牙，博尔赫斯认为《水浒传》同它比较“毫不逊色”。博尔赫斯一直不遗余力地在世界文学中发掘幻想文学的因素，《水浒传》中“对超自然的和魔幻方面的描写能令人信服”② 也是他自己的文学理念的一部分。

博尔赫斯在中国文学中找到与自己的文学思想产生共振的地方有以下几点：第一，博尔赫斯十分关注中国文学中的幻想因素及它的叙事特征；

---

① ［阿］博尔赫斯：《博尔赫斯全集》（散文卷 下），王永年、林之木等译，浙江文艺出版社 2006 年版，第 395 页。

② 同上书，第 459 页。

第二，博尔赫斯观照中国文学的幻想因素时，充分考虑了文化背景在读者反应上所起的作用，是否具有幻想文学的效果与文化背景的密切关系；第三，博尔赫斯重视中国文学的不对称性，即迷宫特征。

第三节　博尔赫斯利用中国哲学典故佐证自己的哲学观点

博尔赫斯对中国的古典哲学十分感兴趣，而且颇有研究。博尔赫斯第一次提到《易经》是在《隐喻》一文中："在《易经》里，宇宙的名称之一就是'万人'。"[①] 在《论古典》中博尔赫斯又一次提到了《易经》，"首先引起我兴趣的是翟思理编的《中国文学史》(1901)。我在第二章里看到孔子编纂的五经之一，《易经》，叙述了六十四卦，也就是六条中断或中连的线所组成的全部搭配方式。比如说，有一卦是两条中连的线、一条中断的线（巽），和三条中连的线（乾）。相传一位远古的皇帝在神龟的背壳上发现了这些符号。莱布尼茨认为那些六线形符号是一种二进制计数方法；另一些人认为是一种神秘哲学；再有一些人，例如威廉，认为是一种预测未来的工具，因为六十四卦代表任何人事或自然现象的六十四种状况；有些人认为是某种部落语言；再有一些人则认为是历法。我记得胡尔-索拉尔经常用牙签或火柴棍排出卦形。对外国人来说，《易经》容易被当成是仅仅具有中国特色的玩意儿；但是几千年来一代又一代非常有学问的人潜心阅读，以后还有人研究。孔子向弟子们宣布，如果天假以年，多活一百岁，他就要用一半的时间来钻研评述《易经》"[②]。博尔赫斯引用这段文字的目的是论述"经典"的含义。经典是一个民族或几个民族长久以来出于不同理由选择阅读的书籍，它的内容像宇宙一样深邃，并且可以做出无穷

---

① ［阿］博尔赫斯：《博尔赫斯全集》(散文卷 上)，王永年、林之木等译，浙江文艺出版社2006年版，第278页。

② 同上书，第510页。

无尽的解释。博尔赫斯对《易经》论述的方式也是值得注意的，他总是在描述了一种东方思想或一个典故之后，用西方哲学话语对它们提出各种解释，而这一过程是对话性的。

在《阿喀琉斯与乌龟永恒的赛跑》一文的末尾，博尔赫斯补充道："另有一些反对讨论这个如此多变的词的古老教训：有中国梁代君王权杖的传说，每位新君可以得到权杖的一半；这样权杖就少一半；虽然权杖因君王更迭而缩短，但它始终存在着。"① 但是他所提到的"中国梁代君王权杖"并未见诸正史，可能是《庄子·天下篇》中"一尺之棰，日取其半，万世不竭"的变形。这句话的字面义是，一条权杖，第一天从中截断，并拿走一半，第二天对剩下的一半做相同的事，每天都这样做，永远都不会结束。在他的另一篇哲理散文《乌龟的变形》的注释中又提到了这一典故："一个世纪之后，中国诡辩家惠子说，一根木棍从中间折断，把另一半再从中间折断，每天这样折，永远也不会把木棍折完。（翟理思：《庄子》，1889，第四百五十三页）——原注。"② 一尺之捶是一有限物体，但它可以无限地分割下去。这个典故讲的是有限和无限的统一，有限之中有无限，这是辩证的思想。它与伊利亚学派的无限减退理论是一致的，也是中国思想与西方悖论相契合的地方，而无限减退则是博尔赫斯经常在他的作品中表达的思想。

《乌龟的变形》一文讨论的是阿喀琉斯与乌龟赛跑的悖论，跑得快的阿喀琉斯永远也追不上跑得慢的乌龟。博尔赫斯写道："伊利亚的芝诺采用无限减退来反对运动和数字；他的反驳者则采用无限减退来反对一般方式。"③ 博尔赫斯对这句话加了一个注释，在注释中提到了中国哲学思想："柏拉图的《巴门尼德篇》无可否认地受到芝诺的影响，其中提出一个十

---

① ［阿］博尔赫斯：《博尔赫斯全集》（散文卷 上），王永年、林之木等译，浙江文艺出版社 2006 年版，第 185 页。

② 同上书，第 195 页。

③ 同上书，第 196 页。

分相似的论点，说明‘一’实际就是‘多’。如果有‘一’，就兼有‘存在’；因而包含了两部分，即‘存在’和‘一’，但是每一部分都是‘一’，并且由于包含其他两部分，从而也包含了再其他的两部分，以此类推，直到无限。罗素（《数学哲学导论》，1919，第一百三十八页）用算术级数替代了柏拉图的几何级数。他认为如果有‘一’，就兼有‘存在’；但‘存在’和‘一’有区别，便有了‘二’；‘存在’与‘二’也有区别，便有了‘三’，等等。庄子（《阿瑟·韦利〈古代中国的三种思想方式〉》，第二十五页）使用了同样的无穷无尽的 regressus（回返）来驳斥宣称‘万物’（宇宙）皆‘一’的一元论者。他指出：宇宙的统一和宣布这一统一首先是两件事；那两件事和宣布它们的二元性就成了三件事；那三件事和宣布它们的三元性就成了四……罗素认为‘存在’一词的模糊足以使论据站不住脚。他还认为数字并不存在，只是逻辑虚构而已。——原注。”①

这里所描述的思想应该出自《道德经》“道生一，一生二，二生三，三生成物”，但是将一理解为宇宙的统一性，二理解为宇宙的统一和宣布它的统一，三理解为前三件事和宣布它们的三元性，直至无穷，这种阐释方式完全是西方哲学的思维。博尔赫斯认为中国哲学使用了同样无穷无尽的 regressus（回返）来驳斥宣称‘万物’（宇宙）皆‘一’的一元论者，“一”即是“多”。虽然博尔赫斯对中国哲学的理解有待商榷，但是他在中国哲学中寻找理论支撑的努力可见一斑。

博尔赫斯对中国哲学的兴趣更突出地体现在对“庄周梦蝶”的阐释中。《文稿拾零》中有一篇《东方文学巡礼》，在此文中，博尔赫斯提到了一部关于中国文学的书《龙之书》，他这样评价中国文学：“长达三百多页的《龙之书》也是内容繁多，包括了人类文学中历史最为悠久的中国文

---

① ［阿］博尔赫斯：《博尔赫斯全集》（散文卷 上），王永年、林之木等译，浙江文艺出版社 2006 年版，第 196 页。

学——大约有三千年历史——的许多有趣的段落。”[①] 也是在这篇文章中博尔赫斯首次提到了“庄周梦蝶”。博尔赫斯对这个典故更深入地思考体现在散文《对时间的新反驳》（1946）中。

> 大约在二十四世纪以前，庄子梦见自己是一只蝴蝶，醒来后他不知道自己是一个曾经做梦变成一只蝴蝶的人，还是一只此刻梦想变成一个人的蝴蝶。[②]

博尔赫斯反复提到了这一中国哲学典故，但他对这一典故的分析同样完全是西方哲学式的。博尔赫斯引用这个典故是想阐明自己对“现实”“时间”“自我”的看法。博尔赫斯对“庄周梦蝶”的哲学式讨论具有启发性，他是利用贝克莱和休谟的观点展开讨论的。

> 根据贝克莱的观点，在那个时刻不存在庄子的身体，也不存在他做梦的黑暗的卧房，除非作为神圣思维中的感知。休谟把上述事件更加简化。照他所说，在那个时刻不存在庄子的精神；只存在梦的色彩和成为一只蝴蝶的确切信念。其存在是作为“一串或一组感知”的瞬间时刻，在基督之前四个世纪时就是庄子的思维；感知的存在是作为一个时间无穷序列上 $n-1$ 至 $n+1$ 之间的 n 点。对于唯心论来说，除了思维过程外没有别的现实；把一只客体蝴蝶加入一只被感知的蝴蝶似乎是种徒然的复制；把一个“我”加入到过程中也有嫌过分。唯心论判定有一次做梦，一次感知，但却没有一个做梦者，甚至没有一个梦；还断言谈论客体和主体就会陷入一种混杂的神话。现在，如果每种心理状态都充足有效，如果把它同一种境况或一个“我”联系起来，是一种不合情理的、多余的补充，那么我们有何权利在其后把一

---

① ［阿］博尔赫斯：《博尔赫斯全集》（散文卷下），王永年、林之木等译，浙江文艺出版社 2006 年版，第 527 页。

② 同上书，第 504 页。

> 个地点强加到时间中呢？庄子梦见自己是一只蝴蝶，在那个梦中他不是庄子，而是一只蝴蝶。①

贝克莱和休谟是英国经验主义哲学的代表人物，代表唯心主义哲学的一种高度。博尔赫斯借用了贝克莱和休谟的观点想说明的是，在做梦的那段时间中，所谓的现实就是在那 n 点中庄子所感知到的一切。具体到“自我”的实在性，庄子在那 n 个点中就是蝴蝶，他的身体是不存在的，做梦的卧房也是不存在的，甚至连他的精神都是不存在的，而只存在蝴蝶的形状、颜色。

博尔赫斯引用这个典故要阐释的另一个问题是始终萦绕着他的时间问题。庄子是蝴蝶是有一个时间限制的，它仅限于庄子做梦的那段时间，一旦醒来，蝴蝶消失，他便成为别的存在。此外，在庄子的无数读者中，如果有人梦到庄子所梦到的那只蝴蝶，在他变成蝴蝶的那一瞬间，他也就成了庄子。尽管庄子是两千年前的人，读者是两千年之后的人，就在他们做着相同的梦的瞬间，时间交汇了。这一刻，线性时间上的两个点是完全同一的。据此，博尔赫斯否定了时间的连续性。

时间问题与博尔赫斯哲学的另一核心“自我”问题也被联系在了一起，自我是知觉在一个特定时间中所感受到的任何事物，自我是在不断运动变化的。他说：“……唯心论判定有一次做梦，一次感知，但却没有一个做梦者，甚至没有一个梦；还断言谈论客体和主体就会陷入一种混杂的神话。现在，如果每种心理状态都充足有效，如果把它同一种境况或一个‘我’联系起来，是一种不合情理的、多余的补充，那么我们有何权利在其后把一个地点强加到时间中呢？庄子梦见自己是一只蝴蝶，在那个梦中他不是庄子，而是一只蝴蝶。”②

“庄周梦蝶”这一中国哲学典故之所以如此受到博尔赫斯的重视，首

---

① ［阿］博尔赫斯：《博尔赫斯全集》（散文卷 上），王永年、林之木等译，浙江文艺出版社 2006 年版，第 505 页。

② 同上。

先是因为它是一个梦境，博尔赫斯是如此沉醉于世界各国文学中最具梦色彩的文学；另一方面，这一典故具有深刻的哲学意涵，它所表达的哲学思想，尤其是现实与梦的交织与博尔赫斯的幻想文学理念相契合；他还在其中发现了“自我”与“时间”的联系；最后，这个中国哲学中最著名的命题本身具有文学性，这与博尔赫斯把幻想文学和哲学结合在一起的文学主张不谋而合。

第四节　博尔赫斯对中国的“歪曲想象”?

《约翰·威尔金斯的分析语言》一文中，博尔赫斯写了这样一段话：“美字出现在第十六类，那是一种胎生的、椭圆形的鱼。这种模棱两可、重复和缺陷使人想起弗朗茨·科恩博士对一部名为《天朝仁学广览》的中国百科全书的评价，书中写道，动物分为（a）属于皇帝的；（b）涂香料的；（c）驯养的；（d）哺乳的；（e）半人半鱼的；（f）远古的；（g）放养的狗；（h）归入此类的；（i）骚动似疯子的；（j）不可胜数的；（k）用驼毛细笔描绘的；（l）等等；（m）破罐而出的；（n）远看如苍蝇的。”[①]（这段文字激发了福柯写作《词与物》）

博尔赫斯的这段文字到底是他引用的还是他杜撰的无从考证，它常被研究者视为“后殖民主义”语境下西方作家对中国歪曲想象的“铁证”，这似乎成了中国比较文学研究的一种思维定式。但凡西方作家对中国的描述与我们的自我意识有所偏差，其中必定含有西方作家的故意歪曲，是“文化霸权”。

引文中古代动物分类的标准的确毫无逻辑，且荒诞不经。但是联系前

① ［阿］博尔赫斯：《博尔赫斯全集》（散文卷 上），王永年、林之木等译，浙江文艺出版社2006年版，第428页。

文中博尔赫斯对中国文学和哲学的引述，以及博尔赫斯的创作习惯，我们也可做一些合理的推论。博尔赫斯对中国文学和哲学的评论总体上是准确的，时常难以掩饰其对中国文学的赞赏，说博尔赫斯有意歪曲中国形象不符合逻辑。《女海盗金寡妇》中的主人公是他对阅读过的历史故事的改写，因此，原有故事决定了改写故事的内容，并不存在太多想象的成分。而《小径分岔的花园》中的主人公俞琛的身份虽是一个德国间谍，但对故事所要表达的主题也没有太大的影响。作为德国间谍虽不是什么光彩的事，但我们不能据此就认为博尔赫斯是在丑化中国，而且博尔赫斯还对他的祖父彭冣所代表的中国文学无比钦佩。此外，博尔赫斯本身出生在第三世界国家，自小父亲就想将他培养成“世界公民”，因此博尔赫斯并没有所谓的歪曲想象的意图。

对动物进行分类的“那位不知名的（或杜撰的）中国百科全书作者”极有可能是杜撰的，这是博尔赫斯常用的做法，他经常在小说中杜撰人物或书籍。既然是杜撰，自然包含想象的成分，不过并不是所有的想象都是歪曲。博尔赫斯引用这段文字是想说明：“显然没有一种对万物的分类不是随意的、猜想的。”① 这符合博尔赫斯对世界本质的一贯看法，即世界本身是暂时的、随机的，“是某个乳臭未干的神祇的作品”（休谟），想用语言对世间万物进行精确地分类只是一种不切实际的幻想。这种做法类似于本文第二部分所谈到的“佐证”。

有论者认为：“博尔赫斯用这种混沌与非逻辑的分类质问了理性——西方精神的基石。在他看来，世界是不可被归纳划分的，这种对秩序与条理的追求最终只能陷入自身编织的迷宫中，百科全书式的努力将被证明为徒劳。”② 事实上，博尔赫斯并非是在质问西方文明的理性基石，博尔赫斯文学的思想基础就是站在理性主义、唯心主义的基础上，反对现实世界的

① ［阿］博尔赫斯：《博尔赫斯全集》（散文卷 上），王永年、林之木等译，浙江文艺出版社2006年版，第429页。

② 周暾：《后殖民话语中的博尔赫斯与他的中国叙事》，《理论与创作》2008年第4期。

混乱不堪，理念世界才是完美有序的。

在博尔赫斯的小说《特隆、乌克巴尔、奥比斯·特蒂乌斯》中，他构想了一个世界，这个世界叫作“特隆”，拥有独特文化的世界。这个世界“并不是物体在空间的汇集，而是一系列杂七杂八的、互不相关的行为”。由于没有物质，也就没有了名词，人们描述一个物体的时候，只能用形容词来描述它的性质，譬如用北半球的语言描述月亮，那里不说“月亮”，只说“圆暗之上的空明”或者“空灵柔和的橘黄”或者任何其他补充。按这样的逻辑，由于每个人对月亮的感觉都不一样，每一次描述都是随机的、不同的，因此可以用无数个随机的形容词的组合来描述月亮。上面的例子说明形容词的总体只涉及一件真实的物体，事物本身纯属偶然。

特隆是博尔赫斯构想的一个唯心主义的世界，它看似是一些互不相干的事物的集合，实际上却存在一种内在的逻辑。它的指导思想是彻底的唯心主义，尤其是贝克莱的哲学思想。唯心主义哲学也是西方理性主义的一部分，并非是博尔赫斯想要质疑和颠覆的理论。

据此，我们再回到博尔赫斯对中国古代动物分类的描述，它其实与特隆的语言有异曲同工的意义。博尔赫斯是想说明这种分类完全是通过感觉来完成的，它近似于特隆的语言。分类表面上看起来杂乱无章，却存在某种内在的逻辑和统一性，根据的是动物的形象给人带来的感觉。

综上所述，博尔赫斯歆羡中国历史悠久的文学，他对中国文学的认知是客观公允的。在谈到中国古典文学与博尔赫斯的文学的关系时，应该说博尔赫斯在接触中国文学之前，已经形成了非常成熟的幻想文学理念，他广泛地在世界文学中寻求对自己文学理念的支撑，并在中国文学中发现了与自己文学观念的共鸣。这一共鸣在某种程度上甚至超越了西方文学对他所产生的影响，于是他在作品中塑造了一些中国形象，讲述了一些具有中国文化背景的故事，以表达他对悠久的“幻想文学”传统的致意。

第五章　先锋作家与博尔赫斯式幻想

博尔赫斯在 20 世纪 80 年代中后期引起了中国先锋作家群的高度关注，关注程度在类似的文学现象中也是不多见的。有观点认为以马原为代表的中国作家大胆借鉴和模仿博尔赫斯，开创了中国先锋文学潮流。

如果把先锋文学放到以本国文学传统为纵坐标、世界文学为横坐标的坐标系中，那么先锋作家的创作倾向从纵向来看，它是文学自身运动规律使然；从横向来看，它受到了国外文学的影响，博尔赫斯是这种影响的重要因素。博尔赫斯的幻想文学对先锋作家而言充满了魅惑，他们纷纷在自己的文学创作中效仿博尔赫斯，但这并不表明每一位先锋作家对博尔赫斯的理解完全准确，也并不表明他们的虚构小说与博尔赫斯的幻想小说是一回事，先锋作家在受到博尔赫斯的影响时，表现出各自独有的特征。

在先锋文学繁荣时期，“虚构”是一个热词。一般来说，虚构可以分为三个层次：第一个层次，“虚构”是文学艺术的一种技巧和手法，是文艺创作中为概括生活、塑造形象、突出主题所采取的一种艺术手法；第二个层次，“虚构”是文学艺术的一种审美特征，与文学的社会性、意识性、形象性、情感性、愉悦性、独创性、审美性等相并列的重要特征；第三个层次，“虚构”是文学艺术的本体之存在，是虚构的最根本要义，是文学

区别于历史、传记、新闻学等社会意识形态的内在规定性①。

先锋作家创作中的虚构倾向与博尔赫斯的幻想文学之间的关系十分复杂。博尔赫斯的幻想文学对先锋作家在叙事层面的影响在过去的研究中已有较充分的讨论，在绪论中已对此作了概述。观念的变化是文学形式发生变化的内在动力，尤其是现实观念的变化可以引发文学的变革，对此先锋作家们有着清醒的认识，下文尝试分析博尔赫斯的幻想文学与先锋作家的虚构写作之间的深层联系。

第一节　接受者语境：焦虑与突围

一　博尔赫斯在中国的译介与传播

中国先锋作家创作的 20 世纪 80 年代，正值博尔赫斯的译介活动在大陆最为活跃的时期。1979—1985 年，中国开始翻译博尔赫斯的重要作品。1979 年《外国文艺》第 1 期刊登博尔赫斯小说 4 篇：《交叉小径的花园》《南方》《马可福音》《一个无可奈何的奇迹》（现译为《难以置信的冒名者汤姆·卡斯特罗》），随后，1981 年第 6 期的《世界文学》、1983 年第 1 期的《当代外国文学》、1985 年第 5 期的《外国文学》刊发了博尔赫斯的一些小说及诗歌。1983 年，上海译文出版了《博尔赫斯短篇小说集》，该小说集是中国最早的博尔赫斯文集，它的出版势必会引起当时作家的关注，“1983 年上海译文出版社出版的《博尔赫斯短篇小说集》（开印 27000 册）是 20 世纪 80 年代影响最大的三个选本，亦是很多稍后叱咤文坛的先

① 参见刘安海《文学虚构的再认识》，《汕头大学学报》（人文社会科学版）2009 年第 4 期。

锋小说家的‘写作圣经’”[①]。1986年6月，博尔赫斯去世，《世界文学》《外国文学报道》《外国文学动态》都刊登了这一消息，以及拉美文坛和国际文学界对此所作出的反应。1986年之后，博尔赫斯的诗歌、文学评论、对话录陆续被翻译成中文。进入20世纪90年代以后，先后出版的博尔赫斯文集还有《巴比伦的抽签游戏》（1992）、《巴比伦彩票》（1993）、《作家们的作家》（1995）；1996年，海南国际新闻出版中心出版的《博尔赫斯文集》是这一时期最全面的博尔赫斯作品集，以小说卷、诗歌卷、文论卷三卷的形式出版。

西班牙语学者在翻译博尔赫斯的过程中都做了评介，这些评论文章大多会提到博尔赫斯的“幻想性”及与之相关的“梦幻”，如上文提到的《博尔赫斯短篇小说集》的《前言》，该文集的译者王央乐先生所作《前言》概括了博尔赫斯小说的四个特点，其中第一点即是“题材的幻想性”；陈凯先先生的评介文章《博尔赫斯和他的短篇小说》，文中将博尔赫斯小说的特色总结为：哲理、象征、梦幻、东方的神秘，这里提到的“梦幻”也就是“幻想”；陈光孚先生的《论路易斯·博尔赫斯》将博尔赫斯的创作观念总结为三点：时间轮回观、人生如梦观和双重人性观；“幻想”“梦幻”“人生如梦观”被作为一种重要的艺术特征介绍给中国读者，它将成为当时中国作家对博尔赫斯产生的最初的印象之一，先锋作家对博尔赫斯式幻想的高度关注与此相关。

在博尔赫斯被译介到中国的初期，中国作家还不具备吸收博尔赫斯幻想小说的基本条件，因为当时中国正处于现实主义文学的恢复和成长期，人们还在讨论我们到底要不要学习西方的现代主义，博尔赫斯的小说刚出现在拉美时就因为它离现实太远而受到批评，更不用说在20世纪80年代初期的中国了。

---

① 滕威：《作为“文化英雄”的博尔赫斯》，《读书》2006年第11期。

二　沉重的现实主义与先锋作家的反叛

在20世纪中国文学发展过程中，“‘文学工具论’是中国传统的‘文以载道’观念，在特定政治历史时期一种登峰造极的体现”[①]，最为极端的提法是“文学是阶级斗争的工具”“文学为政治服务”，这就意味着文学是为政治所左右的，文学所传达的思想和观念必须是能代表统治阶级思想、体现统治阶级利益的。粉碎“四人帮”之后，文学从为政治服务转变为“为人民服务”，这一转变“使得文学改变了原来仅仅体现统治阶级思想的单一性，看似显得丰富而富有弹性，但由于政治常常被解释为人民利益的集中反映，满足人民的多种审美需求和艺术需求，但是由政治所操纵，而不是由文化和文学规律来规定的文学，本质上也难以改变其工具性性质”[②]。

20世纪的中国文学经历了漫长的现实主义的发展历程，但是文学始终受到政治的影响而不能完全坚守文学性。

新文学一开始就担负着启蒙和救亡的社会职责，以兴邦为责任的中国现代小说只能把民族、国家的现实与创作紧密结合在一起才能完成这一任务，个人化的写作被融入社会历史的洪流之中。文学在当时是介入现实的工具，但是这种工具性是有价值的。

工农兵文学“服务”现实的意识特别强烈，以致此类文学的艺术性受到了损害。新中国成立后，文艺界出现的一些有积极意义的新动向又被作为“小资产阶级”文学加以批判，现实主义文学仍然占据着主要地位。“共和国文艺上承五四的写实主义精神，建构了极富意识形态色彩的现实主义。语言与世界、叙述与信仰的严丝合缝，是这一主义的特征。形式真伪的问题其实毋庸非议，因为现实‘只有’一种，而‘真’的现实只能再

① 吴炫：《穿越中国当代文学》，江苏教育出版社2007年版，第261页。

② 同上。

现于‘真’的形式中。1949 年后，那‘真实的形式’精益求精，终形成了识者所谓的‘毛语’及‘毛文体’。公式人物、教条情节、八股文章，却有多少作家评者的身家性命，尽系于此。写实及现实主义强烈的排他性，由此可见一斑。”①

在新时期，20 世纪 70 年代末至 80 年代初，传统的革命现实主义得到恢复与发展，这一历史时期是中国在经历了深重的灾难和忧患之后的年代，“文化大革命”就像噩梦给人们带来了极大的痛苦，于是在痛定思痛之后出现了“伤痕文学”“反思文学”“改革文学”“知青文学”等。这些文学以激昂的态度批判了“文化大革命”，体现了五四以来的现实主义精神，是新时期现实主义文学的一个高潮。然而正是因为伤痕文学和反思文学的这种带有批判性的“初衷”，它们一开始就带有文学工具论的嫌疑。

20 世纪 80 年代中期至末期，现实主义文学受到西方文学思潮的影响，当代作家纷纷向西方现代主义文学取经，他们在自己的文学中融入一些新的元素，借鉴和学习“意识流”“象征主义”“黑色幽默”等新的小说创作方法，使现实主义文学产生了新的艺术创造力。但是，即使是受到西方魔幻现实主义文学影响的寻根文学，也是在既有的现实主义文学框架内寻求的新突破，“‘寻根’文学在大陆‘文化热’中排闼而来，言志抒情都有突破以往教条写作的贡献。然而作家落笔行文，到底在一广义的写实或现实主义的框架内打转”②。

总之，现实主义文学在整个 20 世纪的中国文学中占据了太漫长的时间，文学的发展虽然受制于社会历史条件，但是文学自身具有独特的运动规律，无论它在中国历史进程中扮演了一种什么样的角色，现实主义文学作为一种文学创作形式已经走到了尽头，它已经无法创新了，只有走一条与之不同的道路，文学才能得到新的发展。现实主义必将为新的艺术类型

① 王德威：《当代小说二十家》，生活 · 读书 · 新知三联书店 2006 年版，第 134 页。
② 同上书，第 129 页。

所替代，往往是为一种具有激烈反现实主义姿态的文学类型所取代。文学内部的发展规律也证明一旦某种形式的文学走向极端，它的内部就会滋生一种与之相抗衡的力量，西方文学由古典主义到浪漫主义再到现实主义、现代主义的发展历程充分说明了这一规律。

先锋文学时期已经过去了将近30年，现在我们回顾那一时期的创作，也许可以跳出当时的语境，重新审视和评价这一文学现象。

先锋作家创作时的社会环境、作家的主体条件使他们迫切地想要摆脱现实主义文学。社会转型期的价值体系处于不稳固的状态，先锋作家生活在这一新旧交替时期，还没能找到一种可以让他们认同的价值标准，于是他们不再考虑文学的干预功能，自顾自去个人的天地中虚构他们的小说世界。刘武认为这是“由于八十年代社会主义价值观念与因城市改革而兴起的现代社会价值观念没有衔接所出现的‘价值断裂’造成的，这些迷惘的青年正处在由自然经济结构社会向商品经济结构社会（即传统文学向现代文明）过渡的转型期，新的价值体系尚未建立，他们抱着对旧价值体系的鄙夷与嘲笑，急于摆脱它们，但却找不到新的大陆立住脚跟”。他认为，随着“改革开放”转向城市化力度的加大，文学的“干预功能”不再被年轻作家所理睬，而城市改革所催生的“现代人危机”，将成为他们定义“现代派小说”的一个独特的视角。[①] 一种新的社会价值观是否形成，不能作为作家是否想以创作干预现实的必要条件，社会过渡转型期所表现出的纷繁复杂的社会现象甚至是最好的创作素材。城市的兴起与现代生活则可以被看作是现代主义文学的一个要素，但是也不能把它看作是先锋写作的根本原因。

有论者认为，先锋作家相对比较年轻，欠缺社会阅历，历史对于他们来说又较为隔膜，他们大多来自知青一代或更晚的时期，他们不认同之前的文学工具论，而试图把文学作为个体的表达和诉求。“由于身份和来历

① 参见刘武《怀疑的时代》，《当代文艺思潮》1986年第4期。

的不同（他们是文学主流形成后的迟到者，也是历史经验的匮乏者），先锋文学的推动者们本来就处在一个远离中心的位置，他们似乎更清楚自己的处境，常常生活在政治论争和社会焦点之外（尽管政治和社会总是猝不及防地把自己的庞大影子投向他们的个人环境和经历）。他们的站位使他们无法看清现实的全貌，无法把那些零碎的见闻归纳成一幅完整的社会图景（他们不相信人可以知道所有真相和事实的神话）。同时，他们又不能接受外部力量的支配，更不用说去为之效劳了。"① 吴亮认为先锋作家远离现实是他们的主体条件和客观环境共同作用的结果。然而，作家是否以传统的文学形式作为主要表现手段，与他们的年龄、阅历并没有必然联系，与他们是否可以宏观地把握历史也没有必然联系。一个作家可能因为自己生活面的狭窄而无法把握宏观社会、历史的发展，但他可以写个体的历史，通过个人情感、命运折射出宏观社会变迁的过程。现实主义的大作家福楼拜就是一个典型的例证。

还有一种观点认为，先锋作家处于边缘状态，边缘状态导致他们干脆放弃对社会的干预，直接以边缘的心态面对世界；这部分是由于他们对语言、形式的探索带来的强烈"陌生化"倾向造成的。"'边缘性'是指其在当下文化环境中的境遇，由于先锋小说对文学叙述语言、叙事时间、叙述层等种种叙事修辞策略等技术层面的强调和张扬，以及90年代经济、文化为先锋小说设置了多重困境，还因为其表现内容多属对语言方阵中的生存方式的迷恋与沉溺，从而远离'主流文化'和'宏大叙事'，先锋小说逐渐游移于人们的视野之外，'成为某种遭受压抑的边缘文化'。于是先锋作家们干脆放弃了对生活的干预、启蒙追求，认可当下的文化语境，以边缘心态面对世界，远离现实矛盾与冲突，更多地关注精神欲望、官能体验、形式技巧，拆除深度模式，冷漠中心价值，可以说，这是小说家充满

① 吴亮：《回顾先锋文学——兼论80年代的写作环境和文革记忆》，《作家》1994年第3期。

个性抚慰的诗意情怀的表现。”① 然而，先锋创作对形式感的追求不应也不会是他们的终极追求，任何作家在寻求形式创新时往往受到了某种思想观念的驱使，对这一观念的表达迫使他们不得不采用一种新的表达手段。把形式创新作为终极目的的文学潮流不是不存在，但是不适用于中国的先锋文学。因此，探讨先锋作家进行形式创新背后思想支撑更有意义。

也有论者把“南方的写作”看作先锋文学发生的原因。王德威认为先锋作家多以南方作家为主，而“在文学地理上，南方的想象其来有自”②，且不说南方有巫蛊文化的渊源，南方文学向来充满了绮靡的想象，生于斯长于斯的苏童、余华、叶兆言、格非、残雪更倾向于在想象中去建构他们的文学世界，先锋作家激烈反对现实主义。

归根结底，中国先锋作家抛弃传统的现实主义文学的根本原因是由于他们对现实主义感到彻底的厌倦，一方面是由于现实主义文学最容易被政治所利用；另一方面是因为现实主义造成了文学审美的单一性，与文学内部的运动规律不符。

先锋作家普遍表现出对现实主义的厌烦情绪。马原认为：“现实主义曾经是我们永远也绕不开的一个暗礁，我们在很小的时候就知道有这么一段话，也可以说是对现实主义的一个定义吧——‘除细节的真实之外，还要再现典型环境中的典型人物。’那时候，我们的写作是否是现实主义，这在很大程度上就决定了作品是否成立，是否能享有和公众交流的机会。现在这个问题肯定已经不存在了，但是无论如何，现实对作家而言总是有它非常特别的意义。”③ 格非与马原的观念完全一致，他说：“在那个年代，没有什么比‘现实主义’这样一个概念让我感到更厌烦的了。种种显而易见的，或稍加变形的权力织成一个令人窒息的网络，它使想象和创造的园

① 张学昕：《“真实”的分析——以“新写实小说”和“先锋小说”为例》，《北方论丛》2000 年第 4 期。

② 王德威：《当代小说二十家》，生活·读书·新知三联书店 2006 年版，第 108 页。

③ 马原：《现实的虚构》，《作家》2001 年第 9 期。

地寸草不生。”[①] 类似的表述几乎在每一个先锋作家那儿都能找到，他们表现出突破现实主义藩篱并寻求创新突破口的共同愿望。

现实主义文学在遭遇“钟摆”般运动的文学自身规律时，被改造或被摒弃是其唯一的结果。当先锋作家决定采取一种新的美学观念去写作时，现实主义美学规范失效了。“与马原同时出现的莫言、洪峰和残雪，都很难在文学原有的意识形态框架内加以理解，现实主义美学规范所要求的‘真实地反映历史本质规律’，对于他们的文学叙事并不重要。说到底，原来认定的那些历史和现实的本质规律已经失踪了，留在文学叙事中的是那种非本质的故事、人物的体验、情感和语言风格。随着苏童、余华、格非、孙甘露和潘军、北村、吕新等先锋派的出现，小说叙事起决定作用的是那种创新的强烈诉求，小说的叙述方法、结构和语言风格成为一部作品至关重要的美学要素。很显然，现实主义美学规范在这里难以作为典律去衡量它们的优劣。”[②]

先锋作家表现出急于回归文学自身的诉求，先锋小说被当时的评论家称为“纯粹写作”“回到文学本身”“纯文学”，可以看出文学批评者们对这一倾向是持肯定态度的。要回到文学本体，一方面是需要对叙述技巧的关注，叙述技巧包括叙述语言、叙述视角、叙述结构等；另一方面需要回归文学的虚构性。

现实主义文学也可以运用新的叙述语言和叙述者视角，因此对叙述的关注并非当时所谓“纯文学”和现实主义文学的根本区别，根本区别在于文学的“虚构性”。陈晓明认为：“文学不再被意识形态撑满，它在社会现实中确实不再充当旗帜和号角，但退回到生活的边界，回到人本身，也是回到文学本身。在这个意义上，我们说的‘纯文学’就是回到文学自身的文学。而这样一种文学观念，在 20 世纪 80 年代初的中国急于摆脱政治的

① 格非：《塞壬的歌声》，上海文艺出版社 2001 年版，第 65 页。

② 陈晓明：《不死的纯文学》，北京大学出版社 2007 年版，第 39 页。

历史诉求中被建构起来，作为文学自主存在的一种理想。”① 但是对于先锋作家来说，这种明确的价值取向会对他们的文学产生某种消极的影响，格非指出了这一点，他说：“相当一部分人只不过是借助于他作品的幻想色彩，为处于敏感政治学、庸俗社会学、陈腐的历史决定论重压下的中国文学找到一条可能的出路，这是一个权宜之计。这也在某种程度上导致了副作用的出现，那就是对博尔赫斯的误解。”②

三　创新的突破口：博尔赫斯

博尔赫斯曾写过这样的话：“在文学所能提供的种种幸福感中间，最高级的是创新。”③ 先锋作家笔耕的年月，创新是一股驱动他们绞尽脑汁的力量，在先锋作家之前的文学实践中，中国作家对多种西方文学潮流都有所借鉴，那么如何在已有的基础上寻找突破是困扰先锋作家的一个大问题。

在国外文学思潮席卷中国之际，在象征主义、表现主义、未来主义、意识流小说、超现实主义、存在主义、新小说、“垮掉的一代”、黑色幽默、荒诞派、魔幻现实主义纷纷在中国登台亮相的时候，中国当代作家表现出了巨大的热情。外国文学为中国先锋作家提供了一种全新的图景。但是，当大多数外国作家被学习和借鉴之后，先锋作家再要有所突破就不是易事了，这时未被借鉴的作家或路径就成了中国当时文坛的香饽饽，因为这是他们摆脱现实主义进一步创新的突破口。博尔赫斯就是这样一位作家，先锋作家带着强烈的创新欲望与博尔赫斯相遇时，碰撞出激烈的火花是不可避免的。

---

① 陈晓明：《不死的纯文学》，北京大学出版社 2007 年版，第 2 页。

② 格非：《卡夫卡的钟摆》，华东师范大学出版社 2006 年版，第 186 页。

③ ［阿］博尔赫斯：《博尔赫斯全集》（小说卷），王永年、林之木等译，浙江文艺出版社 2006 年版，第 114 页。

先锋作家要想在写作上有所突破和创新，在某种意义上就是要冲出现实主义的樊篱。对于小说原创的艰难，先锋作家马原也发出了同样的慨叹："小说这东西在最近的200年里，经由许许多多大师巨匠之手，被建造成一座巍峨雄奇的巴比伦塔。它是如此高拔，非仰首不能望其项背。脚手架一经拆除，再做小说就成了难之又难的苦差。我等后辈唯有勤力竟再无他路；谁也不敢说我能如何。"① 这种说法和博尔赫斯认为故事早已被写完的观点是一致的。"新中国成立以来，中国作家被陈旧的现实主义写作程式束缚得太久了，'创新'这条老狗把他们追撵得疲乏而集中，他们很想打破既有的创作规范与樊篱，从外来文学中求得新变的法宝和门径。在刚刚从压抑禁锢中解放出来的20世纪70年代末到80年代，作家和读者对文学都充满了热情。就作家而言，这一时期，可以说是中国作家热情最为高涨、探索最为积极、创作成果极为可观的时期。为了写出跟别人不一样的东西，没有作家不想'变'的，'作家在梦里都想着创新'（莫言语）。"②

先锋作家创作的时期，中国文学已经历了从"伤痕文学""反思文学""改革文学"到"寻根文学"的探索过程，它们借鉴和学习了西方现代主义文学思潮多种多样的创作方法。作家郑万隆说："好像是从1981年，特别是1983年以后，大批西方的表现主义、象征主义、达达主义、未来主义、超现实主义、魔幻现实主义、新新闻主义、意识流、黑色幽默、荒诞派戏剧、新小说等文学流派的优秀作品，通过颇有胆识的翻译家们到中国来，日新月异色彩缤纷五花八门，汇成一股声势浩大的潮流，煽动起一股打破现状的热情，向传统的文学价值观和审美观发出了强劲有力又连续不断的挑战。"③ 事实上，对西方象征主义、表现主义等文学流派在20世纪初的新文学中已经开始了，后来经历了漫长的中断，这一早先埋下的现代主义的种子，在环境成熟的时候便会蓬勃生发出来。

---

① 马原：《马原源码》，"序"，同济大学出版社2008年版，第2页。

② 曾利君：《魔幻现实主义在中国的影响与接受》，中国社会科学出版社2007年版，第91页。

③ 郑万隆：《走出阴影》，《世界文学》1988年第5期。

王蒙的小说《春之声》《蝴蝶》等许多作品借经历过动荡年代的“主人公”的自省来体现作者的反思与批判，人物细微敏感的思维活动成为实现作者意图的载体，这类作品被当时的理论界称为“意识流小说”。除了王蒙之外，宗璞、张洁、谌容等一批女性作家也被认为采用了“意识流”的写法。但是，“如果我们了解王蒙、宗璞这代作家与‘十七年’‘干预型现实小说’的‘历史渊源’，就会明白，他们的‘意识流小说’其实仍然还在‘干预现实主义’的文学规划之中，即人们今天所说的‘形式的意识形态’”[①]。刘索拉的《你别无选择》和徐星的《无主题变奏》是对“黑色幽默”的模仿；莫言、扎西达娃等作家则借鉴魔幻现实主义。

需要给予更多关注的是魔幻现实主义文学。出现在先锋文学之前的寻根文学受魔幻现实主义影响非常明显。魔幻现实主义为中国作家提供了丰富的写作经验与叙述技巧。更重要的是，魔幻现实主义把中国当代文学的“想象”提高到了一个新的水平。“魔幻现实主义作家对‘神奇现实’的描写极大地刺激了中国作家的想象力，为中国寻根作家带来了新的灵感和冲动。”[②]“一些寻根作家在对魔幻现实主义技法的学习借鉴中，有意识地将写实与象征、现实与魔幻融为一体，创造出一个个奇异魔幻的艺术世界。”[③] 尽管如此，以马尔克斯的《百年孤独》为代表的拉丁美洲魔幻现实主义文学是一座不可逾越的高峰，而且魔幻现实主义文学与现实的关系相当密切，它仍然是“写实”，本质仍然是“现实主义”的，而“现实”又是中国当代小说发展的限制，因此从魔幻现实主义文学这里寻找创新的突破对一部分人是有效的，先锋派作家则还有其他的诉求，他们急需一种全新的艺术风格引领中国当代小说摆脱“现实”陈规。从这一点我们可以看到先锋作家想要摆脱现实主义文学的束缚的态度非常坚决。

---

① 程光炜：《如何理解“先锋小说”》，《当代作家评论》2009 年第 2 期。

② 曾利君：《魔幻现实主义在中国的影响与接受》，中国社会科学出版社 2007 年版，第 123 页。

③ 同上。

另外，中国的文化土壤无法与具有强烈文化依赖性的魔幻现实主义文学联系起来，拉美的魔幻现实主义文学有相当强的地域性。马原认为："除了中美洲和南美洲，世界其他区域根本（绝对的根本）不具备产生魔幻现实主义文学的土壤。也就是说，我没有借鉴它，没有借鉴鲁尔弗、加西亚·马尔克斯和略萨!"马原还分析了博尔赫斯与魔幻现实主义作家的区别，这一区分体现了马原对艺术的敏锐把握，他的观点是博尔赫斯是不同于魔幻现实主义作家的作家，"我把博尔赫斯划到这个圈子之外，因为他不是现实主义者，他只是个聪明的无常的玄学作家"①。这一区分准确地描述了博尔赫斯的幻想文学与魔幻现实主义文学的区别，不过中国文化是否具备产生魔幻现实主义文学的条件值得商榷。

一方面，20 世纪 80 年代初期开始的对现代主义探索的热潮如火如荼；另一方面，魔幻现实主义影响下的寻根文学又异军突起。在那个以创新为潮流的环境下，如何创新是一个重大的问题，那么，博尔赫斯就成为中国先锋作家创新的突破口，"马原大胆地选择了令人生畏的博尔赫斯，从而开启了新时期先锋小说的浪潮"②。有评论认为"当代作家的创新热情是巨大的，也就是从这一年开始，以《拉萨河女神》为标志，马原首先尝试借鉴博尔赫斯，从而在小说写法上有了前所未有的突破"③。陈晓明认为：

> 马原把过去的文学"写什么"改为"怎么写"，他把文学虚构与真实的关系最大限度地嘲弄了。现实主义文学的根本在于它对现实具有权威性的表述权，现实主义以它全知全能的叙事，把现实作为一个真实的实在的历史过程和生活世界呈现于读者面前，使读者屈服于"真实再现"的魅力。……作为真理代言人的角色被一个故弄玄虚的叙述人代替了，对于他来说，真实与虚构没有界限。真实的就是虚构

① 许振强、马原：《关于〈冈底斯的诱惑〉的对话》，《马原源码》，同济大学出版社 2008 年版，第 439 页。

② 赵稀方：《博尔赫斯·马原·先锋小说》，《小说评论》2000 年第 6 期。

③ 同上。

> 的，虚构的就是真实的。真理性不重要，重要的是他的叙述，那些故事如何被组合在一起并产生奇妙的效果。①

这种说法有它的合理性，即真实与虚构在马原的小说中呈现出一种以往的小说所不具备的张力，部分是由于诸如“元叙述”这类写作策略带来的效果；那么马原为什么要这样写？他是否具有支撑“这样写”的现实观呢？这一系列问题将留待下一章来解决。

第二节　作为影响源的独特性

20 世纪其他强调想象的文学类型如魔幻现实主义、超现实主义，以及科幻小说、魔幻小说，都充满了神奇的想象力，它们都能把读者带入一个神奇的世界。那么，博尔赫斯的幻想文学和这些文体中的想象、幻想有何不同呢？这是一个有趣的问题。厘清这一问题可以使博尔赫斯的幻想文学与先锋文学之间的关系变得更清晰。

也有批评家注意到这个问题，例如在《博尔赫斯和他的小说——思想和艺术导论》中，研究者热内·贝尔－维拉达（Gene H. Bell－Villada）就提出过类似的问题：“应该在博尔赫斯的幻想标签和这个世纪（指 20 世纪）其他看起来类似的现象之间作一些区别，例如：科幻小说、超现实主义或托尔金风格（Tolkien－style）的空想。科幻小说，尽管它有想象冒险和宇宙漫游，但它仍然是在传统的情节和人物的框架之内进行操作；此外，它对科技的赞同和迷恋与博尔赫斯的精神和形而上学的虚构是完全不同的。‘博尔赫斯式’的幻想与超现实主义也不相同，超现实主义的强烈情感和弗洛伊德对梦的本质的质问，博尔赫斯都公开表示不喜欢。事实

---

① 陈晓明：《不死的纯文学》，北京大学出版社 2007 年版，第 39 页。

上，他曾经把它们与纳粹放到一起考虑（虽然博尔赫斯因为自己的原因对梦感兴趣，但他并不想探讨被无意识的黑暗所遮蔽的深处）。尤其是他的小说是一个为自身目的以托尔金的方式逃入纯粹幻想的令人感到慰藉的方式。归根结底，博尔赫斯的非现实是对这个世界的令人不安的暗示，他的人物可能有时居住在遥远的王国（巴比伦、古罗马）或想象的地方（巴别塔图书馆、模糊的东方环形废墟），但是本土的情境也经常间接地指向我们的世界。博尔赫斯不止一次说到他的幻想小说是寓言，隐蔽地对真实人类问题的评论。因此，即使是博尔赫斯描写一种非现实，他也是在通过其他的方式迂回的暗指现实。"[①] 但是，贝尔－维拉达对此问题的论述并没有充分展开，下面笔者将一一分析这些文学类型中的想象与博尔赫斯的幻想之间的异同。

一　博尔赫斯式幻想与科幻

这里要首先提及的是博尔赫斯式的幻想与科学幻想之间的关系。《特隆》收录于《小径分岔的花园》，博尔赫斯说这个集子"第七篇（《小径分岔的花园》）是侦探小说。……另外几篇是幻想小说"[②]，因此《特隆》是一篇幻想小说，但是博尔赫斯又在另一场合把这篇小说称为科幻小说。幻想小说、科幻小说之间的联系是什么呢？博尔赫斯常常表达自己对科幻小说的喜爱。尽管给科幻小说定义与给幻想小说定义一样困难，但以下这些定义可供参考。"科幻小说是幻想小说的一个分支，它的特点是使用物理学、空间、时间、社会科学和哲学的想象性思考创造出的科学可信氛

① Gene H Bell－Villada, *Borges and His Fiction*: *A Guide to His Mind and Art*, Chapel Hill: University of North Carolina Press, 1981, p. 43.

② ［阿］博尔赫斯：《博尔赫斯全集》（小说卷），王永年、林之木等译，浙江文艺出版社2006年版，第171页。

围，去缓解读者的悬而未决的追求神秘的愿望。”① “科幻小说是文学的一个分支，主要描绘虚构的社会，这个社会与现实社会的不同之处在于科技的发展性质和程度。科幻可以界定为处理人类回应科技发展的一个文学流派。”② “科幻小说是一种推测性小说，其目的是通过投射、推断、类比、假设和理论论证等方式来探索、发现和了解宇宙、人和现实的本质。”③ “‘科学幻想小说’与‘科学小说’、‘幻想小说’是不同的，只有同时具有‘科学’、‘幻想’、‘小说’三要素，才成其为科学幻想小说。”④ 根据以上几条关于科幻小说的定义来看，科幻小说是幻想小说的一支，科幻小说的想象与虚构占有很大的比重，这与博尔赫斯的幻想小说是一致的；而且两者也存在主题上的交集，例如：未来和可能的历史、乌托邦和梦魇、可能世界、时间旅行等，既是博尔赫斯小说的主题，也是科幻小说的主题。科幻小说通过想象、虚构与现实世界拉开的距离，它的部分主题及给读者带来的悬而未决的阅读感受与博尔赫斯的创作观念都是一致的。

博尔赫斯称《特隆》是一篇科幻小说的原因在于该小说处理虚构世界与现实世界关系的方法与科幻小说类似。《特隆》中描绘了一个虚构的星球，《特隆》中还出现了一些类似于外星物质的东西——沉重无比的“小圆锥体”——出现在地球上，就像科幻小说中有时空飞梭、外星人一样；更重要的是《特隆》中描绘了一个虚构的社会，这个社会与科幻世界的差别不在于科幻小说中的“科技”，而在于“形而上学”，尽管二者相去甚远，但是它们在虚构社会中所起到的作用是一样的，它们都改变了那个社会中的人的思想、行为、习惯，目的都是为了探究宇宙、人和现实的本质。

像《特隆》这样的小说在博尔赫斯的小说中毕竟是少数，博尔赫斯的

① 吴岩主编：《科幻文学理论和学科体系建设》，重庆出版集团2008年版，第8页。

② 同上书，第9页。

③ 同上书，第10页。

④ 同上书，第15页。

大多数小说与科幻小说是完全不同的，博尔赫斯的幻想主要依赖他的形而上学思想，而科幻小说则是通过科技来幻想。

二　博尔赫斯式幻想与魔幻现实

在20世纪80年代，对中国先锋作家产生较大影响的有魔幻现实主义潮流，它对中国当代文学的影响比博尔赫斯稍早，并且一直持续下来，后与博尔赫斯对先锋作家的影响并流，这就有必要对这两个影响源头进行辨析，以区别他们的不同，从而避免将两个影响源混为一谈。把博尔赫斯和马尔克斯混为一谈的作家并不在少数。先锋文学吸收了包括魔幻现实主义文学在内的20世纪多种文学潮流的影响，此处辨析的目的不是要说明博尔赫斯是对先锋文学的唯一影响，而是为了起到探明源流的作用。例如：马原就同时受到了来自博尔赫斯和魔幻现实主义的影响，尽管他认为只有拉美才具有产生这种文学样式的条件。在运用想象创造虚构情境时，马原在他的少数虚构小说中混合了博尔赫斯式的幻想和魔幻现实，如在《冈底斯的诱惑》中出现的史前生物的化石，以及青罗布驾着七七四十九只羊过河的故事，这些都是藏地独有的现象，具有浓厚的异域色彩。显然这种虚构具有魔幻现实主义的特点，但是马原的另一些小说则明显受到了博尔赫斯的影响。

先锋文学时期，不少批评家把博尔赫斯归为魔幻现实主义作家，这个问题至今还存在争议。1954年，安赫尔·弗洛雷斯①发表了题为《西班牙语美洲小说中的魔幻现实主义》的文章，文章认为：西班牙语美洲的魔幻现实主义诞生于1935年，因为这一年博尔赫斯发表的短篇小说标志了这种倾向。博尔赫斯是1935年以来的魔幻现实主义文学的典型作家，他此前翻

① 哥斯达黎加的旅美学者，正式使用“魔幻现实主义”来为这一文学流派命名并对其理论特征进行阐述。

译过卡夫卡的作品，因而卡夫卡是魔幻现实主义的鼻祖；所谓魔幻现实主义就是“现实与幻想融为一体”[①]，这类观点不在少数。再如西藏作家刘志华，他也把博尔赫斯看成是魔幻现实主义作家，“所谓‘魔幻’作家，马尔克斯更多地表现出经过改装的卓越的现实主义作家的风采，博尔赫斯却独树一帜开辟一个更新的前程，还有卡彭铁尔……”[②] 弗洛雷斯的观点现在看来是不准确的，1935 年博尔赫斯开始尝试叙事文体，主要是借助一些真实的历史题材，进行文体上的实验，追求巴洛克风格，作品多取材于真实的历史故事，叙述过程并没有“神奇的现实”出现，博尔赫斯真正开始写他的幻想小说是从他的创作中期开始，时间大约在 20 世纪 40 年代初。中国台湾也有学者将博尔赫斯归于魔幻现实主义一派，他们认为：魔幻现实主义应该分为两类，一类是神话或民俗风格，一类是学者风格。[③] 这一分类从表面上看没有什么问题，但是深究起来仍然不能成立，像博尔赫斯这样一个拒斥现实、反对现实主义文学的作家很难被归于魔幻“现实主义”作家。博尔赫斯的文学是非现实主义的。

让我们再来了解一下魔幻现实主义的定义。“什么是魔幻现实主义？关于这一问题，人们多有曲解误说，在中外学界比如拉美学界、欧美学界和中国学界，也存在着认识分歧。有关魔幻现实主义的定义界说、范围限定及其特征的阐释，从 20 世纪到今天仍然是众说纷纭，莫衷一是，但其间在某些方面也达成了一些共识。”[④] 博尔赫斯式幻想难以定义的情况与魔幻现实主义难以定义是一样的，但是根据基本共识仍然可以对它们进行区分。

卡彭铁尔用“神奇现实”来指称海地和整个拉美的魔幻现实，他所说

① 参见曾利君《魔幻现实主义在中国的影响与接受》，中国社会科学出版社 2007 年版，第 11 页。

② 刘志华：《超越西藏的反省——谈谈色波的三个短篇》，《西藏文学》1986 年第 7 期。

③ 参见刘雅音《豪尔赫·路易斯·波赫士之怀疑主义魔幻写实》，硕士学位论文，静宜大学，2003 年，第 1 页。

④ 曾利君：《魔幻现实主义在中国的影响与接受》，中国社会科学出版社 2007 年版，第 8 页。

的神奇现实是“现实突变的必然产物（即奇迹），是对现实的特殊表现，是对丰富的现实进行非凡的、别具匠心的启明，是对现实状态和规模的夸大。这种神奇现实的发现给人一种达到极点的、强烈的精神兴奋。然而，这种现实的发现首先需要一种信仰”①。拉美学界将这一定义看作拉丁美洲魔幻现实主义的宣言。卡彭铁尔的定义强调了现实，强调了魔幻现实是对“现实”的突变和特殊表现，因此魔幻现实主义的核心在于现实，只不过对它进行了“状态和规模”的夸大。另外，卡彭铁尔还认为这种现实是与拉丁美洲特定的地域文化现实相联系的，它和欧洲超现实主义文学所描写的现实有所不同：它不需要虚构想象，本身就是神奇的。这种神奇不仅来自自然与社会现实，也与当地人不无原始意味的信仰有关②。前文提到的马原的观点因袭了这一看法。魔幻现实主义是与地域文化联系在一起的，强调地域文化是魔幻现实主义的一个基本特点。魔幻现实主义所描述的“神奇的现实”对于异质文化来说是难以想象的，而对于拉丁美洲却是常识，它们来自自然界和社会现实，且并未经过虚构想象，理解这一点非常重要。

持有同样观点的还有魔幻现实主义大师马尔克斯。马尔克斯的作品充满令人惊愕又丰富多彩的现实，他是这样解释使他的作品名扬世界的自然神奇性的：

> 我住在哥伦比亚加勒比海边沼泽地区的热带丛林中一个被遗忘的小镇上。在那个地方，只有植物的气味对人的肠胃有害。在那种现实中，人们的生活同周围的事物有着神奇的联系。大海具有一切能够想象到的蓝色，飓风把居民的住房卷向天空，村镇笼罩着尘土，热气充满一切可以呼吸的空间。对加勒比的居民来说，各种自然灾害和人类

① 阿莱霍·卡彭铁尔：《这个世界的王国·序》，柳鸣九主编《未来主义·超现实主义·魔幻现实主义》，中国社会科学出版社1987年版，第470页。

② 同上。

的悲剧都是家常便饭。此外，在这个世界上还存在着非洲文化、奴隶带来的同大陆的印第安文化交织在一起的神话和西班牙文化的强大影响；尤其是安达卢西亚人的想象力，它产生一种非常特别的观念，一种对生活的神奇幻觉。这种幻觉使生活周围的一切带上一种奇妙的色彩，这是出现在我的小说中的整个加勒比地区所独有的。①

从马尔克斯的这段话中我们也可以看到魔幻现实主义与孕育它的文化之间不可割裂的联系。这种特殊的联系告诉我们，魔幻现实主义不需要过多的虚构和想象，它所描述的是拉美自然和社会生活中的一部分。马尔克斯还说：

魔幻情境和“超自然”的情境是日常生活的一部分，和平常的、普通的现实没有什么不同。对预兆和迷信的信仰和不计其数的“神奇的”说法，存在于每天的生活中。在我的作品中，我从来也没有寻求对那一切事件的任何解释，任何玄奥的解释。它不过是生活的一部分。所以，当人们认为我的小说是“魔幻现实主义”的表现时，这说明我们仍然受着笛卡儿哲学的影响，把拉丁美洲的日常世界和我们的文学之间的亲密联系抛在了一边。不管怎样，加勒比的现实，拉丁美洲的现实，一切现实，实际上都比我们想象的神奇得多。我认为我是一个现实主义作家，仅此而已。②

魔幻现实主义作家常常声称自己是现实主义作家，而博尔赫斯则以公开的态度激烈反对现实主义。魔幻现实主义中的现实是令人惊愕又丰富多彩的，但无论它多么离奇，多么难以被异质文化的人们所理解，归根结底，它仍然是现实的，也就是说魔幻现实主义中所描写的离奇的、超自然

---

① ［哥］加西亚·马尔克斯：《两百年的孤独》，朱景冬译，云南人民出版社 1997 年版，第 309 页。

② 同上。

的现象对于作者及与作者处于同样文化背景中的人来说是真实的，不是虚幻的。

重要的是，魔幻现实主义中离奇的、超自然的现象常常与鬼魂观念、冥间观念、迷信、方术、禁忌等联系在一起。博尔赫斯小说中基本上没有这些观念和习俗，尽管他的小说中也有一些离奇的情节发生，但是博尔赫斯总是尽量让它们以一种真实可信的外观出现，而且它们与现实的关系远不如魔幻现实主义那样紧密。

再来看博尔赫斯的幻想。博尔赫斯是一个深刻的唯心主义者，对于他来说除了思维过程之外，现实并不存在，所谓现实不过是观念而已。现实世界存在观念之中，精灵、魔鬼和桌椅板凳都是因为被感知而存在，它们是同样真实的。相比之下，不论魔幻现实主义如何“神奇”，它终究与现实脱不了干系，它只是以一种奇特的方式去写现实，一旦脱离了对现实的书写和对历史的观照，那它就失去了价值产生的根基，变得毫无意义了。

博尔赫斯的现实不以地域文化、本土现实为依托，而是由虚构和想象来完成的。这是博尔赫斯式的幻想与魔幻现实主义的魔幻现实的重要区别。人们也许会产生这样的疑问，博尔赫斯的幻想小说可以完全脱离现实吗？为什么他的小说中有那么多以阿根廷历史和现实生活为背景的街头混混儿、刀客呢？博尔赫斯小说中的确出现了许多阿根廷本土文化特色的事物，但是它们是无关宏旨的，把具有本土文化特点的地名、场景和人物及他们的职业、行为换成别的人物和场景，小说的主题基本不会受到影响，而大多数魔幻现实主义小说则不能作此推论。

也许马尔克斯对博尔赫斯的评价可以作为他与魔幻现实主义分属两类的旁证，“博尔赫斯是我读得最多的作家之一，可能也是我最不喜欢的作家之一”，“他是一个我无法忍受的作家”[①]，马尔克斯只是欣赏博尔赫斯运

① Garia Marquez and Vargas Llosa, *Dialogo*, pp. 53 – 54, qtd. Gene H Bell – Villada, *Borges and His Fiction*: *A Guide to His Mind and Art*, Chapel Hill: University of North Carolina Press, 1981, p. 36.

用语言进行叙述的能力，而对其他方面就不很喜欢了，如果博尔赫斯与他的创作理念相同，应该就不会有这种评价了。再看下面这段话：

> 莱阿尔认为，魔幻现实主义并不像超现实主义那样，从梦幻世界寻找创作的价值；也不像神话文学或科幻文学作家那样，去歪曲现实或创造幻想世界，魔幻现实主义首先是对现实所持的一种态度，即不是去臆造用以回避现实生活的世界——幻想的世界，而是要面对现实，并深刻地反映这种现实，表现存在于人类一切事物、生活和行动之中的那种神秘。莱阿尔指出，卡夫卡和博尔赫斯的作品是不能与魔幻现实主义相提并论的，因为魔幻现实主义的夸张是以现实为依据，并“顺乎当地人民群众的观念和意识”，而卡夫卡式的文学则给人创造出一种不堪接受的纯幻象，博尔赫斯的小说则是纯虚构的作品。①

关于博尔赫斯和卡夫卡的关系在下文中还将继续讨论，中国先锋作家极力主张虚构，创作了大量虚构情节的小说，与魔幻现实主义作家不同的是，先锋小说虚构的情节中少有魔幻现实主义小说中的“神奇的现实”，在这一点上，先锋作家更接近博尔赫斯。

三　博尔赫斯式幻想与超现实主义之“梦”

超现实主义文学也或多或少地对先锋作家产生过影响，且超现实主义文学中有一种与博尔赫斯式的幻想相近的特征，无论是博尔赫斯还是超现实主义者，他们都寻找“真实生活的梦的诉求”，都依赖强劲的想象力；然而，他们对“真实”“梦”有着不同的理解，所采用的叙述手法也有所不同。接下来我们将探讨博尔赫斯式的幻想与超现实主义文学的“梦”之

---

① 陈光孚：《魔幻现实主义》，花城出版社 1986 年版，第 193 页。

间的异同。

超现实主义文学是以安德烈·布勒东的《超现实主义宣言》为开端在法国兴起的一场文学运动。它的宗旨是反抗所有对艺术的自由创造的限制，依靠一种完全无意识的冲动，不由自主地写作，他们也探究梦的材料、介于睡与醒之间的心理状态和自然地或人为地造成的幻觉。超现实主义文学是与梦联系在一起的，它的秘方是无意识写作，无意识写作就是“脱离理性控制迅速留在纸上的句子的痕迹”①。从定义上来看“超现实主义，名词，阳性，是指纯心理的无意识状态，通过它，人们可以用口头的、书面的或其他任何方式来表达思想的真实活动。它是对思想的记录，不受理性的任何控制，也不考虑来自美学和道德的任何约束”②。在《超现实主义宣言》中，布勒东所说的“人是永恒的梦想者”变成了超现实主义文学的口号。“超现实主义既是一个文化运动，又是一种思想，一种梦幻。作为文化运动，它是诗人和艺术家大胆尝试的运动。作为哲学概念，它解析了理性的对立面。作为正在实践的梦幻，它歌咏了城市的魅力和精神错乱。它是一切高雅艺术的历史总结，把写作与潜意识，叛逆与爱情，日常不屑与乌托邦融为一体。”③

超现实主义者描写的梦境悠长而模糊，他们的梦不具有客观性，而是从睡眠中挖掘出来的宝藏。超现实主义者的梦是潜意识的表达，它不受理性控制，脱离了任何既定陈规的约束。让我们来看一段超现实主义的叙述：

我们热爱的大海不能承受如我们一般消瘦的人。它需要长着女人头的大象，它需要飞狮。笼子开着，旅馆却再次关闭，多么闷热啊！在船长的位置上，有一只漂亮的母狮，正在沙滩上草草画着它

① ［法］乔治·塞巴格：《超现实主义》，杨玉平译，天津人民出版社2008年版，第19页。
② 同上书，第3页。
③ 同上书，第1页。

> 的主人，并不时地低下头去舔他。发着磷光的大片沼泽正做着美梦，鳄鱼们又咬住了用它们的皮做成的箱子。在工头的怀抱里，采石女工乐不思蜀。就在此时，翻斗车喷出巨大的粉末，为一切做出了辩解。①

对于超现实主义者来说，客观事实总是与主观目的紧密结合在一起，当无意识写作与客观偶然突然碰到一起的时候就产生了超现实主义者想要捕捉的那个瞬间。他们的叙述是没有逻辑的，“热爱的大海”“承受”“消瘦的人”，以及“大片沼泽”“做着美梦”这些看似没有任何联系的意象，超现实主义者发现了它们的联系，其偶然结合体现了超现实主义者的某种思想或情感。

再看一段博尔赫斯对梦的叙述：

> 后来发生的事情扭曲了记忆，我们最初几天的路回想起来像是一团理不出头绪的乱麻。我们从阿尔西诺埃城动身，进入炙热的沙漠。我们经过那些食蛇为生、没有语言的穴居人的国度，还经过群婚共妻、捕食狮子的加拉曼塔人和只崇拜地狱的奥其拉人集居的地方。我们艰苦万状地穿过黑沙沙漠，那里白天的温度高得无法忍受，只有趁夜间稍稍凉爽一点的时候才能行走。……②

这是《永生》中的一段文字，小说的主题涉及永生给人类带来的影响。看起来与上面那段超现实主义的文字十分相似。它们都有一些稀奇古怪的形象，例如，“长着女人头的大象”“穴居人的国度”“飞狮”“黑沙沙漠”等。但是除却这些梦中的形象，我们会发现它们构成语句的方式是

---

① 《磁场》《食》，转引自［法］乔治·塞巴格《超现实主义》，杨玉平译，天津人民出版社2008年版，第40页。

② ［阿］博尔赫斯：《博尔赫斯全集》（小说卷），王永年、林之木等译，浙江文艺出版社2006年版，第197页。

不同的，前面一段文字中，形象的组合完全是任意拼贴，它们之间没有逻辑性，而意义显得模糊不清；而后一段文字则是逻辑清晰、语义明确的（从字面意义上讲）。博尔赫斯对梦境的描述是为了小说更深层的主旨服务的，就像《环形废墟》一样，整篇小说是对一个虚假故事的叙述，这个“梦”却具有深刻的意义。

在博尔赫斯这里，梦是题材的供应者，在获得非常短暂而不那么清晰的题材之后，博尔赫斯对它们进行了加工，而且这个加工过程受到理性的严格控制。梦境的迷乱已经不复存在了，取而代之的是智性的完备和严密。博尔赫斯的叙述永远都是那么简洁，而简洁里透露出来的是其清晰、严密的思路，还有严肃的理性。

博尔赫斯为比奥伊·卡萨雷斯的《莫雷尔的发明》所作的序言值得注意。他评价“阿尔多福·比奥伊·卡萨雷斯在本书的字里行间幸运地解决了这样一个难题：用幻觉、幻想和象征（而不是超现实的假定）谱写了一部新的、充满奇迹的《奥德赛》”①。值得注意的是，幻想与超现实是两个不同的概念，博尔赫斯对他们作了区分。在序言中博尔赫斯扩展了自己对魔幻文学或幻想文学的看法，在此之前他曾在《叙事的艺术与魔幻》一文中表明过自己的观点。

另外，博尔赫斯并不了解超现实主义，当他被问及在多大程度上受惠于超现实主义时，他说：“事实上我对超现实主义知之甚少。”② 博尔赫斯的幻想和超现实主义的梦之间存在巨大的差异，博尔赫斯对梦境的叙述是理性的、清晰的、主旨明确的，而超现实主义者是不受理性约束的、任意性的、充满感情的。因此，我们在分析博尔赫斯对先锋作家的影响时，可以排除超现实主义的因素。

---

① ［阿］比奥伊·卡萨雷斯：《莫雷尔的发明》，赵英译，花城出版社1992年版，第2页。

② 理查德·伯金编：《博尔赫斯谈话录》，王永年译，上海译文出版社2008年版，第103页。

四　博尔赫斯式幻想与“卡夫卡式”的梦魇

卡夫卡的作品表达了“梦幻式的内心生活”①，然而，卡夫卡是一个深刻关注现实的作家，尽管他的方式被认为是充满梦魇的。卡夫卡关注人类精神的孤独、存在的荒诞与痛苦、绝望地反抗一切制度，他的作品表现了他对现实世界的态度。“为了完成这个任务，卡夫卡创造了另一个世界，它就是这个世界的现实”②，这另一个世界是卡夫卡幻想中的世界，它与现实世界是统一的，他的幻想世界是对现实世界的隐喻和象征。因此，从这种意义上我们可以把卡夫卡称为现实主义作家。阿多诺就说过：“现在，现代艺术在表现现实问题时非常认真严肃，致使幻想与虚构完全受到冷落。现代艺术不仅仅是要复制现实的外观。相反的，真正的现代艺术在避免为现实所污染的同时，也一味地复制或再现现实。譬如，作家卡夫卡的力量就归功于这种对现实的否定感。他遵从如何这般（Comment c'est）的原则，其作品中毫无奇异的东西，不像有些人所认为的那样。”③ 卡夫卡的幻想世界触及了现实的本质，它不是再现现实，而是以一种迂回的方式提出了对现实的批判。

把卡夫卡和博尔赫斯进行比较的另一个原因还在于博尔赫斯曾经受到卡夫卡的影响。“我认为卡夫卡教导我写了两篇相当糟糕的故事《通天塔图书馆》和《巴比伦彩票》。当然，我欠卡夫卡的情。当然是那样。我从中得到乐趣。与此同时，我不能老是看卡夫卡的东西，于是我就停止了。我按照那种模式只写了两篇故事便放弃了。当然，我欠卡夫卡很多情。我

---

①　叶廷芳主编：《论卡夫卡》，中国社会科学出版社1988年版，第644页。

②　［法］罗杰·加洛蒂：《论无边的现实主义》，吴岳添译，百花文艺出版社2008年版，第111页。

③　［德］阿多诺：《美学理论》，王柯平译，四川人民出版社1998年版，第34页。

佩服他，我想一切通情达理的人都会那样做的。”① 博尔赫斯式幻想和卡夫卡的幻想具有相似之处，“对博尔赫斯而言，它也是达到某种更高实在的方式，他以他最优秀的小说创作说明了这一点，被称作是‘卡夫卡式’的幻想主义。在更普泛的意义上，我们看到，通过虚构，往往使写作这门艺术最大限度地接近了无限的心灵活动”②。博尔赫斯和卡夫卡在运用想象、虚构来创造文本世界时，他们的“幻想”也许并没有太大的差距，不同之处在于他们各自的幻想世界指向的意义完全不同。

博尔赫斯和卡夫卡同样都把梦看作是现实，他们的情节常常发生在现实与梦的临界点上。关于博尔赫斯的梦与“现实”的关系，前文已有充分论述。博尔赫斯的梦魇和卡夫卡的梦魇还有一个相似点，即都在讲述梦魇的过程中保持了高度的清醒。他们的梦都不是弗洛伊德意义上的“白日梦”，也不同于超现实主义的幻觉状态，不是“潜意识”的世界，他们两人是文学史上少有的清醒的说梦者，再没有人比他们更冷静和更富有激情地讲述梦境了。

然而，他们各自的幻想世界所隐含的意义却指向了不同的“现实”。如果说卡夫卡的梦魇指向一个非理性的、荒诞的、残酷的现实世界，那么博尔赫斯的梦魇则指向一个理性的、整饬的、柏拉图式的理念世界，尽管达到这个世界梦一般的途径看似是混乱、枝蔓，如同迷宫一般。简单地说，卡夫卡的梦是现实生活，博尔赫斯的梦是理念世界。

那么，这里会产生一个问题：既然我们把博尔赫斯的梦魇称为“卡夫卡式”的，博尔赫斯式的幻想在本质上和卡夫卡没有区别，只是在意义的指向上有区别，那么是否可以说先锋小说家们在强调“虚构”这一点时同时接受了博尔赫斯和卡夫卡的影响呢？那么先锋小说中出现的大量不指涉现实、政治、历史的现象又如何解释呢？马原的《虚构》《冈底斯的诱

① 理查德·伯金编：《博尔赫斯谈话录》，王永年译，上海译文出版社 2008 年版，第 255 页。

② ［阿］博尔赫斯：《博尔赫斯文集》（文论自述卷），高尚、陈众议编，海南国际新闻出版中心 1996 年版，第 8 页。

惑》，格非的《褐色鸟群》《青黄》《迷舟》，孙甘露的《信使之函》《访问梦境》《请女人猜谜》，余华的《此文献给少女杨柳》《世事如烟》等，这类少有现实指涉的小说，又是从何而来的呢？

第三节　先锋作家对博尔赫斯式幻想的关注

博尔赫斯受到了对创新充满强烈愿望的中国先锋作家的青睐，博尔赫斯曾说过："经典是一个时代的作家以先期的热情和神秘的忠诚而选择阅读的书。"① 马原、格非、残雪、余华、孙甘露、潘军、吕新、鲁羊、韩东、朱文等作家都选择了阅读博尔赫斯，文学经典的影响力可谓巨大。

对叙述方式的灵活运用被认为是先锋作家最突出的特征，但是技法的改变是由更深层次的观念的转变而导致的，"从本质上说，新潮小说最大的颠覆性还是表现在观念层面上，正是有了观念上的'反动'才有了新潮小说那惊世骇俗的极端化文本实验"②。但是，研究者对观念的转变的关注较之于对"技法"的关注显得不足。正如罗布 - 格里耶认为的那样——文学的不断改变主要在于真实性概念在不断改变，博尔赫斯的幻想小说给中国先锋作家的强大冲击力就来源于他小说中的"现实"与"非现实"之间的关系，它引起了先锋作家群对"现实"问题的共同思考，对博尔赫斯的这种艺术特质的思考的集中性和深刻程度都是类似现象中少有的。以下我们将先锋作家对博尔赫斯式的幻想的关注分而述之。

马原是受博尔赫斯影响最大的作家之一，他在随笔、对话、讲稿中经常会提到博尔赫斯，然而有时候说喜欢他，有时候说不喜欢他；有时候坦然承认受到了博尔赫斯的影响，把自己的方法与博尔赫斯的方法相提并

---

① 参见［阿］博尔赫斯《博尔赫斯全集》（散文卷上），王永年、林之木等译，浙江文艺出版社 2006 年版，第 511 页。

② 吴义勤：《中国当代新潮小说论》，江苏文艺出版社 1997 年版，第 21 页。

论，有时候却又显得不那么心甘情愿。马原对博尔赫斯的矛盾心理更能说明他与博尔赫斯之间存在复杂的关系，马原主张的虚构与博尔赫斯式的幻想之间的关系尤其值得关注，在下文中这种复杂的关系将得到深入探讨。

博尔赫斯的“虚幻”也深深吸引了余华。余华写过《博尔赫斯的现实》一文，着重分析了博尔赫斯小说中现实与非现实的关系，他认为博尔赫斯在小说中表现的“现实”是一种完全不同的现实，他还认为“虚幻”是博尔赫斯小说最迷人、最独特的地方，而读者面对这种“虚幻”时会产生强烈的“怀疑”也受到了余华的关注。余华看到的正是博尔赫斯的“幻想”，而这一点必然会对余华的“虚构”产生深远的影响，下文将就此影响辟专节讨论。

一　残雪对博尔赫斯式幻想的关注

残雪的作品常常是进入了一个超现实的梦和象征的臆想世界，吴亮认为：“就通常的理性眼光来阅读残雪的小说，这个世界实在是太陌生太隔膜太幽暗了，它难道不是一种连续性的痴语和梦话吗？”① 残雪在《我心目中的伟大作品》一文列出了自己心目中的伟大作家，“在我的明星列表中，有这样一些作家：荷马、但丁、弥尔顿、莎士比亚、塞万提斯、歌德、卡夫卡、博尔赫斯、卡尔维诺、圣·德克旭贝里、托尔斯泰、果戈理、陀思妥耶夫斯基等等”②。博尔赫斯在这些作家中占据了一个十分重要的地位，残雪的《解读博尔赫斯》是中国作家较为全面地对博尔赫斯作品的解读，它由残雪发表的一系列阐释博尔赫斯的文章结集而成，这一系列文章原名《伟大的幻想事业——博尔赫斯系列评论》。《解读博尔赫斯》一共七十四

① 吴亮：《一个臆想世界的诞生——评残雪的小说》，《残雪文集》（第四卷），湖南文艺出版社1998年版，第348页。

② 残雪：《残雪文学观》，广西师范大学出版社2007年版，第123页。

篇，每一篇对博尔赫斯的一篇小说进行解读，涉及博尔赫斯的大部分小说。然而《解读博尔赫斯》中存在残雪对博尔赫斯的误读和再创造，这种创造性误读具有许多深层原因，包括文化差异，阐释者的期待视野，主观上的创造性等复杂因素。《解读博尔赫斯》是一个双重的游戏，残雪用自己主张的文学观念去解读博尔赫斯的文本，她把博尔赫斯解释成了另一个卡夫卡。

当残雪被问及她是否与魔幻现实主义有联系时，她是这样回答的："按我个人的划分，博尔赫斯才应该叫魔幻现实主义。他的所有的作品都与大众公认的现实无关，他描写了一个内在的世界，他自己的现实，灵魂的现实，那个现实魔幻得不得了。他太怪了，我想，即使在其他国家，真正懂得他的作品的人也不多。"① 像许多作家的自我陈述一样，残雪在此并不遵循约定俗成的理解，而是"以意为之"，将此概念彻底个人化了。她称博尔赫斯是魔幻现实主义作家大概是因为她并没有深究这个名词的含义，她看到了博尔赫斯描写了一个自己的现实世界，与大众认识不同的世界，这是不错的；可是这种现实并不是残雪一贯强调的生存现实，博尔赫斯的表现对象是与此不同的另一种现实。

残雪强调的是潜意识写作，她的写作"向读者提供一个美丽的心灵世界，这个世界比表面的所谓'现实'重要得多。这个梦幻般的世界比我们的'现实'更大、更深，人类永远在探索它，但永远不可能把握它"②。残雪认为中国文学缺乏幻想的传统，因为中国缺乏理性。"缺乏理性、缺乏幻想的传统，有理性就有幻想，没有理性也就没有幻想。"③ 残雪对此的解释是从人性的结构出发的，她认为"人性要冲破理性的钳制就会发挥幻想，理性反弹出幻想。一般中国人理解为理性是消灭幻想的，其实人作为

---

① 残雪.《残雪文学观》，广西师范大学出版社 2007 年版，第 18 页。
② 同上书，第 20 页。
③ 同上书，第 24 页。

一个人，高贵的是理性，理性才可反弹出幻想”①。而博尔赫斯的幻想文学显然受到理性的高度控制，因为对形而上学主题的表达不容许潜意识的混乱状态。

残雪执拗于她的精神世界，激烈地反对现实主义。“历史啊（外部的），现实啊（表层的），说到底就是现实主义那一套。现实主义曾是文学中的最大派系，但谁都知道它已经辉煌不再，而诺贝尔奖评委还将其理论当作天经地义，实在太落伍了。”② 在对待现实主义的态度上，她与博尔赫斯是一致的，但是残雪把博尔赫斯看成是一个表现“灵魂对抗”的作家有以己度人的倾向，“人性的东西，就是人的原始之力，人的原始的冲动和人的理性，这两个东西的那种纠缠和斗争。不断地纠缠，不断地对抗斗争，向上升华，达到那种自由。当然每一个作家他的版本都不同，但都是从这个核心出来的，我觉得博尔赫斯就是那样的作家”③。从某种意义讲，博尔赫斯的小说并不展现普遍人性，我们似乎无法指出其小说中有哪几个人物具有生动的形象、丰满的性格、复杂的心理，博尔赫斯小说中的人物像是一个个符号，它们是用于形而上学精密计算的符号。

《解读博尔赫斯》的附录是一篇名为《属于艺术史的艺术——卡夫卡与博尔赫斯的小说》的文章，残雪把博尔赫斯与卡夫卡并置在一起评论，但忽略了两个作家的差异。“处在同一个世纪里的这两位艺术上的先行者，他们都远远地超出了自己的时代，并以崭新而奇特的形象刷新了读者们的古老记忆。读者会发现在创作的境界上他们两人有许多相通之处，他们那些各展风姿的象征意象，时常在读者脑海里引起相似的联想，不断刷新的重叠，逆向的汇合，同一版本的升华，以及不同版本的还原。读者会惊叹这是完全同质的创造，也会感到这是两种完全不同的发挥。……然而这两位艺术家还是由于其相似的走极端的狂热，同样的处世的高傲，凡事要追

---

① 残雪：《残雪文学观》，广西师范大学出版社 2007 年版，第 24 页。

② 同上书，第 59 页。

③ 同上书，第 75 页。

傲视群雄到底的执着，极少有人能达到的深邃、卓越的形式感和奇妙的抽象能力，神秘的冥想能力，以及几乎是无限的承担痛苦的能力，使他们较他人更为相接近。”① 残雪把博尔赫斯和卡夫卡等同起来，认为二者之间有很大的相似性，“生存模式”“灵魂”“痛苦”“极端的尘世体验”是残雪用来评价这二位作家的词语，它们用来评价卡夫卡比用来评价博尔赫斯更合适。

二　格非对博尔赫斯式幻想的关注

格非可谓对博尔赫斯推崇备至的作家。他在《博尔赫斯的面孔》一文中写道：“在八十年代中后期的文学圈子里，博尔赫斯这几个字仿佛是吸附了某种魔力，闪耀着神奇的光辉”② 格非的部分小说让人产生如真似幻的感觉，这与博尔赫斯的联系是不可否认的。在《博尔赫斯的面孔》中格非充分认识到博尔赫斯最重要的文学特质——幻想：“中国本来就有比较偏重现实，爱好实利的世俗传统，‘幻想’的空气虽较为稀薄，但也出现了《庄子》《世说新语》《聊斋志异》，乃至《红楼梦》一类的伟大的作品。可到了近现代，热衷于形而上幻想的作品越来越稀罕了，而到了九十年代之后，随着全民经济热潮的急剧升温，特别是文学界对‘欲望’的重新命名和书写，‘博尔赫斯’们的湮没毫不足怪。”③ 但是与我们已经提到的和即将提到的先锋作家不同的是，格非也许是最准确地认识到博尔赫斯的幻想特质的先锋作家，他对博尔赫斯小说与形而上学的关系的把握也十分准确，他说：“博尔赫斯属于一个时断时续却相对稳定的文学和哲学传统。在哲学上有叔本华、休谟、卢克莱修和帕斯卡尔，而文学上则有威尔斯、霍桑和卡夫卡。我说博尔赫斯易遭误解，首先一个理由是，他试图表

---

① 残雪：《解读博尔赫斯》，人民文学出版社 2000 年版，第 208 页。

② 格非：《博尔赫斯的面孔》，《卡夫卡的钟摆》，华东师范大学出版社 2006 年版，第 181 页。

③ 同上书，第 183 页。

达的内容，在常人看来本来就是虚幻的。其次，他用的手法是隐喻性的，他是一个无可争议的比喻收藏家。”① 格非则十分注重隐藏在博尔赫斯叙述背后的“智慧、知识、历史的化身”，而余华对博尔赫斯小说的智慧则显得有些不以为然，因此格非和余华在受到博尔赫斯影响时表现出两种不同的倾向。

格非认为博尔赫斯沉湎于冥想宇宙的浩瀚和时空的无穷奥妙所组成的虚幻之境，“他（博尔赫斯）本人亦很容易成为虚幻的一个部分”，“博尔赫斯一生依赖于书本，前人的文字不仅哺育了他的想象，给予他形式技巧和哲学方法，也给了他取之不竭的素材”②，关于博尔赫斯与书籍的关系我们在前文中已有论述。格非还准确地分析了博尔赫斯与卡夫卡的关系。“博尔赫斯虽然并不否认卡夫卡作为一个描述官僚制度和人类绝望困境的作家所具有的意义，但他更愿意将卡夫卡看成一个幻想小说的作家，卡夫卡的作品‘修改了我们对于过去的观念’，也就是说创造了幻想小说的先驱……”③ 他认为博尔赫斯的论述本身就是一种幻想，较之于残雪对博尔赫斯与卡夫卡之关系的充满个人色彩的分析，格非的认识更为客观、准确。

在格非看来，博尔赫斯是一个超越现实的作家，他的哲学基础是唯心主义的，他的世界观是相对主义和虚无主义，这些认识都是相当准确的。格非引述了别人的说法，“博尔赫斯的小说是超政治的（或者说超越现实）的，他观察、思考世界的方式基本上是唯心主义的，他的哲学和世界观则是相对主义和虚无主义。从本质上来说，他认为世界是不可知的、神秘的”④。格非认为“在众多的追随者眼中，博尔赫斯的小说由于远离了社会现实、政治层面的一般描述和典型化的创作方法，反而给‘想象力’留下

① 格非：《博尔赫斯的面孔》，《卡夫卡的钟摆》，华东师范大学出版社2006年版，第184页。
② 同上。
③ 同上书，第185页。
④ 同上书，第186页。

了足够多的空间，从而解除了创作上的许多束缚”①，这表明格非看到先锋作家正是受到了博尔赫斯的影响，从而在写作中获得了更多自由。

格非进一步评价了20世纪80年代中后期中国先锋作家接受博尔赫斯的状况，他认为当时中国作家普遍受到博尔赫斯的影响，但是这并不意味着中国作家能够理解博尔赫斯的哲学思想，更为关键的是格非认为“相当一部分人只不过是借助于他作品的幻想色彩，为处于敏感政治学、庸俗社会学、陈腐的历史决定论重压下的中国文学找到一条可能的出路，这是一个权宜之计。这也在某种程度上导致了副作用的出现，那就是对博尔赫斯的误解”②。此外，格非在这篇文章中还分析了博尔赫斯的“游戏说”、时间观和历史观，格非对博尔赫斯的认识的准确和深刻超过了同时期的其他作家。

格非至今仍然对博尔赫斯情有独钟，尽管如今的情况与20世纪80年代中后期正好相反，人们以是否仍然喜欢博尔赫斯作为判断一个作家是否有前途的标准。格非说：“坦率地说，直到今天，我仍然对博尔赫斯有所眷恋，这被许多人认为不可救药。”③ 研究者季进在《作家们的作家——博尔赫斯及其在中国的影响》一文中分析了博尔赫斯在叙述上对格非的影响，论述主要分为以下三个方面，“文本含文本”结构，“循环型结构”，“迷宫型结构”，④ 主要是从叙述结构的角度来分析二者的相同点和影响关系的。

三　苏童和其他作家对博尔赫斯式幻想的关注

苏童热爱短篇小说，“很多朋友知道，我喜欢短篇小说，喜欢读别人的短篇，也喜欢写”⑤。他多次提到博尔赫斯对自己的影响：“大概是在一

① 格非：《博尔赫斯的面孔》，《卡夫卡的钟摆》，华东师范大学出版社2006年版，第186页。

② 同上。

③ 同上书，第187页。

④ 季进：《作家们的作家——博尔赫斯及其在中国的影响》，《当代作家评论》2000年第3期。

⑤ 苏童：《狂奔·自序》，《狂奔》，人民文学出版社2008年版，第1页。

九八四年，我在北师大图书馆的新书卡片盒里翻到书名，我借到了博尔赫斯的小说集，从而深深陷入博尔赫斯的迷宫和陷阱里，一种特殊的立体几何般的小说思维，一种简单而优雅的叙述语言，一种黑洞式的深邃无际的艺术魅力。坦率地说，我不能理解博尔赫斯。我为此迷惑，我无法忘记博尔赫斯对我的冲击。"① 从苏童这段话我们可以看出博尔赫斯对他的影响是巨大的。苏童在自己的短篇小说集的序言中称博尔赫斯是"历史上最伟大的短篇小说家"②，苏童给予博尔赫斯如此高的评价，他在创作短篇小说的过程中主动学习和借鉴博尔赫斯就是毋庸置疑的了，他还引用了博尔赫斯《霍桑》中说的一段名言，卡夫卡创造了霍桑，伟大的作家创造了自己的先驱，而且在这个过程中证明了先驱作家们的正确性，苏童完全认同博尔赫斯的说法。谈及自己受到博尔赫斯的影响这一问题时，较之于一些先锋作家对自己师承关系的讳莫如深，苏童总是表现得十分坦诚。

博尔赫斯说他写小说时并没有从政治或者道德观点考虑，他只是努力做到忠实于情节和梦想。他说他的作品的优点是写成之后会产生很多种意义，不过多种意义的产生只取决于作品，而不是他本人的意图。他本人是有政治观点的，但他不让它们干预和篡改自己的文学。③ 苏童也有类似的表述："我是更愿意把小说放到艺术的范畴去观察的，那种对小说的社会功能、对它的拯救灵魂、失去社会进步意义的夸大，湮没和扭曲了小说的美学功能。小说并非没有这些功能和意义，但对于一个作家来说，小说原始的动机，不可能承受这么大、这么高的要求。小说写作完全是一种生活习惯，一种生存方式。"④ 博尔赫斯和苏童都强调小说的审美和文本的自治，他们都认为追求小说的道德教诲意义和社会批判功能会削弱小说的美学功能，小说都是他们的一种生活方式。基于这种观念，小说要避免表现

---

① 苏童：《寻找灯绳》，江苏文艺出版社 1995 年版，第 145 页。

② 苏童：《狂奔 · 自序》，《狂奔》，人民文学出版社 2008 年版，第 2 页。

③ 参见博尔赫斯《博尔赫斯谈话录》，王永年译，上海译文出版社 2008 年版，第 161 页。

④ 林舟：《苏童——永远的寻找》，《中国当代作家访谈录》，海天出版社 1998 年版，第 81 页。

过多的现实才能充分实现它的美学目的。

苏童以自己的短篇小说证明了“博尔赫斯的正确性”。张学昕认为苏童把博尔赫斯对他的影响圆融地化解在自己的作品中，不露痕迹：

> 苏童小说，特别是短篇小说的构思、表现风格、艺术体貌的形成与博氏小说在一定程度上有着密切的灵感启迪关系。可以说，后者的影响已完全渗透在艺术作品之中，经过苏童的消化、理解、吸收，已成为小说的有机组成部分。①

叶兆言也或多或少的受到过博尔赫斯的影响，但这种影响却与其他作家不同，他有意回避博尔赫斯是为了保持自己独特的风格。他说：“我早就接触过博尔赫斯，那时他并不火爆，后来一直有意识地保持距离，原因是出现了那么多的模仿者，我不该再凑那份热闹。从短篇小说来讲，博尔赫斯无可挑剔。怎么说呢，像你讲的，写短篇我愿意跳开莫泊桑，尽管莫泊桑不管怎么说在短篇上算是一个里程碑，但我愿意从他这儿跳开。我喜欢的短篇小说，下来应该是契诃夫，还有毛姆和吉卜林，这两人其实应算是一个，可以归为一类，都是异国情调，接下来是海明威，然后是博尔赫斯，我觉得这些人的作品都是经典的，不读他们的名篇是不对的。”② 或许，叶兆言对当时的文学情况认识得更清楚；或许“对流行的先锋后设、魔幻写实风格，叶显然能玩上两下，但这并非他所长。更值得注意的反是他作品中强烈的通俗化倾向”③。

孙甘露也十分喜欢博尔赫斯，在其作品中也经常提到博尔赫斯或引用他的作品。他的《相同的另一把钥匙》中有这么一句话：“这么多年我一直在做着同样的事——油漆工和写作《火之书》。”④ 《火之书》明显是对

① 张学昕：《虚构的热情——苏童小说的写作发生学》，《当代作家评论》2005 年第 6 期。

② 叶兆言、余斌：《午后的岁月》，广西师范大学出版社 2002 年版，第 97 页。

③ 王德威：《当代小说二十家》，生活·读书·新知三联书店 2006 年版，第 201 页。

④ 孙甘露：《忆秦娥》，上海书店出版社 2007 年版，第 88 页。

博尔赫斯的《沙之书》的戏拟。《海与街景》的题记也引用了博尔赫斯的一句话："只有不属于时间的事物，才在时间里永不消失。"[①] 在《访问梦境》中他写道："这部书的写作无疑是受了阿根廷人博尔赫斯出版于1975年的一部短篇小说集的启示。但故事是关于古老中国的历史的。"[②] 陈晓明在《无边的挑战：中国先锋文学的后现代性》写道：

> 孙甘露对幻觉的迷恋构成了他所有叙述的出发点。孙甘露凭着他诗意的笔触和游方术士般的想象把幻觉（和梦境）叙述得无比奇异而美妙。幻觉在孙甘露的叙述里呈现，捉摸不定却又时时闪烁着诗性的感悟之光——正是这"光"构成了幻觉存在的真实性，这是孙甘露处理幻觉的绝招。[③]

季进则认为："孙甘露没有那种关于自在真实的现象世界的意识，他只是对博尔赫斯的梦幻世界有着天然的亲切感受，被博尔赫斯的整体世界所感动：'在被介绍过来的有限的博尔赫斯的著作中，玄想几乎是首次以它自身的面目不加掩饰地凸现到我们面前。……他使我们又一次止步于我们的理智之前，并且深感怀疑地将我们的心灵和我们的思想拆散开来，分别予以考虑。这样博尔赫斯又将我的平凡的探索重新领回到感觉的空旷地带，迫使我再一次艰难地面对自己的整个阅历。……正是此刻，世界的要素像遥远的背景一样衬托着我们。'这个遥远得无法看清也没必要看清的背景之上，也就出现了孙甘露《访问梦境》《信使之函》《请女人猜谜》等一批作品。"[④]

从以上的概述中可以看到先锋作家群十分关注博尔赫斯的"幻想"

---

① 孙甘露：《忆秦娥》，上海书店出版社2007年版，第114页。

② 孙甘露：《访问梦境》，长江文艺出版社1993年版，第265页。

③ 陈明明：《无边的挑战：中国先锋文学的后现代性》，广西师范大学出版社2004年版，第99页。

④ 季进：《作家们的作家——博尔赫斯及其在中国的影响》，《当代作家评论》2000年第3期。

“虚幻”“虚构”，在先锋作家对外国作家的探讨中，很少见到如他们关注“博尔赫斯式幻想”如此集中的现象。这一现象说明除了较为直观叙事的影响之外，博尔赫斯式的幻想对先锋作家的观念产生了很大的冲击，而且观念的冲击发生了叙事实验之前。先锋作家的“虚构”与博尔赫斯的“幻想”在文本层面存在什么样的关系这一问题却没有得到深入的探讨。

第六章　博尔赫斯幻想的魅惑

第一节　马原：此虚构非彼虚构

一　马原对博尔赫斯式幻想的关注

本节探讨的是博尔赫斯所强调的“幻想”、马原所强调的“虚构”，以及它们之间的关系。

马原前期的小说主要是写内地生活，如《新忏悔录》《蟋蟀又叫了》《零公里处》等，这些小说表现的是马原亲身经历、参与的生活而获得的经验，以及他从社会、人生中领悟到的一些道理。马原的西藏生活小说风格与这些小说截然不同，这其中必然有某种文学观念的更替。

马原对博尔赫斯十分着迷，曾经每天读一两篇博尔赫斯的小说，他觉得博尔赫斯的小说读起来不是很轻松，一本不厚的博尔赫斯小说集够一般人读上一个月①。博尔赫斯在马原的言论中出现频率可能要算先锋作家中

① 参见马原《虚构之刀》，春风文艺出版社 2001 年版，第 134 页。

最高的，以至马原说："我甚至不敢给任何人推荐博尔赫斯，我经常绕开他老人家去谈胡安·鲁尔弗。原因自不待说，对方马上就会认定：你马原终于承认你在模仿博尔赫斯了！"[①] 这句话中透露出马原对博尔赫斯的复杂心理。马原受到博尔赫斯的影响这一点已是不争的事实，尤其是马原的小说在叙述层面与博尔赫斯有许多相似之处，不少先锋文学研究者论证过这个问题。

马原说："在叙述上影响我最大的，一个是英国的菲尔丁，另一个是瑞典女作家拉格洛夫，我把海明威和博尔赫斯排在第三第四。"[②] 博尔赫斯对马原的影响已经得到了他本人的承认。尽管在别的地方"马原说过'不喜欢'博尔赫斯、鲁尔弗、马尔克斯、略萨的话，他仍然遮掩不住受博尔赫斯影响的痕迹"[③]。

马原多次在自己的作品中引用或提及博尔赫斯。例如《游神》《黑道》两篇小说分别引用了《环形废墟》和《特隆、乌克巴尔、奥比斯·特蒂乌斯》中的句子作为题记，在《涂满古怪图案的墙壁》中马原也提到了博尔赫斯的《沙之书》[④]，"陆高终于发现这部手稿与他正在读的另一本阿根廷人博尔赫斯所著的叫《沙之书》的书非常相似，同样没有接续的页码，没有逻辑序列的叙述，有的只是一节一段的，跟发生过的、正在发生的、必然要发生的事件的叙述。陆高在这部手稿中曾经读到的部分他要重新读时就找不到了，他后来知道了所有记述的只能出现一次……"[⑤]

马原的《细读精典》第二讲对博尔赫斯的著名小说《小径分岔的花园》作了详细的解读。马原发现博尔赫斯的小说总是以读史的方式进入，

---

① 马原：《有马原的风景》，郭春林编《马原源码》，同济大学出版社 2008 年版，第 493 页。

② 马原：《阅读大师》，上海文艺出版社 2002 年版，第 249 页。

③ 樊星：《影响·契合·创造——比较文学视野中的当代中国大陆文学》，博士学位论文，华中师范大学，1999 年，第 107 页。马原表示不喜欢博尔赫斯出自许振强、马原《关于〈冈底斯的诱惑〉的对话》，《当代作家评论》1985 年第 5 期，原作者注。

④ 参见马原《爱物》，作家出版社 1997 年版，第 119 页。

⑤ 马原：《游神》，浙江文艺出版社 2001 年版，第 295 页。

“博尔赫斯很多小说都这样，开始以读史的方式进入，他拿大量记录阿根廷、拉美、世界历史的典籍说话。”[①] 小说是把《欧战史》上的一个段落拿出来，在引用了史书上的一段原文之后，博尔赫斯写道：“下面这一段由余琛博士口述，经过他复核并且签名的声明，却给这个时间投上了一线值得怀疑的光芒。”接下来就是余琛的证词，整篇小说都是中国人余琛的说辞。从历史书中来的“真实”人物貌似说的话应该真实可信，而且还是证词，这就给整个故事带来了某种真实感，但是事实是否如此还是一个很大的问题。可以看出马原关注一个十分重要的问题，即小说的真实性问题，博尔赫斯的写法是“值得怀疑”的。事实上博尔赫斯在小说的开头营造真实感的手段很多，不只是局限于读史的方式，但目的都是明确的——设置小说的虚构层。

在《阅读大师》一书中，马原多次提到博尔赫斯，其中《海明威的男人哲学》一文值得注意，他在文中这样评价博尔赫斯的《等待》：“他（博尔赫斯）把生活和想象、梦境和现实都混淆在一起，煮成了一锅乱粥。”[②] “博尔赫斯的小说，你读了之后，真是一连串的幻觉和梦魇。”[③] 尽管马原在此并没有对博尔赫斯的小说的“幻想”进行充分的论述，但是有一点可以得到证明，博尔赫斯小说中模糊现实与梦境这一关键因素已经被马原所意识到。

马原认为博尔赫斯最大的魅力是“虚拟”，这个词语不甚准确，但似乎很难找到一个准确的词去与博尔赫斯在小说中所表现的那种真真假假、虚虚实实的风格相对应，马原在这里所言之“虚拟”也许正是前文已经论述的“幻想”。无论马原如何否认自己的风格不是“虚拟”，重要的一点是他在某一个创作时期受到了博尔赫斯的影响。从以上马原对博尔赫斯的评论可以看出，马原对博尔赫斯小说的“幻想性”有所关注，但是对幻想的

---

① 马原：《细读精典》，复旦大学出版社 2007 年版，第 28 页。

② 马原：《阅读大师》，上海文艺出版社 2002 年版，第 19 页。

③ 同上。

理解与博尔赫斯有所不同，这必然会对马原的写作产生影响。

马原说过："有一些批评家说我受博尔赫斯的影响比较重。博尔赫斯确实是我很喜欢的一个作家，我想他最大的魅力是虚拟，但是我不是。"[①]批评家和马原为什么对同一问题有不同看法呢？马原的小说到底是不是"虚拟"呢？

"虚构"已经成了马原的标签，他的虚构观念与博尔赫斯的"幻想"有着千丝万缕的联系，但它们的区别也是相当明显的。

在《另一种悬念》中，马原仔细分析了博尔赫斯的小说《等待》，马原说："实际上不是他视死如归，他实在是混淆了梦和醒，混淆了现实和想象，混淆了生活和艺术。博尔赫斯是作家们的作家，阅读博尔赫斯小说的可能更多是作家，是艺术家，他的小说留给同行们的提醒可能更多，想象空间可能更大。我们从他那里会汲取营养，写我们自己的故事。"[②]马原敏锐地看到了《等待》混淆了现实和想象，混淆了生活和艺术，也就是作品的幻想性。他认为"由于作家本身的现实和幻觉的这种交织，产生了我们今天据说的虚构写作的成果——小说，以及由此带来的电影，这些都是虚构叙事作品"[③]。

前文中我们提到了虚构的三个层次，但是马原所说的"虚构"应该是指上文中提到的虚构的第三个层次，即小说的根本性质——虚构。而这一虚构与博尔赫斯经常提到的虚构有本质上的不同。

博尔赫斯说："我对虚构作品的创作很感兴趣，当然，对阅读也感兴趣。但是我认为我们称之为虚构的东西，从作为真实象征的意义上来说，也有可能是真实的。如果我写一篇虚构小说，我不是随心所欲胡诌一通。相反的是，我在写代表我的感情或思想的东西。因此，从某种意义上说，

① 马原：《虚构之刀》，春风文艺出版社2001年版，第133页。
② 同上书，第137页。
③ 同上书，第16页。

虚构小说和源于环境的小说同样真实，也许更真实。”[①] 博尔赫斯在这里区分了虚构小说和源于环境的小说。源于环境的小说主要是指现实主义风格的小说，因为现实主义高度依赖环境的真实性，博尔赫斯所指的虚构小说是不依赖真实环境的小说，博尔赫斯小说中的环境都来源于文学，用虚构的材料进行重新组合、编排从而创造新的环境，实际上就是“杜撰”。博尔赫斯所说的虚构与马原对虚构的理解的区别即在于此。

二 马原的虚构观念

在马原的《虚构之刀》一书中他就现实问题写了一篇名为《现实与虚构》的文章，在文章中表明了他对现实的看法。他认为“文艺创作是离不开现实的，因为人类的社会生活是任何文艺创作的原料基地，但是这不等于现实生活就是文学艺术作品，不应该将现实主义视为一条僵化的教条，更不等于尊重现实主义，就去复制现实照搬现实，甚至去解释、体现现实中的某些条文”[②]。在反对把现实主义教条化之后，马原认为现实主义在不同的作家那里可以得到不同的解释，例如卡夫卡这个不那么“现实主义”的作家就声称自己是现实主义的。马原提出了这样的观点，“存在的即是现实的”，“现实分为两种，一种是被公众感官所能触摸从而被公众认可的现实。另一种是每个人脑子里的、心里的现实。我们不能因为它是无形的不可见的，因为它不是具体的，我们就否认这种现实的存在”[③]。马原对现实的区分其实是对现实的唯物主义和唯心主义的不同看法，脑子里的、心里的现实其实是另一种现实的存在方式。马原认为“作家的现实，特别是小说家的现实是心理现实或是主观的现实”[④]。

---

① 理查德·伯金编：《博尔赫斯谈话录》，王永年译，上海译文出版社2008年版，第99页。
② 马原：《虚构之刀》，春风文艺出版社2001年版，第2页。
③ 同上。
④ 同上。

马原把现实分为客观现实和主观现实，“作家的现实”倾向于后者，主观的现实。这种区分方法是唯物论者的方法，客观存在永远是第一性的，主观永远是第二性的，虽然马原声称作家更倾向于后者，但是并不表明他不承认物质世界是第一性的，也不能证明他和博尔赫斯一样彻底遵循唯心主义的原则，把整个世界看作是“观念”。关于这一点，在下文中将得到证明。

马原还说过：“与利用逆反心理以达到效果有关的，是每个写作者都密切关注的多种技法。最常见的是博尔赫斯和我的方法，明确告诉读者，连我们（作者）自己也不能确切认定故事的真实性——这也就是在声称故事是假的，不可信。也就是在强调虚拟。当然这还要有一个重要前提，就是提供可信的故事细节，这需要丰富的想象力和相当扎实的写实功底。不然一大堆虚飘的情节真的像所申明的那样虚假，不可信，毫无价值。”① 马原的这段话充分说明在创造“虚拟”的方法上，他与博尔赫斯是完全一致的，我们也能从这儿看到马原前后矛盾，前文中他强调自己的主要方法不是虚拟；另外，博尔赫斯认为凡是能够被谈论的事物就是真实的，因此既然能够被书写，那么它就是真实的，他认为“虚假的事物”这一说法本身就是自相矛盾，这与马原的认识有所不同。对于博尔赫斯笔下的故事而言，它的虚构性更是毋庸置疑的。在西方，小说的本质即是虚构这一观念早已深入人心。因此，马原关于博尔赫斯自己也不能认定故事的真实性的说法值得商榷。

关于马原所说的“提供可信的故事细节”，我们在分析博尔赫斯时也提到过这一点。在虚构和幻想的情节中加强对细节的描写可以加强真实感。《虚构》中马原对玛曲村的描写非常真实。玛曲村里的人物形象都比较丰富，丰富的对话和对心理活动的描写，使人物变得生动，这也是马原以想象力和写实功底来塑造的结果。

---

① 郭春林编：《马原源码》，同济大学出版社 2008 年版，第 472 页。

马原在虚构创作过程中所处的“白日梦”状态与博尔赫斯的状态有所不同。马原认为在虚构过程中，作家处于一种白日梦状态，这与弗洛伊德在《创作家与白日梦》中所提到的作家的活动状态是一致的，他认为“白日梦”这一概念特别准确。而且马原写作时，喜欢拉上窗帘，让自己在台灯的光束下写作，因为在台灯下，他可以比较好地进入幻觉状态①。马原说：“弗洛伊德写过《作家的白日梦》，专门对作家写作过程中的心理活动做过相对比较深入的研究。白日梦这个说法在最近一百年里，基本上被广泛接纳了。可能是因为，这个说法和作家个人的经验能够吻合的部分还是比较多——我这是以己度人的方式，我自己很深切地体会到白日梦这个说法特别准确，弗洛伊德原著原文怎么说我不知道，我们翻译过来，就叫‘白日梦’，在汉语里，我体会‘白日梦’真是特别准确的一个定义。”②可是，博尔赫斯会在最清醒的状态下去努力编织他的梦，像象棋大师的布局一样，这不是“白日梦”状态下可以完成的，虽然博尔赫斯写“梦”，但他不是以“白日梦”的状态在写，博尔赫斯对“梦”的加工是理性的、逻辑的，这与马原所说的如梦般的创作状态是不同的。

我们以马原的《虚构》为例，说明博尔赫斯的“幻想”是如何影响马原的。《虚构》是马原作品中受博尔赫斯的幻想小说影响最大的作品之一，发表于1986年，正值马原创作的高峰期。

在分析小说之前，有一点是值得注意的：马原去过麻风村。“最典型的就是我写麻风村的小说《虚构》。我去过麻风村，关于麻风病，我从专家介绍、从一些书籍上也有涉猎。我写的《虚构》应该既是现实又是幻觉，我写这个小说完全是在夜里写的，它有特别强的梦魇的性质，它太像一场梦，整个气息都像一场梦。在小说结尾，我人为地把这个故事在时间中抹掉了，让它在时间上不存在。”③ 他始终强调的是他去过故事发生的地

---

① 参见马原《虚构之刀》，春风文艺出版社2001年版，第5页。

② 马原：《现实的虚构》，《作家》2001年第9期。

③ 马原：《虚构之刀》，春风文艺出版社2001年版，第15页。

方，故事是在真实的情境中发生的，这是真的。

马原在《虚构》中交代了自己写小说时的一些想法，“我其实与别的作家没有本质的不同，我也需要像别的作家一样去观察点什么，然后借助这些观察结果去杜撰。天马行空，前提总得有马有天空”①，这是马原经常说起的一句话；“比如这一次我为了杜撰这个故事，把脑袋掖在腰里钻了七天玛曲村”②，这些话都能表明，马原是基于现实材料的基础上进行创作的，他的小说是关于他所观察到的事物的故事，这一点非常重要。在观察的基础上，马原才去“杜撰这个故事”，他“只是要借助这个住满病人的小村庄做背景”，马原需要使用这七天时间里得到的观察结果，然后再去“编排一个耸人听闻的故事”③。博尔赫斯却说他自己“从来不在自己的生活中寻找创作题材，我从来没有这种想法。听说有人为了写一个国家而专程前去，使我觉得可笑”④。博尔赫斯的文学观念与马原的文学实践截然相反。博尔赫斯小说中的那些幻想的环境、人物是从他博览的虚构文学中来的，是对虚构的虚构。

马原利用麻风村这一现实情境进行了加工和创造，他所写的大多是真实存在的事物，当然他具有充分的再创造的想象力。在这个意义上，我们可以把这篇小说称为具有现实主义特征的小说。而且我们有理由相信《叠纸鹞的三种方法》《拉萨生活的三种时间》《冈底斯的诱惑》等一系列以西藏为背景的小说的背景具有很强的现实性，因为马原在西藏生活过很长一段时间，西藏对于马原来说是十分熟悉的真实环境。马原小说的开头和结尾用意太明而显斧凿痕迹，强调小说的虚构性。而在博尔赫斯的小说中开头和结尾都与故事浑然一体，在小说的真实与虚构之间暗度陈仓。

---

① 马原：《现实的虚构》，《作家》2001 年第 9 期。

② 马原：《虚构》，作家出版社 1997 年版，第 3 页。

③ 同上。

④ ［阿］博尔赫斯：《作家豪尔赫·路易斯·博尔赫斯谈博尔赫斯》，《巴比伦彩票》，王永年译，云南人民出版社 1993 年版，第 2 页。

这似乎与博尔赫斯创作的出发点有所不同。博尔赫斯不是先从现实中观察得到素材然后再进行虚构创作。他在小说中虚构、杜撰的那些故事的素材，还是源于他所读过的小说（虚构）和玄想，这就是虚构的虚构。以“文学反映论”来反驳这一点是没有意义的。诚然，博尔赫斯小说中也存在大量现实情境：现实中的人物，布宜诺斯艾利斯的街道、咖啡馆等真实地名，他的目的是为了使“虚构”故事具有某种真实感，然而这些地名又不那么真实，它们往往是具有久远的时间，或已经被人遗忘的地点：一方面，这样做可以加强“虚构”故事的真实感；另一方面，又可以给作者充分的想象空间，这是典型的博尔赫斯的叙述策略。

西藏是马原生活过的地方，也是他创作素材的来源，西藏这个大多数人感到陌生的领域客观上给小说带来了一种“虚幻”或“神秘”效果，同时给他提供了很大的想象空间，这使他的“杜撰”“编排”成为可能。虽然马原与博尔赫斯的出发点不一样，但这一做法与博尔赫斯的创作在效果上相似。博尔赫斯说：“我要写真实事物，但我觉得现实主义很艰难，特别是在你想让作品具有当代气息的时候。如果我写一篇有关布宜诺斯艾利斯某处真实的街道或者地区，马上就会有人指出当地不是那样说话的。因此我认为作家不如找一个时间或空间比较遥远的主题。我打算把我小说的背景设在比较远的时间，比如说50年前，把地点设在布宜诺斯艾利斯不太有名的或者被遗忘的地区，以致谁都不会知道那里的人们是怎么说话、怎么行动的。我觉得这就给了作家更大的想象自由。我相信读者看到以前发生的事情会比较高兴，因为他不必面对现实，不需要把作者说的东西加以对照比较。”① 在马原的小说中，遥远的西藏对于很多人来说神奇而陌生，然而西藏又是真实存在的地区，因此，作为虚构小说的背景对于马原来说是极佳的选择。

《虚构》诚如马原所言“太像一场梦，整个气息都像一场梦”，马原所

---

① 理查德·伯金编：《博尔赫斯谈话录》，王永年译，上海译文出版社2008年版，第79页。

说的梦是一种创作时的状态，也是他所写的故事所带给人们的感觉，但是，它不是博尔赫斯所说的“梦”，博尔赫斯的梦不过是现实的同义语罢了。马原写作《虚构》的状态与无意识写作十分相似，吴亮说：“我断言马原是在无意识中从事《冈底斯的诱惑》的写作的。”① 这句话同样可以用于《虚构》。“当然是《虚构》这部小说将马原的小说纳入白日梦的范畴之内。马原的小说其实不太像做梦，也不大写梦。”②

在叙事技巧上，《虚构》采用了多种博尔赫斯的叙述手法。《虚构》中有马原的参与，就像博尔赫斯的许多小说中有博尔赫斯、博尔赫斯现实中的朋友（卡萨雷斯）一样，他们大都在小说中起到模糊真实与虚构界限的作用，因为真实人物出现在虚构故事中，可以增强虚构故事的真实性，这是叙述技巧所产生的效果，也可以称为形式的功能。只需要回顾一下博尔赫斯的《特隆、乌克巴尔、奥比斯·特蒂乌斯》《博闻强识的富内斯》《南方》《阿莱夫》等，就能发现这一叙述手法在博尔赫斯的小说中是多么常见。在马原的小说《叠纸鹞的三种方法》《拉萨生活的三种时间》《虚构》等小说里，“马原”也是直接参与其中的人。这种叙述方法使“博尔赫斯”“马原”不仅担负第一叙事人的角色，而且还成了旁观者、目击者、亲历者。一个真实人物出现在完全由作者虚构的故事中与一个真实的人出现在“不全是作者虚构的故事”中的效果是不一样的。从马原借鉴的叙述技巧来看，它们都有一个共同的特征，即在模糊现实与虚构的界限时起到十分重要的作用。

不妨再来看看另一篇小说《黑道》，小说题词是《特隆、乌克巴尔、奥比斯·特蒂乌斯》中的一句话：“镜子和交媾，都是污秽的，它们同样使人口数目增加。”经过仔细辨析，《黑道》是对博尔赫斯小说《南方》的戏仿，在小说的关键部分，马原试图用梦境来模糊现实与非现实之间的

---

① 吴亮：《马原的叙述圈套》，《当代作家评论》1987 年第 3 期。

② 张玞：《虚构的帝国——评马原小说》，《当代作家评论》1990 年第 5 期。

界限，使现实暗度陈仓转入非现实。例如：

我要说那些对读者有意义的部分。总之读者应该知道我睡了。在我睡着的时候这个小客栈又来了一个人，那个人，这个故事的主角。还要说说这个小客栈。[①]

这里，马原设置了一个叙事圈套，“在我睡着的时候，这个小客栈又来了一个人，那个人，这个故事的主角”这句话是小说的关键，因为“我”已经睡了，接下来的叙述有可能只是梦境。对幻想小说缺乏经验的读者极有可能把下文仍然当作对现实的叙述来读。马原机敏地利用了读者不设防的心态，以极为“现实主义”的笔调描述了小客栈和客栈老板：

这是两幢草原上习见的泥巴房，低矮然而方正，两幢房子并排，中间隔了大约二十步，房前是我来去的那条小路，再向前就是湖边的大片滩涂了……湖水……滩涂……房子后面是……[②]

这种现实主义的描述增强了现实感，从而把毫不设防的读者引向对现实的理解，认为下面发生的事件是真实的。接下来“睡着”与“醒来”又出现了好几次，使读者进一步产生疑惑，这一切到底是发生在梦中还是现实中呢？《南方》中博尔赫斯不也是运用几个梦境使读者在不知不觉中进入理解的歧路吗？

马原写于1985年的《冈底斯的诱惑》的题记：“当然，信不信都由你们，打猎的故事本来是不能强要人相信的——拉格洛乎。”[③] 马原早已经预料到了这篇小说产生的阅读效果，《冈底斯的诱惑》的读者不仅仅是传统意义上的阅读者，而且还是小说的参与者。不然，马原作品中出现的那些

---

① 马原：《游神》，浙江文艺出版社2001年版，第268页。
② 同上。
③ 同上书，第161页。

令人生疑的地点、人物、事件也不会让那么多读者产生“他们到底是真的还是假的”的疑问，“马原在煞有介事地以自叙或回忆的方式描述自己亲身经验的事件时，不但自己陶醉于其中，并且把过于认真的读者带入一个难辨真伪的圈套，让他们产生天真多余的疑问：这真是马原经历过的吗？（这个问题若要我来回答，我就说：‘是的，这一切都真实地发生在小说里。至于现实里是否也如此，那只有天知道了！’）”①。在前文中我们在分析博尔赫斯式的幻想时引用了托多洛夫对幻想文学的定义，其中读者反映——犹疑，在幻想小说中起到十分重要的作用，也是幻想小说的重要特征。这里，并不是想把马原的小说定义为幻想文学一类，而是想说明，马原的虚构小说在叙事层面达到了与博尔赫斯小说相同的效果，具有“幻想文学”的特征。

三　马原的“虚构”对博尔赫斯式“幻想”的变异

马原小说的“虚构”具有博尔赫斯小说的特征，尤其是叙述策略上明显受到了博尔赫斯的影响。通过仔细比较，不难发现二者之间的差异。

如果说马原的小说是通过对现实材料进行加工创造，融入作家的个体经验和想象，那么马原的虚构与传统小说的虚构并没有太大的差别。这仍然是现实主义的创作观念变形而来的一种方式，只是利用现实材料进行再创造时所进行加工的尺度问题，因为马原把“现实”放在一个十分重要的位置，是他进行创作的材料和基础。让我们来看看下面这段话：

> 他们看我的小说就是从《冈底斯的诱惑》开始，就是看我关于西藏的小说。我的西藏题材的小说应该说写的全部是我自己在情境中发生的事情，我给读者讲的都是真事，但读者通常并不相信我说的是真

---

① 吴亮：《马原的叙述圈套》，《当代作家评论》1987 年第 3 期。

> 的。这是怎么回事呢？可以这么说，比如我今天早上遇见一桩事，我遇见这桩事的真实情形已经过去了，就好像河水已经流走了，那个时间已经过去了。当我再跟张三李四说起今天早上这件事时，实际上我说的已经不是当时的真实事件，而是我自己对那件事的描述，这描述中已经有我个人的生活经验、判断经验和语言经验，已经有我诸多的经验掺入其中，已经不是真实的事件本身了。我一直认为我们不可能知道真实的历史，我们读到的所有历史都是虚构的。①

马原的创作方法主要是以丰富的想象对真实情境进行再加工和再创造，他对现实题材和现实经验有很强的依赖性，这与博尔赫斯的幻想是不同的。虽然马原的部分小说具有模糊梦境与现实差别的现象，然而马原并未在这种混沌的情境中寻求一种超自然的解释，马原所有的作品都以现实为基本立足点。

第一，马原的小说虽然是以西藏为背景，然而西藏的神秘性很少体现在作品中，读者看到更多的是西藏的风土人情和习俗，而且它们并没有太多的想象成分，例如天葬。但是天葬只是让人感到陌生和神秘，而它背后所体现的某种世界观、宗教观并没有在作品中体现出来。西藏只是作为人物活动的一个客观环境而存在。这并不等于说马原对西藏的神秘性没有认识，他认识到了，却未能把这种文化的神秘性与他的虚构小说结合在一起。

第二，马原小说是立足于现实的虚构，这种虚构方式并未完全颠覆传统现实主义小说的书写方式，他的小说以现实为题材进行加工创作，人物基本上都循规蹈矩，具有正常的思维能力和行为能力，在马原小说中基本上看不到临界幻想的存在，没有类似于《博闻强记的富内斯》中那样的人物。如果说博尔赫斯的小说描述了一个“可能的世界”，那么除了小说

---

① 马原：《虚构之刀》，春风文艺出版社 2001 年版，第 87 页。

《虚构》之外，马原的大部分小说仍然描述的是一个“真实的世界”。

第三，马原的部分小说所呈现出的幻想特征与博尔赫斯的幻想小说所呈现出的特质十分相似，但是，马原作品的幻想特征是由叙事策略所带来的，也就是说它是由形式本身所具有的功能所赋予的。它并未体现这种叙述功能背后的世界观。

博尔赫斯的小说中总是有高于语言和叙述的层次，即形而上学。它们以极其完美的形式呈现出来，博尔赫斯的思想和他采用的叙事策略是完美的融合。如果说博尔赫斯是用一种美学形式去表达形而上学的沉思的话，那么他所运用的小说形式是这一主题的完美载体，但是马原的小说却是从另一个方向出发的，他用一种可以承载某种思想的小说形式去写小说，然而不是系统的、缺乏目的地对某些新的形式的运用，使小说背后的意义显得模糊不清、碎片化，因此，读者往往有云里雾里的感觉：这篇小说到底在说什么？但是这并不妨碍马原的小说形式客观上带来了“虚幻感”。

马原声称自己相信迷信、鬼神、上帝等，一切可以信的他都信，他说自己是一个“科学的泛神论者”，“以牛顿和爱因斯坦的方式信奉上帝”①。马原并不是一个所谓的泛神论者，至少，这种泛神论观点没能体现在他的作品中。相反，在他的小说中一切都显得真实，不仅是因为没有神秘主义因素的参与，还因为马原对世界寻求一种“自然”的、现实的解释，而不是超自然的解释。有论者试图去寻找马原的观念对他的故事的影响，结果找到的是神秘主义、不可知论等思想，“我想用叙述崇拜、神秘关注、无目的、现象无意识、非因果观、不可知性、泛神论与泛通神论这八个词来概括马原的观念”②，恐怕也是根据马原自己的说法而得出的结论。

研究者常常提到马原小说的神秘主义，这里所说的神秘主义是马原的创作观念，而不是指作为小说背景的西藏的神秘性。但是与之不同的意见

① 许振强、马原.《关于〈冈底斯的诱惑〉的对话》，郭春林编《马原源码》，同济大学出版社 2008 年版，第 438 页。

② 吴亮：《马原的叙述圈套》，《当代作家评论》1987 年第 3 期。

显得更加有力："有人说马原的小说中充满了神秘色彩，我倒是觉得除了马原笔下的拉萨生活本身赋予了这种色彩之外，便无其他神秘的东西。神秘感的产生主要在于人们不习惯于非因果叙事方式，无因可寻，无果可找，时间断续，空间零碎，便觉得不可思议了，突发性、偶然性和种种可能情形的大量介入更加强了这种感觉。其实，比照一下你投身其中的现实生活，你便不会觉得神秘感是作者故意玩玄制造出来的，非逻辑非线性的经验本身即构成了人与世界的真实关系，这是对人的永恒的诱惑。"①

让我们再来看看马原的恐怖小说《拉萨生活的三种时间》。恐怖小说是幻想小说的早期形式，它们的联系在于读者都参与其中并经历某种紧张感。这篇小说可以看成是对博尔赫斯小说《事犹未了》的戏仿，它与博尔赫斯的小说《事犹未了》具有完全相同的结构，博尔赫斯自言这篇小说是他模仿洛夫克拉夫特的短篇小说，而此人则常常不自觉地模仿爱伦·坡。马原的这篇小说和博尔赫斯的小说一样，都是恐怖小说。他们在小说的前半部分都构建了一个恐怖的、令人惊悚的情境，但引起这种恐惧的原因一直秘而不宣，在阅读这种小说时读者一直会处于一种想要知道结局的胶着状态，而且会对引起这种恐怖氛围的原因产生强烈的好奇心，当这种好奇和紧张达到顶点时，小说戛然而止，并揭示原因。博尔赫斯的《事犹未了》是这样结尾的：

> 我的脚踩到倒数第二档时，觉得斜坡上有谁上来，沉重、缓慢、脚步杂乱。我的好奇心压倒了恐惧，以致眼睛都没有闭上②。

《拉萨生活的三种时间》是这样结尾的：

---

① 张新颖：《马原观感传达方式的历史沟通——兼及传统中西小说观念的比较》，《上海文论》1988 年第 1 期。

② ［阿］博尔赫斯：《博尔赫斯全集》（小说卷），王永年、林之木等译，浙江文艺出版社 2006 年版，第 423 页。

先是枪声，接着是那块面积大约四分之一平方米的纤维板翻了个儿，接着是嘴里衔着血淋淋死老鼠的黑贝贝挂到了我向上举起的枪口，接着是午黄木的惊呼，接着是我老婆持续十几天的哀恸。①

两篇小说都在最后一段结束并揭示前文一直引起恐怖感的原因。博尔赫斯的小说没有指出到底是什么让那座房子充满了恐怖气氛，而“沉重、缓慢、脚步杂乱”表明从楼梯走上来的极有可能是一个多足的怪物，正如博尔赫斯在前文中暗示的那样：“那个居住者会是什么模样的呢？这个星球对它说来是难以容忍的一样，它来这里要寻找什么？它从宇宙或时间的哪些秘密的领域，哪个古老而如今无法计算的晨昏，来到这个南美洲的郊区和这个夜晚？”② 小说的结局终究没有明确地说明它到底是什么，而马原的结局则简单明了，以一只黑猫作为恐怖气氛的解释。

前文中提到过《〈莫雷尔的发明〉序》中，比奥伊·卡萨雷斯提出短篇幻想小说还可按其结局归为三类：（1）需要超自然的解释；（2）有幻想的而不是超自然的解释；（3）既可以做超自然的又可以做自然的解释。博尔赫斯在评价小说《南方》时的话表明他最欣赏的是最后一种结局，在《事犹未了》中可以得到进一步的证明，他把最终的解释权交给了读者，既可以把它解释为自然事物，也可以解释为超自然事物。而马原的小说则是从自然世界中寻求解释，而马原对自然法则的求证则充分透露出马原对现实的理解。

正如赵稀方所指出的那样：“马原完全是从现实性的角度理解博尔赫斯的，与博尔赫斯的后现代立场可以说南辕北辙。他将博尔赫斯的虚构性手法，理解为一种对读者逆反心理的利用。……也就是说，声言虚构是为了解除读者戒备心理，让读者更加相信叙述的真实，正如布莱希特的‘间

① 马原：《马原文集》（卷三），作家出版社1997年版，第85页。

② ［阿］博尔赫斯：《博尔赫斯全集》（小说卷），王永年、林之木等译，浙江文艺出版社2006年版，第423页。

离效果'一样，这与根本没有虚构与真实之分的博尔赫斯无疑有天壤之别。他首先运用的申言虚构性的手法，其目的并不是为了打破所谓的意义尝试，恰恰相反，是为了更好地加强意义深度。"① "马原相信现象世界的真实，故省略后面其实隐藏着不同的哲学观，马原相信现象世界的真实，故省略并不影响他对于现实真实的表现，在博尔赫斯的小说里，现实的经验与虚构的想象并无区别，这才构成了真正的迷宫。"②

马原的小说把当时的小说往现实主义相反的方向延伸了很远，他的小说不再以社会功能为价值取向，"尽管马原的意义不再具有意识形态普遍化的实践功能，但是，他远离意识形态普遍化的叙事方法被视为当代文学历史转型的重要标志，则又构造了一个回到文学自身的神话，在文学有限性的范围内，它标志着新时期的终结，和后新时期的到来"③，如果单就当时马原的小说形式给人们带来的新奇感，这种评价是准确的，但是并不能说明马原的虚构小说是建立在新的现实观基础之上，他以一种旧的现实观来写"虚构"小说，但是与博尔赫斯的幻想小说存在了明显差异，而且马原小说形式化倾向严重。

第二节　余华：徘徊在博尔赫斯和卡夫卡之间

一　余华对博尔赫斯的虚构的关注

1998 年，余华写了一篇《博尔赫斯的现实》，在文中余华对博尔赫斯的现实观念进行了论述。博尔赫斯与现实之间极其特殊的关系引起了余华

---

① 赵稀方：《博尔赫斯·马原·先锋小说》，《小说评论》2000 年第 6 期。

② 同上。

③ 陈晓明：《中国当代文学主潮》，北京大学出版社 2009 年版，第 341 页。

的高度关注，余华认为这种关系只被少数人了解，但是它是吸引人们的关键，它值得仔细地研究，从而发掘其中的秘密。“作为一位作家，博尔赫斯与现实之间似乎也有一个密码……很少有作家像博尔赫斯那样写作，当人们试图从他的作品中眺望现实时，能看到什么呢？”①

余华带着这样的好奇去探索了博尔赫斯的“现实”问题，发现了“他的叙述里转身离去的经常是一些古老的背景，来到的又是虚幻的声音，而现实只是昙花一现的景色”②。他发现了博尔赫斯小说中的环境、叙述者声音及现实之间存在一种奇特的关系。

“他也谜语一样地选择了自己的现实，让它在转瞬即逝中始终存在着。”③ 而博尔赫斯与现实之间的谜语一般的关系是“博尔赫斯叙述时的全部乐趣”④。为了理解博尔赫斯的这种乐趣，余华首先分析的作品是博尔赫斯的小说《乌尔里卡》，这篇小说收录于《沙之书》（1975）之中。小说的开头博尔赫斯是这样写的：“我的故事一定忠于事实，或者至少忠于我个人记忆所及的事实，两者相去无几。事情是前不久发生的，但是我知道舞文弄墨的人喜欢添枝加叶、烘托渲染。”⑤ 余华认为这个开头是令人费解的，令人费解之处在于博尔赫斯说“忠于事实”，又说“忠于记忆所及的事实”，在博尔赫斯的观念中二者本来相去甚远，回忆也是一种创造，但此处他以反讽的语调写道“两者相去无几”；另外是“客观事实”与“作家的事实”二者也相去甚远，那么小说将要写下的是哪一种事实在一开头就让读者摸不着头脑。

《乌尔里卡》的情节十分简单，主人公哈维尔和乌尔里卡在五修女院相遇，两人一路交谈甚欢，到了客栈之后“我第一次也是最后一次占有了

---

① 余华：《博尔赫斯的现实》，《读书》1998 年第 5 期。

② 同上。

③ 同上。

④ 同上。

⑤ ［阿］博尔赫斯：《博尔赫斯全集》（小说卷），王永年、林之木等译，浙江文艺出版社 2006 年版，第 395 页。

乌尔里卡肉体的形象”[①]。余华详细分析了“形象”一词，他认为“形象”一词使“肉体”立刻变得虚幻了，这一结尾让博尔赫斯在开头声称忠于的“事实”倏地飞走了。

余华认为博尔赫斯用“形象”这个词“虚拟”乌尔里卡的肉体是为了让读者离开现实，这种叙述方式在博尔赫斯的叙述中是普遍的，他认识到博尔赫斯对“非现实”的处理更有兴趣，这是相当准确的。此外，余华注意到了这样一种现象：在与富恩斯特的交谈中，博尔赫斯在谈到自己时从来不用“我”，而是用第三人称来指代自己。这让他想起了博尔赫斯的另一篇文章《博尔赫斯和我》，小说中出现了一个年迈的博尔赫斯，一个年轻的博尔赫斯，两个博尔赫斯的相遇和对话令人感到十分迷惑，而最后博尔赫斯写下了这样一句话：“我不知道我俩之中是谁写下了这一页。”[②] 前文中我们已经提到“双重人格”是博尔赫斯自己所认定的四种幻想小说的写法之一。

余华清晰地认识到“怀疑”在博尔赫斯的叙述中起到的重要作用，他认为在博尔赫斯的诗歌、故事、随笔，甚至前言里，“怀疑”流行在他的叙述之中，从而使他的叙述经常出现两个互相压制又互相解放的力量。我们在前文中分析托多洛夫的定义时，“怀疑”是作为幻想的一个内在特性而存在的。余华认为博尔赫斯的独特之处就在于他的叙述有意让读者迷失方向，而且博尔赫斯乐此不疲。

余华把这一切归结于叙述的力量——总是假装要确定下来又永远无法确定地叙述，这正是博尔赫斯区别于其他作家的地方。博尔赫斯的叙述也会带来一种使读者置身于迷宫之中找不到出路的迷惑感，“他的故事总是让我们难以判断：是一段真实的历史还是虚构？是深不可测的学问还是平易近人的描述？是活生生的事实还是非现实的幻觉？叙述上的似是而非，

---

① ［阿］博尔赫斯：《博尔赫斯全集》（小说卷），王永年、林之木等译，浙江文艺出版社2006年版，第399页。

② 同上书，第148页。

使这一切都变得真假难辨”[1]，作家余华对博尔赫斯的作品充满了疑惑，这种疑惑也是所有博尔赫斯的读者所经历的。

余华试图为博尔赫斯努力在作品中制造迷雾的做法寻找合理性。余华认为，作为图书管理员的博尔赫斯的现实观之所以独特的一个原因还在于他的现实是与他的文学世界紧密联系在一起的，博尔赫斯把文学看作现实，关于这一点前文“博尔赫斯的现实”一节已有所论述，此处不再赘述。余华的看法是准确的，他认为博尔赫斯“有理由将自己的现实建立在九十万册的藏书之上，以此暗示他拥有了与其他所有作家完全不同的现实，从而让我们读到‘无限、混乱与宇宙，泛神论与人性，时间与永恒，理想主义与非现实的其他形式’。《迷宫的创造者博尔赫斯》的作者安娜·玛丽亚·巴伦奈切亚这样认为：‘这位作家的著作只有一个方面——对非现实的表现——得到了处理。’”[2] 余华还研读了有关博尔赫斯的研究成果，安娜·巴伦奈切亚是一个重要的博尔赫斯研究者，他的博尔赫斯研究被其他研究者广泛引用。余华认同巴伦奈切亚的看法，即博尔赫斯在小说中以极其高明的手法处理了“非现实”。

余华接下来分析了博尔赫斯的另一篇小说《沙之书》。“在那篇关于书籍的故事《沙之书》里，我们读到了一个由真实堆积起来的虚幻。一位退休的老人得到了一册无始无终的书。”[3] 余华对这篇小说的把握是相当准确的，他认为这篇小说是“一个由真实堆积起来的虚幻”。余华引用了《沙之书》的若干文字，用这些最为突出的部分来说明博尔赫斯是如何将读者的阅读带离现实，走向令人不安的神秘的。他在对《沙之书》的论述中开始逐渐地关注起叙述策略了。他引用了这篇小说中一些十分离奇的细节，例如页码的排列、不断从书里冒出来的书页，因记录插画页码很快用完的笔记本。

---

① 余华：《博尔赫斯的现实》，《读书》1998 年第 5 期。
② 同上。
③ 同上。

"博尔赫斯在书前引用了英国玄学派诗人乔治·赫伯特的诗句：……你的沙制的绳索……他是否在暗示'沙之书'其实和赫伯特牧师的'沙制的绳索'一样地不可靠？然而在叙述上，《沙之书》却是用最为直率的方式讲出的，同时也是讲述故事时最为规范的原则。我们读到了街道、房屋、敲门声、两个人的谈话，谈话被限制在买卖的关系中……"① 余华认为上面列举的那些奇异的情形与乔治·赫伯特的诗句是联系在一起的，而叙述又"用最为直率的方式""最为规范的原则"讲述的。所谓"最直率""最规范"是由于在叙述过程中博尔赫斯运用了现实主义的规则，对人物、环境、细节所做的特殊的描写，这为小说创造了十分真实的背景，《沙之书》出现在这样一种真实的背景之中必然会让人产生强烈的疑惑感。

在余华看来，当我们正被我们的现实所诱导的时候，博尔赫斯的非现实性就潜入了。博尔赫斯常常用熟悉的语言讲述我们的日常生活及我们熟悉的事物，可是当我们站在现实之中的时候，"令人不安的神秘和虚幻来到了"②。余华对小说所做的细读，使他对博尔赫斯小说的陷阱保持了高度的警惕，因为博尔赫斯的小说常常是在不经意中设下埋伏、陷阱、铺设岔道，让人一头雾水。余华还看到了博尔赫斯小说中现实与非现实之间交替转换，"这正是博尔赫斯叙述里最为迷人之处，他在现实与神秘之间来回走动，就像在一座桥上来回踱步一样自然流畅和从容不迫"③。余华还意识到这种来回游移是通过"真实""可靠"的暗度陈仓来实现的。"现实的场景和可靠的时间。""最终让我们感到了场景的非现实和时间的不可靠。"这种情形使读者昏迷。

> 于是博尔赫斯的现实也变得扑朔迷离，他的神秘和幻觉、他的其他的非现实倒是一目了然。他的读者深陷在他的叙述之中，在他叙述

① 余华：《博尔赫斯的现实》，《读书》1998 年第 5 期。
② 同上。
③ 同上。

> 的花招里长时间昏迷不醒，以为讲到的这位作家是史无前例的，讲到的这类文学也是从未有过的，或者说他们讲到的已经不是文学，而是智慧、知识和历史的化身。最后他们只能同意安娜·玛丽亚·巴伦奈切亚的话：讲到的是“无限、混乱与宇宙，泛神论与人性，时间与永恒，理想主义与非现实的其他形式”。博尔赫斯自己也为这位女士的话顺水推舟，他说：“我感谢她对一个无意识过程的揭示。”①

紧接着余华转入了下一段论述，在下一节中他论述的主要观点是“事实上，真正的博尔赫斯并非如此虚幻”②。这里，可能是余华误读博尔赫斯式的幻想的一个关节点。

这篇文章不仅是余华与博尔赫斯之间存在事实联系的重要证明，更重要的是它从某种程度上暗示余华认识到博尔赫斯小说不同于其他作家的迷人之处——“幻想”，它既不同于常规的写实，也不同于纯粹的虚构，而是一种“现实与神秘”之间来回游离，这种往复穿梭于现实与虚构的过程，使现实变得扑朔迷离，而又使神秘、幻觉、非现实反倒看似是真实的东西，而在很大程度上这是由博尔赫斯的“叙述”所带来的，读者会认为博尔赫斯的文学是前所未有的，或者夸张地以为自己读到的不是文学，而是智慧、知识、历史的化身，而博尔赫斯对他的研究者安娜·巴伦奈切亚的认同也只是一种顺水推舟的做法。从余华的声音中，我们可以分辨出他似乎有不同于这些观点的看法。博尔赫斯小说故弄玄虚的背后充满了“智慧、知识、历史的化身”，这恰恰又是最不容易理解或最容易被忽略的东西，这可能是余华未能完全正确理解博尔赫斯的另一个关节点，再加上余华把叙述看成是博尔赫斯的“幻想”产生的直接原因，就很容易忽略叙述背后的哲学思想，忽略博尔赫斯小说的内在精神。

---

① 余华：《博尔赫斯的现实》，《读书》1998 年第 5 期。

② 同上。

二 余华的真实观

余华在《我的真实》一文中表达了自己对真实的看法。余华对现实问题的论述是一贯且深入的，在当代作家中很少见到像余华这样关注现实问题的作家。他对现实问题的关注还体现在《我的真实》《虚伪的作品》等文章中。余华引用了罗布·格里耶的观点，“罗布·格里耶认为文学的不断改变主要在于真实性概念在不断改变”[①]，以此强调了对现实的关注的重要性。

余华认为生活实际上是不真实的，生活是真假参半的。“当我认为生活是不真实的，只有人的精神才是真实时，难免会遇到这样的理解：我在逃离现实生活。”[②] 在这一点上，余华似乎与博尔赫斯是一致的，他们都认为生活是不真实的，但是仔细比照，余华所说的“精神才是真实”与博尔赫斯所理解的真实却不尽相同。博尔赫斯所谓的真实，是一种打破现实与非现实二元界线的两者的统一体，是一种哲学本体论意义上的真实，而余华所谓的真实主要是在强调主观的、精神层面的真实，但它也具有与博尔赫斯的“真实”相同的含义，下文中将分析这一点。

余华所谓的“精神的真实”强调的是感觉的真实、情感的真实。“事实与真实、存在与不存在要经由语言来判定，这个过程是由主人公的感觉的过程来决定的。……作家赋予了真实以幻觉的色彩，幻觉的世界是非逻辑的、超理性的，而这只有在小说世界才有了真实的价值。……余华只相信精神的真实，在他看来，精神世界的真实不是由物质世界所驱使的真实，而是由感觉所决定、被语言和叙述所牵着鼻子的真实。余华渴望一种不受生活限制，非常自由地去把握的那一种真实。他说，他所有的创作都

---

① 余华：《虚伪的作品》，《上海文论》1989 年第 5 期。

② 同上。

是为了接近真实。接近真实，不过是高度提升精神、感觉的力量。”[1] 余华所言之“真实”更接近“感觉的真实”“心理的真实”，而感觉对于每个人又是完全不一样的。

余华说：“我觉得我所有的创作，都是在努力更加接近真实。我的这个真实，不是生活里的那种真实。我觉得生活实际上是不真实的。生活是一种真假参半的、鱼目混珠的事物。我觉得真实是对个人而言的。……我在一九八六年开始写小说以后，就抛弃了传统那种就事论事的写法。……所以在我的创作中，也许更接近个人精神上的一种真实。我觉得对个人精神来说，存在的都是真实的，只存在真实。在我的精神里面，现实里其他人会觉得不真实的东西，我认为是真实的。”[2] 对余华来说，真实是指个体精神世界中的真实，他强调真实的个体性和感觉层面。这并不意味着他会“逃离现实生活”，他只是在“强调自我对世界的感知”，余华认为“人只有进入广阔的精神领域才能真正体会世界的无边无际”[3]。从这段话中我们可以发现，余华认为别人觉得不真实的东西对于他来说是真实的，这种表述与博尔赫斯的真实观的主观性十分接近了。余华在 1989 年的自述《虚伪的作品》中说他所使用的是“一种虚伪的形式。这种形式背离了现状世界提供给我的秩序和逻辑，然而却使我自由地接近了真实”[4]，季进认为“这其实就是博尔赫斯关于真实与虚幻的观念”[5]。

余华试图以想象力来突破日常生活的陈腐现实，用想象力建构起来的世界来接近“真实”。余华十分强调文学的想象力，他为现实主义把文学的想象力送上绝路感到遗憾，“我个人认为 20 世纪文学的成就主要在于文学的想象力重新获得自由。19 世纪文学经过了辉煌的长途跋涉之后，却把

---

① 邢建昌、鲁文忠：《先锋浪潮中的余华》，华夏出版社 2000 年版，第 133 页。
② 余华：《我的真实》，《人民文学》1989 年第 3 期。
③ 余华：《虚伪的作品》，《上海文论》1989 年第 5 期。
④ 同上。
⑤ 季进：《作家们的作家——博尔赫斯及其在中国的影响》，《当代作家评论》2000 年第 3 期。

文学的想象力送上了医院的病床”①，他对现实主义的态度与博尔赫斯基本一致。“异常”在“习常”中的突现不再是不可思议的事，而是现实生活的一部分，异常的、超乎日常经验的事物在余华看来同样真实，比如：某人看到书桌在屋内走动与一张静止不同的板凳，它们都具有真实性。余华努力接近的就是这样一种真实。“现在我似乎比以往任何时候都要明白自己为何写作，我的所有努力都是为了更加接近真实。因此在一九八六年底写完《十八岁出门远行》后的兴奋，不是没有道理。那时候我感到这篇小说十分真实，同时我也意识到其形式的虚伪。所谓的虚伪，是针对人们被日常生活围困的经验而言。这种经验使人们沦陷在缺乏想象的环境里，使人们对事物的判断总是实事求是地进行着。”② 余华所说的真实是指主体经验的真实，情感的真实。而接下来的一段话中，余华强调的是一种与科学理性相对的真实，把神秘纳入其中的真实。“当有一天某个人说他在夜间看到书桌在屋内走动时，这种说法便使人感到不可思议和难以置信。也不知从何时起，这种经验只对实际的事物负责，它越来越疏远精神的本质。于是真实的含义被曲解也就在所难免。由于长久以来过于科学地理解真实，真实似乎只对早餐这类事物有意义，而对深夜月光下某个人叙述的死人复活故事，真实在翌日清晨对它的回忆总是毫不犹豫。因此我们的文学只能在缺乏想象的茅屋里度日如年。在有人以要求新闻记者眼中的真实，来要求作家眼中的真实时，人们的广泛拥护也就理所当然了。而我们也因此无法期待文学会出现奇迹。”③ 这段话表明了余华对现实主义的反叛，他希望可以冲破日常经验的束缚和科学理性对现实的认识，以一种“博尔赫斯式”的现实代替它们。

汪晖认为，“‘现实’一词的灵活使用是余华的文学批评的一个特色，它暴露了他与‘法国态度’的隐秘的联系：现实是一个偶然的世界，一个

---

① 余华：《虚伪的作品》，《上海文论》1989 年第 5 期。

② 同上。

③ 同上。

由各种分离的事实组成的真实世界。‘我的所有努力都是为了更加接近事实’，这句话听起来像是典型的俄国方式，而实际上却飘逸着法国味道，罗伯－格里耶和博尔赫斯的味道。因为真实的概念变动不居，它一直喻示着另一个更为深刻、变易莫测但也可能毫无意义的世界”①。因此，余华的“真实”既指主观的、情感的真实，一种类似于普鲁斯特的真实，也是博尔赫斯的那种真实，即打破传统现实/非现实二元界线的真实。

三　余华小说中的现实与幻想的转换

正是在这种现实观的指引下，余华写下了他先锋时期的作品，如《世事如烟》《此文献给少女杨柳》等，余华找到一条属于自己的文学道路。“我的写作使它们聚集到了一起，在虚构的现实里成为合法。十多年之后，我发现自己的写作已经建立了现实经历之外的一条人生道路，它和我现实的人生之路同时出发，并肩而行，有时交叉到了一起，有时又天各一方。”②

根据余华的说法，在《世事如烟》之前的小说中，他的写作都是从常识出发的，即遵循现实主义原则的，从《十八岁出门远行》到《现实一种》时期的作品，其结构大体是对现实的模仿，情节的发展基本上是逻辑上的递进、连接关系，它们之间具有某种现实的必然性，这一时期的作品无论是形式还是主题都是现实主义的。“我承认自己所有的思考都从常识出发，一九八六年以前的所有思考都只是在无数常识之间游荡，我使用的是被大众肯定的思维方式，但是那一年的某一个思考突然脱离了常识的围困。”③ 不论这些小说具有多么虚伪的形式，它们都在以一种曲折的方式反

---

① 汪晖：《无边的写作——〈我能否相信自己——余华随笔选〉序》，《当代作家评论》1999 年第 3 期。

② 余华：《余华小说》，新世界出版社 1999 年版，第 3 页。

③ 余华：《虚伪的作品》，《上海文论》1989 年第 5 期。

映现实，例如《现实一种》可以被看作是对人与人的关系的一种隐喻，是对“他人即地狱”这一存在主义思想的隐晦表达。

1988 年春天写作《世事如烟》时，一种新的变化在他的写作中悄悄进行。

> 当我写完《十八岁出门远行》后，我从叙述语言里开始感到自己从未有过的思维方式。这种思维方式一直往前行走，使我写出了《一九八六年》《现实一种》等作品，然而在一九八八年春天开始写作《世事如烟》时，我并没有清晰地意识到新的变化在悄悄进行，直到整个叙述语言方式确立后，才开始明确自己的思维运动出现了新的前景。而在此之前，也就是写完《现实一种》时，我以为从《十八岁出门远行》延伸出来的思维方式已经成熟和固定下来。①

在这篇小说中“我有关世界的结构开始重新确立，而《世事如烟》的结构也就这样产生。在《世事如烟》里，人与人，人与物，物与物；情节与情节，细节与细节的连接都显得若即若离，时隐时现。我感到这样能够体现命运的力量，即世界自身的规律”②。《世事如烟》象征着余华创作思想和写作方式的转变，而在 1986 年之前的写作都是对常识中的现实的书写，这种改变在很大程度上是因为余华的现实观念发生了改变。“那个脱离一般常识的思考，就是此文一直重复出现的真实性概念。有关真实的思考进行了两年多以后还将继续下去……”③ 也许这正是余华的现实观发生改变的结果，梦境、幻觉、神秘所出现的频率超过了此前的一切小说，而这正是他下一个时期的小说的主要特征，大多数论者都关注余华小说中的“暴力”“叙述”，却没有给予这一现象以充分的关注。

《世事如烟》《四月三日事件》《此文献给少女杨柳》等小说则是余华

---

① 余华：《虚伪的作品》，《上海文论》1989 年第 5 期。

② 同上。

③ 同上。

所说的“新的前景”的典型代表。在这一系列小说中，现实与虚构是以一种奇妙的方式出现的。首先，让我们来看《四月三日事件》。在这篇小说中，主人公与周围的人的关系处于某种难以言说的紧张状态。他的父母和他暗恋的女友及同学都监视他、迫害他。在这种情形下，主人公产生了幻觉，而幻觉后来又被现实所证实，这里经历了一次从虚幻到真实的转变。在第十四节中，主人公“感到自己的假设与真实十分接近”①，在第十六节中，他梦到他的同学把他绑架，捆在街心让汽车撞死。但是，在第十六节中，并不能轻易看出这是个梦，似乎是对现实的描述。情节发展到第十八节时，他在梦中所梦到的事情得到了证实，“敲门声很复杂，也就是说有几个人同时在敲他的门。此刻他已经清醒了。刚才发生的一切历历在目，尽管他知道那一切都发生在睡梦里。可眼下的敲门声却让他感到真实的来临”②。

这种写法非常有趣，因为梦境与现实以一种特殊的方式混杂在一起。在博尔赫斯的《等待》中也有这样的情节。主人公白天十分紧张，晚上就梦到别人追杀他，然而他对这种梦已经习惯了，梦已经是常态了，结果当有一天梦境真的出现在现实生活中时，主人公却以为这是假的。博尔赫斯对梦与现实关系的转换显得更加复杂一些，以致分不清现实和梦境。而在余华这里，只是有幻觉被应验这一层转换。“幻觉却被现实所印证，最后现实似乎成了幻觉的产物，而幻觉比现实更为坚实。”③ 当幻觉被现实证实之后，现实也会被幻觉所证实。于是现实成了一连串幻觉中的一环，各个环链互相证实互为因果。他在《四月三日事件》中在现实与幻觉之间来回转换，从而使真实与虚幻变得模糊难辨，这种处理方式明显受到了博尔赫斯的影响。

---

① 余华：《余华小说》（我胆小如鼠卷），新世界出版社 1999 年版，第 147 页。

② 同上书，第 156 页。

③ 汪晖：《无边的写作——〈我能否相信自己——余华随笔选〉序》，《当代作家评论》1999 年第 3 期。

“他不动声色，他觉得他们的哈哈大笑与一拥而进与昨晚睡梦相符。”“他说：‘我还没刷牙。’说完他立刻惊愕不已。他情不自禁地重复了睡梦中那句话。”“与睡梦中一模一样。”“现在又轮到他了，他看到左边有一辆卡车正慢慢地驶过来。他知道等到他走到街中央时，卡车就会向他撞来。”① 现实成了梦的倒影，现实在梦中被预兆说明现实具有某种不真实性，这样梦与现实就被放置在同一层面，两者是可以相互转换的。我们可以看到博尔赫斯的幻想在一定程度上影响了余华的观念和创作，而且我们很难把这种影响简单地归结为文学形式的借鉴和模仿。

让我们再来看余华另一篇充满了虚构和梦魇的小说——《世事如烟》。他说：“当我写作《世事如烟》时，其结构已经放弃了对事实框架的模仿。表面上看为了表现更多的事实，使其世界能够尽可能呈现纷繁的状态，我采用了并转、错位的结构方式。但实质上，我有关世界结构的思考已经确立，并开始脱离现状世界提供的现实依据。”②《世事如烟》的氛围给人一种穿行于冥界之感，腐朽的、如梦般的气息扑面而来。小说中每个人都在做梦，每个人的梦都透露了欲望。

在《世事如烟》中，司机梦到一个灰衣女人，司机车开到一条盘山公路上，女人没有避让，司机也没有刹车，然后卡车就从她的身上过去了。灰衣女人首次出现在算命先生家里，司机感觉梦在那一刻显得特别清晰。女人两日后又再次出现，如梦境中一样，司机买下了她的灰色衣服，用卡车从衣服上碾了过去，以祛除灾难。

根据余华对博尔赫斯的评价，他认为在现实与虚构之间的游移不定是博尔赫斯最有魅力的部分。从以上我们所列举的两篇作品中可以看出，余华的小说中也运用了这种在现实与虚构之间的来回穿梭，二者之间的影响关系可见一斑。

---

① 余华：《余华小说》（我胆小如鼠卷），新世界出版社 1999 年版，第 157 页。
② 余华：《虚伪的作品》，《上海文论》1989 年第 5 期。

四　难以逃离的现实

无论余华的虚构小说多么离奇，它永远无法回避现实世界的混乱，即使是他那些最充满幻想的小说，其中人物的生存状态和背景也都是写实性的。除了少数小说如《鲜血梅花》《古典爱情》旨在以颠覆文体为目标之外，余华的大部分小说都有明确的现实意义的指向，即使是《鲜血梅花》和《古典爱情》这样的小说，我们也可以把它们看作是对现实世界的隐晦的表现。

《四月三日事件》这篇小说虽然在幻觉与现实的转化这一点上与博尔赫斯极其相似，但是它们的意义指向截然不同。在余华小说中，主人公恐惧、不安、想入非非的心理反映了人与人之间关系的紧张和矛盾，这是小说的重点，因为余华在表现主人公心理时花了大量笔墨，相比较而言，在《等待》中，主人公的惶恐心态并没有被渲染，而是以极简的方式处理的，因此小说的重心自然落到了情节上，博尔赫斯不喜欢“心理主义”，他认为心理小说携带了大量的事实进入小说的虚构空间。虽然《四月三日事件》与余华前期的小说在表现手法的有所不同，但是仍然能看到早期小说的主题在这一时期的小说中得以延续。

如果说《四月三日事件》以人的生存状态为表达对象，以荒诞、绝望作为主题的话，那么小说中现实与幻觉的转换这种形式看起来是可有可无的，它与主题之间的关系是疏离的。余华可以继续写主人公因为惶恐而产生的幻觉，就像《狂人日记》中的狂人一样。但是余华又安排了一次由幻觉到现实的转化，幻觉转化为现实与小说主题之间的距离显得可有可无。

《世事如烟》如余华所说，表现了“命运”的力量和世界自我运动的方式，从这个意义上说，《世事如烟》具有形而上的意义，但是汪晖认为：“在《世事如烟》中，幻觉与现实的变换超越了个人精神的范围，其动力存在于中国亚文化中一些根深蒂固源远流长的陋俗，中国人（不管什么阶

层）潜意识中最幽暗的角落……”① 也就是说，《世事如烟》表现出某种对“中国亚文化”的批判性，这其实也是一种现实关怀。

在博尔赫斯的小说中，现实与非现实的转换具有明确的目标和意义。在博尔赫斯的小说中反复出现的一个主题是“什么是现实”。在《等待》中，主人公最后做了一个挥手的动作，意思是你们这些梦境中的人物不要来打扰我了，快闪开，但是他被枪杀了。他以为虚假的情境却是真的，因为他以为自己在做梦。那么什么是现实呢？如果现实是主观所意识到的情境，那么真正站立在床边的杀手是真实的吗？如果杀手是梦中的人物，那么他们怎么会开枪呢？这就是博尔赫斯在小说结尾通过转换梦境与现实所要表达的思想。

余华小说对“存在”的关注使其创作始终以现实世界为立足点，因而虚构的情境并没有成为与现实世界相对立的层面，而是为了表现现实世界而采取的一种手段，是对现实世界的扭曲或变形。虽然意义显得模糊不清（这是绝大多数现代小说都存在的情况），但是它是对现实的隐喻，这一点却是明确的，余华的小说是现实世界的象征体系，因此有人认为其小说具有卡夫卡的特征，“人物的符码化和文本的抽象化使余华的小说成为一个言说‘命运’、‘死亡’、‘欲望’、‘灾难’等主题话语的寓言系统，作品中流露出的绝望感、无法摆脱的世纪末情绪无不与现代大师卡夫卡遥相呼应”②。也有评论把余华与鲁迅并置，认为余华虚构充满了暴力和血腥的世界“没有了鲁迅由对绝望的深刻体察以及知其不可为而为之的抗争所产生的悲凉感，有的是毫无亮色、漫无边际的人生苦难以及这苦难情境中的个体的渺小、卑微，个人只能任凭命运捉弄，除了盲目地顺从、被莫名其妙地宰割就再也找不到任何积极的力量”③，这种评价是否准确暂且不谈，但

---

① 汪晖：《无边的写作——〈我能否相信自己——余华随笔选〉序》，《当代作家评论》1999 年第 3 期。

② 姚岚：《余华对外国文学的创造性吸收》，《中国比较文学》2002 年第 3 期。

③ 邢建昌、鲁文忠：《先锋浪潮中的余华》，华夏出版社 2000 年版，第 54 页。

是这种观点至少认为余华的小说是关注现实的。

米兰·昆德拉在《小说的艺术》中说过，“所谓梦的叙述不如这样说：想象从理性控制下解放出来，从担心雷同的压抑下解放出来，进入到理性思维所不可能进入的景色中。梦只是这种想象的模特儿，我认为，这种想象是现代艺术最伟大的成果”①，于是梦成为从理性中解放出来的东西，是不受约束的自由力量，那么，这种自由力量如何能清醒地表达对现实的认识呢？如何把这种想象并入对存在具有清醒认识的小说中呢？它们的性质是如此的不同。“不是在某一个托尔斯泰或某个托马斯·曼那里可以找到的一种对梦的‘现实主义’模仿”，而卡夫卡则十分通晓这一伟大的炼金术，“他的小说是梦与真实的绝妙混合。既有对现代世纪最清醒的审视，又有最疯狂的想象”②。在这个意义上，余华的大多数小说中的虚构世界的意义指向是与卡夫卡相一致的，“沿着《现实一种》，余华写了一系列极具先锋意味的中短篇小说。《一九八六年》几乎可看作是‘文革’十年的祭礼。……卡夫卡的《饥饿艺术家》可以说是此作的范本”③。

这里我们要提到的是博尔赫斯与卡夫卡的关系，博尔赫斯对卡夫卡的心理比较复杂，一方面，他认为卡夫卡给他带来了乐趣和新的风格；另一方面，他认为自己对卡夫卡的模仿是失败的。博尔赫斯模仿卡夫卡的风格写了两篇小说，它们分别是《通天塔图书馆》和《巴比伦彩票》，博尔赫斯对它们的评价是“相当糟糕”④，理由很明确，《通天塔图书馆》和《巴比伦彩票》是博尔赫斯的幻想小说中包含了最多“现实”的小说，它们是对现实世界的隐喻。而如果一直这样写下去，博尔赫斯永远只能是卡夫卡的学徒，而对于“文学的衰竭”有着清醒认识的博尔赫斯绝不会毫无休止

---

① ［捷］米兰·昆德拉：《小说的艺术》，孟湄译，生活·读书·新知三联书店1995年版，第78页。

② 同上。

③ 王德威：《当代小说二十家》，生活·读书·新知三联书店2006年版，第134页。

④ 理查德·伯金编：《博尔赫斯谈话录》，王永年译，上海译文出版社2008年版，第255页。

地追逐卡夫卡。博尔赫斯真正想写的是他的“另一种现实”；博尔赫斯的小说学习了卡夫卡的写作风格，尤其是“卡夫卡式”的幻想世界影响了他，给他带来了启示和灵感，因此博尔赫斯由衷地佩服卡夫卡并认为自己欠了卡夫卡的情。

伟大的作家善于改变先驱作家的文字，从而使文学原创成为可能。“幻想是余华借用的策略，并非像博尔赫斯把幻想作为认知世界的方式，而且幻想叙述并不是余华主要的叙述技巧，而博尔赫斯的文学几乎就是幻想的世界，幻想叙述带给余华的是创作空间的拓展和创作心灵的自由。”① 在余华的小说中，现实与虚幻并未像博尔赫斯那样处于完全同等的地位，余华小说中的现实与虚幻的天平永远都偏向现实一端。然而，余华对博尔赫斯的现实的深入思考对他的创作必然发生影响，他的小说中常常出现的现实与幻想、现实与梦境的转换，得益于博尔赫斯，使他写出了他最好的小说《世事如烟》。

第三节　格非与苏童：博尔赫斯的魅惑

一　格非：“真实的鬼魂”

格非受到博尔赫斯的影响毋庸置疑，一方面有他对博尔赫斯的评论为证，字里行间洋溢着他对博尔赫斯的钦佩之情；另一方面，格非小说的形式也受到了博尔赫斯的影响，格非小说中虚实相生，真假难辨的风格颇得博尔赫斯真传。

余华曾引用罗伯－格里耶的一句话来说明现实观念的变化将引起文学

---

① 左娟：《论博尔赫斯在叙述方式上对余华的影响》，《时代文学》2008 年第 11 期。

的变革，格非也引用了罗伯 - 格里耶的一句话——“我们之所以采用不同于十九世纪小说家的形式写作，并不是我们凭空想出了这一形式，首先是因为我们要描写和表现的人的现实和十九世界作家面临的现实迥然不同”① ——来说明小说形式的变化源于现实的变化，格非和余华都表现出对此观念的认同。

《褐色鸟群》可以被看作是一篇典型的博尔赫斯式的幻想小说，最显著的特征是现实的层次不断变化，与博尔赫斯的小说《环形废墟》中魔法师的现实性的变化极其相似，比起《环形废墟》，《褐色鸟群》的现实的层次和叙述结构更为复杂。

小说开头交代“我”蛰居“水边”，准备写一部类似圣约翰预言的书送给已逝恋人。“我”（“格非”）既是由格非（真实的作家）创造的故事的主人公，同时在小说中，“我”又同时担当另一个故事的叙述者，这个由“我”讲述的故事中的主人公“我”既有可能等同于第一个故事中的“我”，也有可能是由“我”虚构的另一个人。

陌生女人“棋”来到我的寓所，“我”（“格非”）表示不认识“棋”和她提到的“李朴”和“李劼”，“棋”极为不满。“棋”的提醒使我回忆了很久以前的往事，大概是1987年。“棋”责怪“格非”的记忆让小说给毁了。夜里，“我”给“棋”讲故事：四月，我骑车尾随一个漂亮女人来到郊外。当女人的身影在大雪中若隐若现，后来，她走上了一条窄木桥，但是就在木桥附近时她消失了。途中我与一个骑自行车的人擦肩而过。我走上了有积雪的桥，但此时一个老人拎着灯来了，说此桥不能往前走，因为它二十年前已经被冲垮了。但我说刚才有个女人从桥上走过去，老人说没有。于是我就返程回家，我想起途中和我擦肩而过的人，“我能够通过他把自己和现实连接起来，我担心自己是否丧失了理智，而处在一个桥边

① 格非：《小说艺术面面观》，江苏文艺出版社1995年版，第10页。

老人所谓的雪夜错觉之中”[①]，这时我发现了那个被我撞倒的骑行人的尸体和他的车。

读者可以假定故事中的“我”是现实中的人，我给棋讲述的是我的过去——一个“真实”的故事（大约发生在1984年），这是大多数读者的倾向——因为“我们倾向于相信小说描述了一个我们必须通过信任才能接受的世界”[②]。那么，我们最开始把小说当作真实的故事来阅读，当漂亮女人在桥上消失时，这种真实性发生了微妙的变化。因为和守桥人的对话说明只有我看到了这个女人，而守桥人没有看到，而且女人走过雪地竟然没有留下脚印。聪明的读者可以做出如下的推测：一种可能是，女人也许是一个幽灵或是一个女鬼；另一种可能是，她是人，只不过守桥人没有看见她，这两种推测都是可行的。

有趣的是，格非对“我”在路上和一个骑行人擦肩而过的描写，“我的自行车和他相错时，我觉得我右胳膊的裤子和他左边的一只擦了一下，我像是听到了一种轻微的刷子在羽绒布上摩擦发出的声响”[③]，这一细节让读者觉得当时的情形非常真实，它引起了极为细微的感觉，它强调了“我”和“骑行人”的真实性，而且这个骑行人的真实性在他的尸体被发现时得到了确证。这样，骑行人（真实的人）和女人（幽灵般的人）出现在同一个时刻，使女人的真实性更显得诡异，她到底是真实的还是虚幻的呢？

给棋讲述的故事继续发展。后来再一次和女人相遇时（1992年，第一次相遇的七八年之后），女人对我提到的当年往事一无所知，更不认识我，但是她说起那座桥的故事，她说她男人曾在桥边看到了一个男人和车辙，但是那天她男人喝醉了。第二天天晴了人们从河里捞起了一辆自行车和一

---

① 格非：《褐色鸟群》，《戒指花》，春风文艺出版社2007年版，第43页。

② ［意］安贝托·艾柯：《悠游小说林》，俞冰夏译，生活·读书·新知三联书店2005年版，第94页。

③ 格非：《褐色鸟群》，《戒指花》，春风文艺出版社2007年版，第41页。

个年轻人的尸体，这具尸体是谁的呢？如果这具尸体是“我”的，那么我现在就是以“鬼魂”的身份在叙述，这有可能吗？如果我是鬼魂，那么这时和我再次相遇的女人是真实的还是虚幻的？这些问题实在让人疑惑。

此时棋发现我的故事在打圈圈。后来，女人的男人死了，我确信在入殓时棺内尸体动了一下，而女人哭丧时的行为十分诡异。我和女人在一起的一天晚上，“我无意中碰到她青蛙皮一样冰凉的皮肤，闻到了散落在她发中樟脑丸的气息”①，此时女人是否是鬼魂再一次令人生疑。一道闪电出现的瞬间我看到一个少女站在家里的院子中间，我起身去看时在门边晕倒了，当我醒来时把梦境讲给女人听，女人说是我的幻觉。女人在她三十岁生日那天晚上死了，由“我”讲述的故事结束。

棋在我的故事结束之后就离开了，我每天期待她的出现。当她再一次出现的时候，和我第一次见到她的情形一样，她既不认识李朴、李劼，也不认识我，她的名字也不叫“棋”，这也是一个圆圈。

小说中有一些值得我们注意的地方。叙述者“我”同时是两个故事的叙述者和主人公，“我”名叫“格非”，这会让读者对叙述者与小说主人公的身份产生疑惑，“我”到底是虚构的小说人物还是现实中真实的“格非”呢？“我”讲述的故事中的“我”是真实的吗？对叙述者身份的模糊是博尔赫斯常在小说中玩弄的技巧，目的是为了模糊现实与幻想。另外，小说中出现了大量具有暗示性的符号，它的目的是有意在模糊现实与非现实的界限，例如，“我想如果不是我的记忆出了梗阻，那一定是时间出了毛病”，“像是等待我沉入往事的梦境，又像是等待我从冥想中挣脱出来”，“我仿佛置身于梦境”，“我的脑袋一阵晕眩”，“我担心自己是否丧失了理智，而处在一个桥边老人所谓的雪夜错觉之中”② 等，这些语句为作者在现实与幻觉之间来回过渡提供了便利，一旦梦境来临或是感到眩晕，抑或

---

① 格非：《褐色鸟群》，《戒指花》，春风文艺出版社 2007 年版，第 56 页。

② 同上书，第 34 页。

是陷入错觉的时候，故事就会发生微妙的变化，非现实性往往出现在我们已经掉入的现实陷阱之中。我们在第一章中分析博尔赫斯的《南方》时，特别关注了这种技巧，而格非在他的研究小说的叙事与修辞的小册子《小说艺术面面观》中也提到了《南方》通过幻觉使小说呈现出不同形态的方法。[①] 同时，“中国套盒”结构（故事套故事的结构）通过变化叙述者（即时间、空间和现实层面的变换），在故事中插入故事，能够增强故事的虚构性，博尔赫斯认为在故事套故事结构中“另一个诗人在场可以加强荒诞性”[②]。“中国套盒”结构起来的两个故事被“棋”的插话联系在一起，我给棋讲述的故事里套着另一个故事，由“我”对“棋”讲述的故事在真实性上比“我”和“棋”的故事要大打折扣，“中国套盒”结构使不同的故事处于不同的现实层面。并且，小说采用了循环结构，由“我”所讲述的故事“始终是一个圆圈，它在展开情节的同时，也意味着重复。只要你高兴，你就可以永远讲下去”[③]，而“我”与“棋”的故事从“我”是遗忘者到被遗忘者又是一个循环。在循环结构中，人物会让人觉得不真实。

小说中的每一个人都具有两重性，既是现实中的人，也是非现实中的人（幻觉、梦境中的鬼魂），这种双重性是变动不居的，就像故事的开头到结尾的发展过程一样，我由一个遗忘者变成一个被遗忘者。安贝托·艾柯说：“在一个叙事性文本里，读者在每一个时刻都必须做出决定。”[④]《褐色鸟群》的人物真实性的不断变化给读者带来的疑惑感要求读者在现实与非现实之间做出选择以完成阅读。《褐色鸟群》表现出了较为深厚的形而上学色彩。小说的主题可以在文中提到的“不生”的哲学中得到暗示，生与死是一组对立的概念，但是小说用“不生”代替了“生”的对立面，与

① 参见格非《小说艺术面面观》，江苏文艺出版社 1995 年版，第 189 页。

② 理查德·伯金编：《博尔赫斯谈话录》，王永年译，上海译文出版社 2008 年版，第 308 页。

③ 格非：《褐色鸟群》，《戒指花》，春风文艺出版社 2007 年版，第 53 页。

④ ［意］安贝托·艾柯：《悠游小说林》，俞冰夏译，生活·读书·新知三联书店 2005 年版，第 7 页。

"生"对立的不是"死"，而是一种介于生死之间的状态，或者生，或者死，这样我们理解小说人物的二重性就不难了。

从以上的分析中，我们发现在《褐色鸟群》中可以找到博尔赫斯所认定的幻想小说的四种手法：艺术作品中之艺术作品、现实与梦幻的混淆、时间旅行、双重人格。由于对这四种方法的运用，小说《褐色鸟群》具有很强的幻想色彩，人物处于一种游离于现实与非现实的状态。

格非认为文学批评者的分析常常存在各种断裂，将修辞与形式、形式与内容、内容与作家的存在方式完全割裂开来，似乎变化中的形式对于一成不变的内容完全是可有可无的。这就形成了形式与形式主义，现实和事实，借鉴与抄袭的等同与混淆。[①] 在前文中提到的季进在文章中谈到格非受到博尔赫斯的影响的问题，他把格非受到的影响归结为三种结构："文本含文本"结构，"循环型结构""迷宫型结构"[②]，这种归纳方式似乎就有格非所反对的倾向。格非的《褐色鸟群》对这种复杂的形式的运用与他想表达的真实是分不开的，小说人物游离于现实与非现实的状态，表现出了某种形而上学的意义。另外，小说人物的现实与非现实的二重性是通过中国传统文化中的神秘主义因素的参与来实现的，这说明格非在借鉴博尔赫斯时也在努力使其与文化传统相结合。

格非有一段关于《聊斋志异》的评论，他认为《聊斋志异》"以一种曲折的隐喻方式表现了现实的某些征象，而不是再现现实，更不是对现实力求精确的复制，同样，它在某种程度上并不构成对历史的直接记述。我以为，正是在这一点上，中国小说与西方小说形成了鲜明的对照"[③]。格非把《聊斋志异》看作是中国小说的传统，它的特点在于"不再现现实"，以及它不直接记述历史，格非拿《聊斋志异》对现实的隐晦表达与以巴尔扎克为代表的再现现实的传统来对照，把它们的区别作为中西小说的区

① 参见格非《小说艺术面面观》，江苏文艺出版社1995年版，第6页。

② 季进：《作家们的作家——博尔赫斯及其在中国的影响》，《当代作家评论》2000年第3期。

③ 格非：《小说艺术面面观》，江苏文艺出版社1995年版，第3页。

别，这种观点的准确性还有待商榷，因为格非强调的是《聊斋志异》的想象力，却忽略西方文学中的另一个传统。《褐色鸟群》中的那个女人所显示出的鬼魂般的特性与《聊斋志异》中的女鬼颇为相似，但是又无法断定她就是一个女鬼，格非有可能借鉴了他所认为的“中国小说的传统”中的因子创作出这个人物。

在格非的小说中还有一类是以历史小说的面貌出现的。《青黄》就是以历史小说的形式开头，他首先提到的是《麦村地方志》对该地妓女船队的记录，而最新出版的《中国娼妓史》则是对方志的拙劣模仿。安贝托·艾柯认为：“历史小说的一个最基本的虚构准则乃是无论多少虚构的人物被加进了故事，所有的事情应该多多少少符合当时现实世界的情况。”[①] 以这种方式进入小说很容易和读者达成一致——小说记录了一件真实的往事，至少是一件接近真实的事。博尔赫斯的《双梦记》的开头是“阿拉伯历史学家艾尔-伊萨基叙说了下面的故事”[②]；《特隆》的开头从《英美百科全书》中引出一个乌克巴尔，而且这本《英美百科全书》是对《大英百科全书》的拙劣的翻印，百科全书在此起到的作用和历史学家、历史记载的作用是一样的，它们都具有较高的可信度，从这里可以看到格非的小说极有可能受到博尔赫斯的影响。此外，以历史的“真实性”来伪装的虚构故事还有《迷舟》。王德威称：“更有的作者，承袭了迩来西方创作的影响（从海明威到加缪到波赫士[③]到加西亚·马尔克斯），发展出风格化的作品。像格非的《迷舟》《锦瑟》等作品，以古典情境为舞台，摆弄现代（中国）人的生存遭遇，出真入幻，往往能引发我们哲学玄思的兴趣”[④]，和海明威、加缪等另外几个作家相比，《迷舟》《锦瑟》的“出真入幻”能引

---

① ［意］安贝托·艾柯：《悠游小说林》，俞冰夏译，生活·读书·新知三联书店2005年版，第111页。

② 博尔赫斯：《博尔赫斯全集》（小说卷），王永年、林之木等译，浙江文艺出版社2006年版，第61页。

③ 台湾对Borges的翻译。

④ 王德威：《当代小说二十家》，生活·读书·新知三联书店2006年版，第207页。

发我们玄思，更接近于博尔赫斯的风格。《迷舟》《锦瑟》这类小说不见得有多少对现代中国人的生存遭遇的含义在里面，《迷舟》表现了对掩盖在历史叙述之后的个人命运的探讨，由此引发的对人生、历史、命运的形而上的思考比它的现实意义更直接一些。

二 苏童：南方的诱惑还是博尔赫斯的诱惑？

王德威在《南方的堕落与诱惑》一文中将苏童的小说归于“南方”，他认为苏童在他的小说中“架构——或虚构——了一种民族志学”[①]。从文学地理上讲，南方一向是充满想象的所在，楚辞、骈赋都有北方文学所没有的绮丽的想象，其后又有海派文学、沈从文等南方作家和文学，再后来就是以南方人为代表的先锋作家群和海派传人王安忆了。从比较文学的角度来看，南方的堕落与诱惑也是源远流长，俄国南方的莱蒙托夫、德国的托马斯·曼和著名的福克纳的约克那帕塔法世家都是南方文学的代表。[②]

王德威在他这篇文章的末尾提到了苏童的《仪式的完成》。小说讲的是民俗学家去南方某地，该地有从活人中抓阄拈出鬼祭奠族人先祖亡灵，民俗学家为当时的情境所感动，主动要求重演拈人鬼的仪式，无巧不成书，他拈中了鬼符，于是被罩上白幔，移入大缸。民俗学家害怕了，他对白发老人说这是模拟，是假的。结果民俗学家离开村子的那夜，仿佛有鬼引路，被车撞死，而尸体却在那口缸里找到，警察打开死者遗物，发现一个写有密密麻麻的字的笔记本中掉出一张锡纸，背面画有一鬼符，还有红墨水写的一个大字——“鬼”。苏童为什么这样写，则最终被归因于南方的阴气弥漫和人鬼不分的巫蛊文化。这种民俗具有迷信的性质，人们对待迷信的态度常常是相信它是真的，无论是出于恐惧、敬畏还是善良的愿

① 王德威：《当代小说二十家》，生活·读书·新知三联书店2006年版，第107页。

② 参见王德威《南方的堕落与诱惑》，《当代小说二十家》，生活·读书·新知三联书店2006年版，第106—109页。

望，“信以为真”的事在小说中转化为真实的了，苏童的目的应该不只是为了描述一次偶然、一次巧合，也不是为了描述南方的文化，其中包含着更值得思考的问题。

这里要提到的是苏童的《水鬼》。南方到处都是河流、池塘和湖泊，关于水鬼的传说在南方人尽皆知。《水鬼》讲述的是一个小女孩说自己能看到水鬼，经常在河边提醒人们有水鬼，大人们都认为她脑子有毛病，是个傻丫头，时间一长她喊水鬼就像放羊的孩子喊“狼来了”一样，人们只当是笑谈。一天晚上她溜到河边，真的遇到了“水鬼”：

> 水鬼来了！突然一下她脚上的凉鞋被什么东西咬住了，女孩惊叫着低下头，看见水泥地坪粘住了她的凉鞋。与此同时，她听见河里响起一阵杂乱的打水声，她看见一个人从黑暗的水面上钻出来，溅出许多晶莹的水花。女孩再次惊叫起来，她认出那是桥头扛木板的民工，但她还是一声声地尖叫起来，水鬼，水鬼，水鬼！女孩认出那是一个人，他的手里还举着什么东西，但她还是一声声地尖叫起来，水鬼，水鬼，水鬼！①

那夜9点人们听到女孩的声音有人想去看个究竟却被同伴阻止了。大约十点钟女孩浑身湿漉漉地走了过来，手里还捧着一朵莲花，人们问她是不是跳到河里捞莲花，“女孩的嗓音听上去沙哑而令人心悸，她说，是水鬼送给我的莲花。她说，我遇到水鬼了”②，结果，女孩的故事风靡了一整个夏天，苏童最后写道：

> 如果让她亲口来说，别人听得会不知所云，不如让我来概括这个故事，故事其实非常简单，说的是邓家的女孩遇到了水鬼，不仅如此，水鬼还送了她一朵红色的莲花。

---

① 苏童：《白沙》，人民文学出版社2008年版，第19页。

② 同上书，第20页。

一朵红色的很大的莲花①。

吊诡之处就在于苏童的“概括”，作为故事的叙述者，之前他明明知道女孩认出那是一个人，手里举着东西，为什么还要在结尾处把故事概括为女孩遇到了水鬼呢？这并非只是为了讲南方的鬼故事，倘若只是为了这个目的，故事讲到“女孩的故事风靡了一整个夏天”也就曲尽其妙了，为什么还要画蛇添足地加个尾巴呢？其中必定蕴含了某种动机。《水鬼》讲的其实不是关于“水鬼”的故事，故事中没有水鬼，而是关于“信”与“不信”的故事，真假难辨，读者一定会犯点糊涂。

我们再一次回顾被博尔赫斯所欣赏并经常提到的柯勒律治的奇思妙想：“如果一个人在睡梦中穿越天堂，别人给了他一朵花作为他到过那里的证明，而他醒来时发现那花在他手中……那么，会怎么样呢?”②《水鬼》与上面引述的这段话有相似的结构，女孩在幻想中认为有水鬼，结果水中游泳的民工突然出现时，她仍然认为有水鬼，后来民工给了她一朵花，作为她见到了“水鬼”的证明。读者可以认为女孩被突然出现的民工吓蒙了，结果以为自己真的见到了水鬼；但是也有另一种解释，女孩陷入了自己的幻想世界，即使她当时分辨出了那是一个人，但是她仍然相信那是水鬼，通俗地说，就是她把自己给“编”进去了。旁人同样经历了由不信到将信将疑再到相信的过程，因为人们只愿意相信自己亲眼所见的事情。女孩在小说中相当于一个幻想小说的叙述者，“幻想（fantasy）类似一种能力，可以说是造成一种无中生有的明确的艺术存在物的能力”③，女孩创造了一种无中生有的效果，更重要的是她还拿着莲花做证。如果把《水鬼》看成是对“南方”的讲述的话，它可能只是关于南方的鬼故事，苏童的小说中确实不乏这类故事，但是从以上的分析中可以看出，“水鬼”只是苏

① 苏童：《白沙》，人民文学出版社 2008 年版，第 21 页。

② 博尔赫斯：《博尔赫斯全集》（散文卷 上），王永年、林之木等译，浙江文艺出版社 2006 年版，第 343 页。

③ ［德］阿多诺：《美学理论》，王柯平译，四川人民出版社 1998 年版，第 298 页。

童表达“幻想”的工具，在“信”与“不信”之间制造模糊效果才是他的本意。

双重人格——《蝴蝶与棋》。一个昆虫爱好者和一个对围棋发狂的棋手为了各自的目的来到寺前村。两人在小旅店里有一句没一句地聊着，“后来我就迷迷糊糊地睡着了”，“我的梦是被夜半来客的脚步和撞门声惊醒的，”[①] 惊醒了这一动作其实发生在梦中，接下来苏童就可以天马行空地虚构了！苏童虚构了“我”——蝴蝶标本收集者变成了那个酷爱下棋的棋手，而棋手则变成了蝴蝶爱好者。苏童把这一事件的最后归于神秘——蝴蝶精：

> 小彩是他的女人呀。少年突然笑了，露出一排歪斜的牙齿，他说，你不认识小彩，小彩是蝴蝶精，她是蝴蝶变的！
>
> 我想这是我在寺前村听到的唯一的新闻，也是唯一的令我恐惧的新闻[②]。

“双重人格”是幻想小说的写作手法之一，它是英国作家史蒂文森在《化身博士》中的古老发明，博尔赫斯在《博尔赫斯和我》《另一个》中成功地使用了这种手法。小说《蝴蝶与棋》的相互转化具有与《博尔赫斯和我》相同的主题，我既是我自己又是另一个人，在梦中实现自我身份置换的构思似乎与《南方》相同，《南方》的主人公达尔曼在幻想中既是他想成为的那个人，又同时是他自己。在虚构的空间中，苏童自由自在地做着自我转换的游戏。我们也许还可以把《蝴蝶与棋》中的蝴蝶和棋看成是“美”与“理性”的象征，那么小说的意义就更加明确了。

以上列举的几篇小说是苏童幻想和虚构的，苏童强调虚构对于作家来说是至关重要的，它不仅是一种技巧，也是作家超越理性束缚去认知事物

---

① 苏童：《十八相送》，人民文学出版社 2008 年版，第 4 页。

② 同上书，第 11 页。

的手段，虚构可以延续作家的创作生命，它提纯了现实生活，同时也是一种激情。虚构使个人化的文字区别于历史、社会新闻或小道消息，也区别于同时代其他作家和作品[①]，苏童还认为“虚构在成为写作技术的同时又成为血液，它为个人有限的思想提供了新的增长点，它为个人有限的视野和目光提供了更广阔的空间，它使文字涉及的历史同时也成为个人心灵的历史”[②]。苏童的艺术想象方式最明显的特征是远离现实，是天马行空的幻想，但在幻想的技艺背后他是有所追求的。苏童把博尔赫斯的风格概括为：博尔赫斯——迷宫风格——智慧的哲学和虚拟的现实[③]，可见他也认识到了博尔赫斯式幻想的哲学基础和现实观。这也是苏童没有把“虚构”仅仅看成是“技巧”的原因，在苏童看来，它既是技巧，也是“血液”。

《巨婴》中的巨婴类似于《阿莱夫》中的阿莱夫，《告诉他们，我乘白鹤去了》《白沙》等小说中的虚构情节都令人隐约感受到博尔赫斯的影响，它们是“可能的事物”“可能的世界”，它们是可以想象的，超越常规的，有时也会有超自然的神秘主义因素参与其中。

对比作家自述，我们也能发现苏童与博尔赫斯相似的人生经历。苏童的二姐喜欢文学，经常把许多借来的文学名著带回家中阅读，她看完就轮到苏童看，他有时候一下午就读完《复活》或者《红与黑》，苏童从小就是这样与书为伴，他说：“我仍然执着于这种可笑的不求甚解的阅读。也许因为这些书，使我回避了街头少年的许多不良恶习，我总是静坐家中，培养了某种幻想精神。”[④] 博尔赫斯的童年也是终日以书为伴，后来博尔赫斯做了杂志编辑、图书馆管理员，苏童后来成了《钟山》杂志编辑，他们的人生都与书籍和阅读紧密相连，似乎这样的人生注定与幻想和虚构联系在一起。

---

① 参见苏童《虚构的热情》，《小说选刊》1998 年第 11 期。

② 同上。

③ 参见苏童《苏童创作自述》，《小说评论》2004 年第 2 期。

④ 苏童：《纸上的美女——苏童随笔选》，人民日报出版社 1998 年版，第 50 页。

从以上列举的小说中可以看到博尔赫斯式幻想对格非和苏童的影响，更重要的是，格非和苏童在受到博尔赫斯影响的同时，尝试利用本土文化资源，把中国传统文化中的神秘主义因素融合新的文学形态中。在前文中我们提到博尔赫斯对《聊斋志异》的分析，他认为中国人因为迷信的缘故不把它们当成是虚假的故事来读，而是信以为真。受到文化传统的影响，无论现代人对科学理性抱有多么坚定的信仰，在中国读者的潜意识里不会断定鬼魂、幽灵，以及神秘事件是子虚乌有的东西，而是会对此产生“怀疑”。格非和苏童在小说中利用了传统文化的这种因素，但是从现代读者的视角来看，其作品又不同于《聊斋志异》中的超自然现象，而是利用了鬼魂的某种独特性，自由地穿梭于现实与纯粹想象的空间。

结　语

20世纪上半叶，迷恋萨特作品的读者一定会记得他那句深刻的名言“话语即行动”。写作就是对历史采取行动，作家应对社会和历史有所承诺，无数人对此深信不疑。时间转到20世纪50年代，博尔赫斯赫然出现在人们面前引起了激烈的争论。争议的焦点之一是像博尔赫斯这样写作、说话、玩弄形式，在某种程度上是一种对社会不负责任的表现，批评家们认为他的作品脱离现实，都是些“响亮的大空话”，历史必然会将这样的作品遗弃到垃圾堆里。然而，争论结束之后回到自己的书斋，仍然觉得博尔赫斯的文学魅力不可阻挡。上面描述的这种变化是略萨的切身经历，也许许多人有和他相同的经历。略萨是这样评论博尔赫斯的：“他是一个躲进书本和幻想天地里逃避世界和现实的艺术家；他是一个傲视政治、历史和现实的作家，他甚至公开怀疑现实，嘲笑一切非文学的东西。”[①] 当时多数拉丁美洲作家扮演着批判专制的现实主义者，像博尔赫斯这样写作的作家是极少数，可是博尔赫斯最终获得了压倒性的胜利。

博尔赫斯的幻想小说所呈现出的独特的美学风貌是他对文学的贡献，它是在文学传统的强力影响下的创新，博尔赫斯以一种新颖而奇特的形式把巧妙的叙事与深刻的哲思完美结合在一起，他的生命也和他的幻想世界

---

① ［秘］略萨：《博尔赫斯的虚构》，《世界文学》1997年第6期。

融于一体，是充满诗意的创造。

中国先锋文学曾受到与博尔赫斯相似的苛责也是情理之中的事。一国有一国之文学传统，中国文学强调文学观照现实的传统是很强大的，先锋作家在远离现实的道路上走得很远，先锋文学所表现出的“虚构性”是中国文学中前所未有的。批评家一方面纷纷称赞先锋作家使文学回到了自身；另一方面又指责先锋文学脱离现实，形式主义，玩弄叙事圈套。

博尔赫斯对中国先锋作家在叙述层面的影响无可否认，然而更有意义的是博尔赫斯的幻想小说对中国作家的现实观念产生了影响，这种影响是内在而深刻的。文学的不断改变主要在于“真实”概念在不断改变。过去的研究结论普遍认为“先锋小说强调‘形式’、‘语言’就是‘文学本体’的主张”①，但是本书强调的是作为文学本体性的“虚构”才是先锋作家回归文学本体最根本之处。文学要回到自身，回归“纯文学”，一方面要注重文学形式；另一方面要回到“虚构”的层面。从后一个层面讲，中国先锋小说恐怕是近代以来最接近小说本体的了。

先锋文学在今天好像失去了声音，这正好应验了阿多诺的那句话，“唯有最先进发达的艺术，有机会抗衡或避免由时间引起的衰落”②，先锋文学的缺陷不言而喻，过度的形式化倾向使叙述流于空洞，缺乏意蕴。“当今没有一位艺术家会幼稚到如此地步，即完全沉湎于现代艺术那以技术为重的作法。这种以技术为重的作法将会把目的（艺术作品）倒卖成它的生产手段与方法……”③ 先锋文学在当时的历史语境中所做的形式实验无可厚非，它“是与文学史变动的语境对话的一种方式，它契合了文学史变革的需要”④，先锋文学的叙述试验大大地拓宽了中国小说艺术的表现手段，而且也不乏意蕴丰厚的佳作。

---

① 程光炜：《如何理解“先锋小说”》，《当代作家评论》2009 年第 2 期。

② ［德］阿多诺：《美学理论》，王柯平译，四川人民出版社 1998 年版，第 73 页。

③ 同上书，第 574 页。

④ 陈晓明：《思亦邪》，山东友谊出版社 2006 年版，第 138 页。

博尔赫斯的幻想小说对先锋作家来说是一种魅惑。他的幻想小说背后的意义世界是复杂的，它深深植根于西方文化的土壤，并非每一个异质文化的读者都能深刻理解，我们无法要求中国先锋作家也去系统地表达抽象的形而上学，那是中国文化传统所缺乏的。相比较而言，博尔赫斯的叙述策略却更容易受到先锋作家的关注。但是技巧层面的试验和探索有一个更深的推动力，即“现实”观念的变化。博尔赫斯式的幻想小说像一剂强心针，给当时被现实主义拖得疲惫不堪的中国文学以新鲜血液，解放了艺术观念，最终促进了艺术形式的自由。

先锋作家在接受博尔赫斯影响时表现出了不同的倾向。博尔赫斯的幻想小说具有形而上学的知识背景，一些先锋作家没能认识到这一点，或者认识到了这一点却很难准确把握，从而在模仿和借鉴博尔赫斯的幻想小说时陷入了单纯的对叙述技巧的模仿，其结果是小说只有虚构的形式，而缺乏内在意义，虚构作品缺乏“灌注于艺术作品之间的精神”显得分量不足。“艺术即精神。”“精神不只是灌注艺术作品以生气的呼吸，能够唤醒作为显现现象的艺术作品，而且也是艺术作品借此取得客观化的内在力量。”[①] 是否灌注了这种“精神”，也许可以解释博尔赫斯的幻想小说与中国先锋小说的历史命运。

或者是现实主义文学传统过于强大，抑或是由于唯物史观对作家的影响，尽管受到博尔赫斯的幻想文学的强烈冲击，先锋作家的现实观念并没有本质上的转变，不管他们如何拒绝描写现实，他们所选择的虚构形式还是在传达某种现实感或者历史感，而且从根本上无法逃脱唯物主义这一最根本的思想限制。从表面上看他们“在文学观念上颠覆了旧的真实观”，“放弃对历史真实和历史本质的追寻”，[②] 但是这种新的真实观“是为了更

---

① ［德］阿多诺：《美学原理》，王柯平译，四川人民出版社 1998 年版，第 156 页。

② 朱栋霖等主编：《中国现代文学史 1917——1997》（下册），高等教育出版社 1999 年版，第 133 页。

好地表达作者独特的人生体验和社会感受"[1]，其实是从侧面对现实和生存的关注。

还有一些先锋作家在惊异于博尔赫斯的幻想之精妙的同时看到了其背后的哲学基础，他们尝试在学习和借鉴博尔赫斯时将中国文化中可以支撑文学幻想的因素融入他们的虚构小说中，努力避免小说的形式主义倾向，这种尝试有积极的意义。

先锋作家的语言与文体探索是他们对当代文学的贡献，这一点他们受益于博尔赫斯良多。但是，他们无法达到博尔赫斯形而上学思考的原创性与深度，又没能完全背离新文学的传统，这使先锋文学朝着两个方向发展，一个方向是继续求新求变的美学行为中充满了人为的、不必要的扭曲，另一个方向是回归写实主义式的创作模式。

① 董健、丁帆、王彬彬主编：《中国当代文学史新稿》，人民文学出版社 2005 年版，第 458 页。

参考文献

中文文献

［德］阿多诺：《美学理论》，王柯平译，四川人民出版社 1998 年版。

［阿］阿尔维托·曼古埃尔：《恋爱中的博尔赫斯》，华东师范大学出版社 2007 年版。

［意］安贝托·艾柯：《悠游小说林》，俞冰夏译，生活·读书·新知三联书店 2005 年版。

［意］安贝托·艾柯：《开放的作品》，刘儒庭译，新星出版社 2005 年版。

［美］埃米尔·莫内加尔：《生活在迷宫——博尔赫斯传》，陈舒、李点译，知识出版社 1994 年版。

［英］奥利弗·萨克斯：《幻觉》，高环宇译，中信出版社 2014 年版。

昂智慧：《文本的世界：保尔·德曼文本批评理论研究》，上海人民出版社 2009 年版。

［美］威利斯·巴恩斯通编：《博尔赫斯八十忆旧》，西川译，作家出版社 2003 年版。

［阿］比奥伊·卡萨雷斯：《莫雷尔的发明》，赵英译，花城出版社 1992 年版。

［美］布鲁斯·乌姆鲍：《贝克莱》，孟令明译，中华书局 2005 年版。

［阿］博尔赫斯：《博尔赫斯散文》，王永年等译，浙江文艺出版社2001年版。

［阿］博尔赫斯：《巴比伦彩票》，王永年译，云南人民出版社1993年版。

［阿］博尔赫斯：《博尔赫斯全集》，王永年等译，浙江文艺出版社2006年版。

［阿］博尔赫斯：《博尔赫斯谈话录》，王永年译，上海译文出版社2008年版。

［阿］博尔赫斯：《博尔赫斯口述》，浙江文艺出版社2008年版。

［阿］博尔赫斯：《博尔赫斯短篇小说集》，王央乐译，上海译文出版社1983年版。

［阿］博尔赫斯：《博尔赫斯七席谈》，林一安译，光明日报出版社2007年版。

［阿］博尔赫斯：《博尔赫斯谈诗论艺》，陈重仁译，上海译文出版社2008年版。

［阿］博尔赫斯：《作家们的作家：豪·路·博尔赫斯谈创作》，倪华迪译，云南人民出版社1995年版。

［阿］博尔赫斯：《博尔赫斯文集》，王永年译，海南国际新闻出版中心1996年版。

［阿］博尔赫斯、萨瓦托：《博尔赫斯与萨瓦托对话》，奥尔兰多·巴罗内整理，赵德明译，云南人民出版社1999年版。

残雪：《解读博尔赫斯》，人民文学出版社2000年版。

残雪：《残雪文学观》，广西师范大学出版社2007年版。

残雪：《残雪文集》，湖南文艺出版社2000年版。

残雪：《传说中的宝藏：残雪短篇小说代表作》，春风文艺出版社2001年版。

残雪：《艺术复仇：残雪文艺笔记》，广西师范大学出版社2001年版。

曹文轩：《20 世纪末中国文学现象研究》，北京大学出版社 2002 年版。

陈光孚：《魔幻现实主义》，花城出版社 1986 年版。

陈晓明：《后现代的间隙》，云南人民出版社 2001 年版。

陈晓明：《思亦邪》，山东友谊出版社 2006 年版。

陈晓明：《不死的纯文学》，北京大学出版社 2007 年版。

陈晓明：《中国当代文学主潮》，北京大学出版社 2009 年版。

陈晓明：《文学超越》，中国发展出版社 1999 年版。

陈晓明：《无边的挑战：中国先锋文学的后现代性》，广西师范大学出版社 2004 年版。

陈众议：《博尔赫斯》，华夏出版社 2001 年版。

[俄] 车尔尼雪夫斯基：《艺术与现实的审美关系》，周扬译，人民文学出版社 1979 年版。

[美] 戴卫·赫尔曼：《新叙事学》，马海良译，北京大学出版社 2002 年版。

[英] 戴维·洛奇：《小说的艺术》，作家出版社 1998 年版。

樊星：《影响·契合·创造——比较文学视野中的当代中国大陆文学》，博士学位论文，华中师范大学，1999 年。

郜元宝：《为热带人语冰——我们时代的文学教养》，上海教育出版社 2004 年版。

格非：《卡夫卡的钟摆》，华东师范大学出版社 2006 年版。

格非：《小说叙事研究》，清华大学出版社 2002 年版。

格非：《小说艺术面面观》，江苏文艺出版社 1995 年版。

格非：《戒指花》，春风文艺出版社 2007 年版。

格非：《塞壬的歌声》，上海文艺出版社 2001 年版。

格非：《青黄》，浙江文艺出版社 2001 年版。

格非：《眺望》，江苏文艺出版社 1996 年版。

郭春林编：《马原源码——马原研究资料集》，同济大学出版社

2008 年版。

［美］亨利·詹姆斯：《小说的艺术》，朱雯等译，上海译文出版社 2001 年版。

洪子诚、孟繁华编：《当代文学关键词》，广西师范大学出版社 2002 年版。

洪治纲编：《余华研究资料》，天津人民出版社 2007 年版。

［美］华莱士·马丁：《当代叙事学》，伍晓明译，北京大学出版社 2005 年版。

［美］哈罗德·布鲁姆：《西方正典》，江宁康译，译林出版社 2005 年版。

［法］加斯东·巴什拉：《梦想的诗学》，刘自强译，生活·读书·新知三联书店 1996 年版。

［哥］加西亚·马尔克斯：《两百年的孤独》，朱景冬译，云南人民出版社 1997 年版。

［哥］加西亚·马尔克斯：《百年孤独》，黄锦炎译，上海译文出版社 1989 年版。

［美］理查德·泰勒：《形而上学》，晓杉译，上海译文出版社 1984 年版。

李欧梵：《中西文学的回想》，江苏教育出版社 2005 年版。

林舟：《生命的摆渡》，海天出版社 1998 年版。

刘雅音：《豪尔赫·路易斯·波赫士之怀疑主义魔幻写实》，硕士学位论文，静宜大学，2003 年。

［英］罗素：《西方哲学史》（上卷），何兆武等译，商务印书馆 1963 年版。

［英］罗素：《西方哲学史》（下卷），马元德译，商务印书馆 2003 年版。

［英］刘易斯·卡罗尔：《阿丽思镜中奇遇记》，许季鸿译，中国对外

翻译出版公司 1994 年版。

［英］刘易斯·卡罗尔：《爱丽斯漫游奇境》，吴钧陶译，上海译文出版社 2009 年版。

柳鸣九主编：《未来主义·超现实主义·魔幻现实主义》，中国社会科学出版社 1987 年版。

［法］罗杰·加洛蒂：《论无边的现实主义》，吴岳添译，百花文艺出版社 2008 年版。

M. A. 帕尔纽克主编：《作为哲学问题的主体和客体》，刘继岳译，中国人民大学出版社 1988 年版。

［美］M. H. 艾布拉姆斯：《镜与灯》，郦稚牛等译，北京大学出版社 2004 年版。

马原：《虚构之刀》，春风文艺出版社 2001 年版。

马原：《阅读大师》，上海文艺出版社 2002 年版。

马原：《细读精典》，复旦大学出版社 2007 年版。

马原：《虚构》，作家出版社 1997 年版。

马原：《爱物》，作家出版社 1997 年版。

马原：《百窘》，作家出版社 1997 年版。

［捷］米兰·昆德拉：《小说的艺术》，孟湄译，生活·读书·新知三联书店 1995 年版。

［秘］欧亨尼奥·陈－罗德里格斯：《拉丁美洲的文明与文化》，白凤森、杨衍水等译，商务印书馆 1990 年版。

钱林森：《法国作家与中国》，福建教育出版社 1995 年版。

齐宏伟：《鲁迅和基督教文化》，博士学位论文，南京大学，2009 年。

［法］乔治·塞巴格：《超现实主义》，杨玉平译，天津人民出版社 2008 年版。

冉云飞：《陷阱里的先锋：博尔赫斯》，四川人民出版社 1998 年版。

申洁玲：《博尔赫斯是怎样读书写作的》，长江文艺出版社 2000 年版。

孙甘露：《忆秦娥》，上海书店出版社 2007 年版。

孙甘露：《访问梦境》，长江文艺出版社 1993 年版。

苏珊·桑塔格：《重点所在》，黄灿然译，上海译文出版社 2004 年版。

苏童：《寻找灯绳》，江苏文艺出版社 1995 年版。

苏童：《虚构的热情》，江苏文艺出版社 2003 年版。

苏童：《纸上的美女：苏童随笔选》，人民日报出版社 1998 年版。

苏童：《白沙》，人民文学出版社 2008 年版。

苏童：《狂奔》，人民文学出版社 2008 年版。

苏童：《十八相送》，人民文学出版社 2008 年版。

苏童：《桑园留念》，人民文学出版社 2008 年版。

苏童：《垂杨柳》，人民文学出版社 2008 年版。

苏童：《香椿街的故事》，上海人民出版社 2008 年版。

王德威：《当代小说二十家》，生活·读书·新知三联书店 2006 年版。

王德威：《一九四九：伤痕书写与国家文学》，生活·读书·新知三联书店 2008 年版。

吴岩主编：《科幻文学理论和学科体系建设》，重庆出版集团 2008 年版。

王尧、林建法主编：《苏童王宏图对话录》，苏州大学出版社 2003 年版。

王尧、林建法主编：《我为什么写作：当代著名作家讲演集》，郑州大学出版社 2005 年版。

吴晓东：《从卡夫卡到昆德拉：20 世纪的小说和小说家》，生活·读书·新知三联书店 2003 年版。

吴炫：《穿越中国当代文学》，江苏教育出版社 2007 年版。

吴义勤主编：《余华研究资料》，山东文艺出版社 2006 年版。

吴义勤：《中国当代新潮小说论》，江苏文艺出版社 1997 年版。

肖锦龙：《德里达的解构理论思想性质论》，中国社会科学出版社 2004 年版。

徐林正：《先锋余华》，浙江文艺出版社 2003 年版。

邢建昌、鲁文忠：《先锋浪潮中的余华》，赖大仁主编，华夏出版社 2000 年版。

叶兆言、余斌：《午后的岁月》，广西师范大学出版社 2002 年版。

余华：《温暖和百感交集的旅程》，上海文艺出版社 2004 年版。

余华：《内心之死》，华艺出版社 2000 年版。

余华：《说话》，春风文艺出版社 2002 年版。

余华：《高潮》，华艺出版社 2000 年版。

余华：《余华小说》，新世界出版社 1999 年版。

余华：《现实一种》，作家出版社 2008 年版。

余华：《鲜血梅花》，作家出版社 2008 年版。

余华：《我胆小如鼠》，作家出版社 2008 年版。

余华：《战栗》，作家出版社 2008 年版。

余华：《黄昏里的孩子》，作家出版社 2008 年版。

余斌：《张爱玲传》，南京大学出版社 2000 年版。

余斌：《午后的岁月》，广西师大出版社 2002 年版。

余斌：《文人与文坛》，云南民族出版社 2003 年版。

余斌：《字里行间》，南京大学出版社 2007 年版。

余英时：《红楼梦的两个世界》，上海社会科学院出版社 2002 年版。

余英时：《士与中国文化》，上海人民出版社 2003 年版。

［意］伊塔洛·卡尔维诺：《为什么读经典》，译林出版社 2006 年版。

［意］伊塔洛·卡尔维诺：《未来千年文学备忘录》，辽宁教育出版社 1997 年版。

［美］伊丽莎白·S. 拉德克利夫：《休谟》，中华书局 2002 年版。

曾利君：《魔幻现实主义在中国的影响与接受》，中国社会科学出版社 2007 年版。

［美］詹姆斯·伍德尔：《博尔赫斯：书镜中人》，中央编译出版社

1999 年版。

张闳：《感官王国——先锋小说叙事艺术研究》，同济大学出版社 2008 年版。

张学昕：《南方想象的诗学：论苏童的当代唯美写作》，复旦大学出版社 2009 年版。

赵德明：《20 世纪拉丁美洲小说》，云南人民出版社 2003 年版。

阿尔贝托·桑切斯：《博尔赫斯》，《外国文学报道》1986 年第 3 期。

博尔赫斯：《博尔赫斯答记者问》，陈晨译，《外国文学动态》1980 年第 5 期。

博尔赫斯：《博尔赫斯就诺贝尔文学奖奖金问题答记者问》，朱景冬译，《外国文学动态》1981 年第 9 期。

程光炜：《如何理解“先锋小说”》，《当代作家评论》2009 年第 2 期。

陈凯先：《博尔赫斯和他的短篇小说》，《当代外国文学》1983 年第 1 期。

陈凯先：《现代文学大师》，《译林》1996 年第 3 期。

陈凯先：《博尔赫斯作品的独特见解》，《外国文学》1992 年第 5 期。

陈凯先：《杰出的文学大师博尔赫斯：纪念博尔赫斯百年诞辰》，《当代外国文学》1999 年第 1 期。

陈光孚：《论路易斯·博尔赫斯》，《外国文学报道》1986 年第 3 期。

陈光孚：《对博尔赫斯作品的解析》，《外国文学》1985 年第 5 期。

董晓：《我所理解的苏联文学经典》，《俄罗斯文艺》2007 年第 2 期。

蒂姆·帕克斯：《博尔赫斯和他的幽灵们》，王永年译，《译文》2004 年第 2 期。

哈·阿尔瓦拉多：《博尔赫斯其人、作品与爱情》，《外国文学》1992 年第 5 期。

贺桂梅：《先锋小说的知识谱系和意识形态》，《文艺研究》2005 年

第 10 期。

理查·依德尔：《从诺贝尔奖金谈到博尔赫斯》，《外国文艺》1979 年第 1 期。

刘志华：《超越西藏的反省——谈谈色波的三个短篇》，《西藏文学》1986 年第 7 期。

刘武：《怀疑的时代》，《当代文艺思潮》1986 年第 4 期。

［秘］略萨：《博尔赫斯的虚构》，《世界文学》1997 年第 6 期。

玛丽亚·儿玉：《博尔赫斯遗孀答记者问》，《外国文学动态》1988 年第 1 期。

马原：《现实的虚构》，《作家》2001 年第 9 期。

季进：《作家们的作家——博尔赫斯及其在中国的影响》，《当代作家评论》2000 年第 3 期。

帕斯：《博尔赫斯：在时间的迷宫中》，《天涯》1999 年第 6 期。

滕威：《作为“文化英雄”的博尔赫斯》，《读书》2006 年第 11 期。

滕威：《博尔赫斯是“后现代主义”吗?》，《南京师范大学文学院学报》2009 年第 1 期。

托雷·博尔赫斯：《博尔赫斯：生活中的一天》，《外国文学动态》1994 年第 2 期。

汪晖：《无边的写作——〈我能否相信自己——余华随笔选〉序》，《当代作家评论》1999 年第 3 期。

汪介之：《巴赫金的诗学理论及其在中国的流布》，《外国文学研究》2005 年第 5 期。

汪介之：《俄国形式主义在中国的接受》，《中国比较文学》2005 年第 3 期。

吴亮：《回顾先锋文学——兼论 80 年代的写作环境和文革记忆》，《作家》1994 年第 3 期。

吴亮：《马原的叙述圈套》，《当代作家评论》1987 年第 3 期。

余华:《虚伪的作品》,《上海文论》1989 年第 5 期。

余华:《博尔赫斯的现实》,《读书》1998 年第 5 期。

姚岚:《余华对外国文学的创造性吸收》,《中国比较文学》2002 年第 3 期。

张汉行:《博尔赫斯在中国》,《当代外国文学》1999 年第 1 期。

张汉行:《博尔赫斯研究资料(1979—1998)索引》,《当代外国文学》1999 年第 1 期。

张学昕:《"真实"的分析——以"新写实小说"和"先锋小说"为例》,《北方论丛》2000 年第 4 期。

张学昕:《虚构的热情——苏童小说的写作发生学》,《当代作家评论》2005 年第 6 期。

张玞:《虚构的帝国——评马原小说》,《当代作家评论》1990 年第 5 期。

张新颖:《马原观感传达方式的历史沟通——兼及传统中西小说观念的比较》,《上海文论》1988 年第 1 期。

张新颖:《博尔赫斯与中国当代小说》,《上海文学》1990 年第 12 期。

郑万隆:《走出阴影》,《世界文学》1988 年第 5 期。

赵稀方:《博尔赫斯·马原·先锋小说》,《小说评论》2000 年第 6 期。

左娟:《论博尔赫斯在叙述方式上对余华的影响》,《时代文学》2008 年第 11 期。

英文文献

IonTudro Agheana, *The Meaning of Experience in the Prose of Jorge Luis Borges*, New York: Peter Lang Publishing Inc, 1988.

EdnaAizenberg, *Borges and His Successors: The Borgesian Impact on Literature and the Arts*, Columbia: University of Missouri Press, 1990.

JaimeAlazraki, *Borges and the Kabbalah: And Other Essays on His Fiction and Poetry*, London: Cambridge UP, 1988.

DanielBalderston, *Out of Context: Historical Reference and the Representation of Reality in Borges*, Durham & London: Duke UP, 1993.

Ana MaríaBarrenechea, *Borges: The Labyrinth Maker*, Robert Lima ed. &trans. New York: New York UP. , 1965.

Gene H. Bell – Villada, *Borges and His Fiction*: A Guide to His Mind and Art, Chapel Hill: Unitversity of North Carolina UP. , 1999.

LisaBlock de Behar, *Borges, The Passion of an Endless Quotation*, New York: State University of New York Press, 2003.

William H. Bossart, *Borges and Philosophy: Self, Time, and Metaphysics*, New York: Peter Lang, 2003.

Jorge Luis Borges and Richard Burgin, *Jorge Luis Borges: Conversation*, Mississippi: Mississippi UP, 1998.

Italo Calvino, *The Literature Machine: Essays*, trans. Patrick Creagh. London: Vintage, 1997.

Ronald J. Christ, *The Narrow Act: Borges' Art of Allusion*, New York: New York UP. , 1969.

J. M. Cohen, *Jorge Luis Borges*, Edinburgh: Croythorn House, 1973.

René de. Costa, *Humor in Borges*, Detroit: Wayne State UP. , 2000.

Mary Lusky Friedman, *The Emperor's Kites: A Morphology of Borges' Tales*. Durham: Duke UP. , 1987.

EvelynFishburn, ed. *Borges and Europe Revisited*, London: Institute of Latin American Studies, University of London, 1998.

EvelynFishburn and Psiche Hughes, *A Dictionary of Borges*, London: Duckworth Academic and Bristol Classical Press, 1990.

Mark F. Frisch, *You Might be Able to Get There from Here: Reconsidering*

Borges and the Postmodern, Cranbury: Fairleigh Dickinson UP, 2004.

Didier Tisdel Jaén, *Borges' Esoteric Library*, New York: America UP., 1992.

Norman Thomas diGiovanni, *The Borges Tradition: Essays by Writers and Scholars*, London: Constable and Company Limited, 1995.

CarolynKorsmeyer, *Literary Philosophers: Borges, Calvino, Eco.* ed. Jorge J. E. Gracia, Carolyn Korsmeyer, Rodlphe Gasche, London: Routledge, 2002.

Paul de Man, "A Modern Master", *The New York Review of Books*, Ⅲ, 7 (November 19, 1964).

Floyd Merrell, *Unthinking Thinking: Jorge Luis Borges, mathematics and the new physics*, West Lafayette: Purdue UP, 1991.

SylviaMolloy, *Signs of Borges*, Durham: Duke UP, 1994.

Naomi Lindstrom, *Jorge Luis Borges: A Study of the Short Fiction*, Boston: Twayne Publishers, 1990.

PatriciaMerivale and Susan Elizabeth ed. *Detecting Text: The Metaphysical Detective Story from Poe to Postmodernism*, Philadelphia: Pennsylvania UP. 1999.

GregaryRacz, J. *Jorge Luis Borges (1899—1986) As Writer and Social Critic*, New York: Edwin Mellen Press, 2003.

Beatriz Sarlo, *Jorge Luis Borges: A Writer on the Edge.* ed. John king, New York: Verso Books, 2007.

Sassón - Henry Perla, *Borges 2.0: From Text to the Virtual World*, New York: Peter Lang Publishing Inc., 2007.

DonaldLShaw, *Borges' Narrative Strategy*, Leeds: Francis Cairns, 1992.

John O. Stark, *The Literature of Exhaustion: Borges, Nabokov, and Barth*, Published by Books on Demand, 1991.

Tzvetan Todorov, *The Fantastic: A Structural Approach to a Literary Genre*, trans. Richard Howard, Cleveland: Case Western Reserve University

Press, 1973.

Forence L. Yudin, *Nightglow*: *Borges' Poetics of Blindness*, Published by Cátedra de Poética " Fray Luis de León", Universidad Pontificia de Salamanca, 1997.

后 记

博尔赫斯是我博士期间的研究方向，高深莫测的领域激发了我探索的热情，研究和写作的过程充满了发现的愉悦。博尔赫斯的博学多识令人叹为观止，阅读博尔赫斯为我开启了一个极其庞大的思想空间，拓展了知识的边界。在漫长的研究过程中，我走过了博尔赫斯小说中的花园、城市和晨昏，小说中的一次决斗、一场酣梦、一个哲学推断无不给我带来真切而单纯的欣喜。

每个研究者或多或少地能在自己的研究对象中找到某种精神共鸣。和众多博尔赫斯的读者一样，我对他最初的感觉也是困惑，他像象棋大师一样经心设计的那些故事到底想要表达什么？随着研究的深入才理解他思想的核心是形而上学。博尔赫斯曾多次表达对“我是谁，我要去哪里”这样的问题的困惑。形而上学思考的问题是我是什么？世界是什么？欲望或意志是从哪里来的？它是自由的吗？……它们也是常常困扰我的问题。然而这些问题的答案是未知的，并且永远是不可知的。形而上学给人的不是对宇宙或对人类的精辟理解，而是智慧，仅仅是智慧。它使我们避开那些并不比脚底的石头更有价值的黄金、诺言、教义和信条的欺骗，而追求一种更有价值的生活。形而上学是一种需要、一种慰藉。

博士毕业之后有很长一段时间将论文搁置在一边，但是在教学过程中每次讲到博尔赫斯都会有很多新的思考，这是一个沉淀和领悟的过程，对

此次博士学位论文的修改成书有很大帮助。

研究博尔赫斯常有走进迷宫之感，因找不到出口而彷徨。衷心感谢我的博导余斌先生对我的悉心引导。论文选题是和余老师多次讨论之后确定的，他在南京大学文学院活水轩与我的多次交谈给我带来了许多灵感。先生的博学、睿智和对人生的态度一直是我人生的灯塔。

感谢南昌大学人文学院为本书出版提供的资助。

肖徐彧

2017 年 4 月 12 日于润溪湖畔